水野 梓

Azusa Mizuno

Grauwald

グレイの森

徳間書店

グレイの森

目次

装幀　鈴木久美
カバー写真　Heikki Teittinen/
Getty Images

序章

　朝礼の時間になると、当麻《とうま》はいつも少し憂鬱《ゆううつ》になる。六月最初の月曜日。朝八時十分。梅雨《つゆ》入りしたのに、空は真っ青だ。こんな時はいつも「あれ」がやってくる。二年生になってからまだたったの二か月だというのに、四回も来た。めちゃくちゃかっこ悪いけど、どうすることもできない。「あれ」が来ると、目がチカチカして、端からだんだん白くなってきて、「あ」と思ったときには、もう目の前が全部ミルク色の靄《もや》に包まれてしまっている。昔家族で行った「タテシナ」の坂をのぼっている時みたいだ。そんなことを考えていると、今度は気持ちが悪くなってきて、立っていられなくなる。そして、友達いわく、「スライムみたいにぐにゃぐにゃになって」倒れてしまう。目が覚めると、壁も天井《てんじょう》もぜんぶが真っ白な保健室に寝かされていて、ほっぺたには校庭の人工芝がはりついていたりする。いつもこんな感じ。「あれ」は突然やってくる。

　今日は来ませんように……祈りながら校門の外に目をやると、水色の小さな自動車が門の脇に停まるのが見えた。車から若い男の人が降りてくる。黒いフード付きのジャンパーに黒いズボン、黒い野球帽……前にお姉ちゃんと見たギャング映画みたいだ。男はバン、と派手《はで》な音を立てて車のドアを閉め、後ろの座席に置いていた荷物から何かを取り出した。雲のすきまから落ちてくる日の光に、男が手にしたものがキラリと光る。男はにやりと笑いながらそれを端からキャンディーみたいになめた。何だろう。甘いのかな……ぼんやり考えていると、男はジャンパーのポケットにそれを押し込みながら、こっちに向かって歩いてくる。いつも正門の脇に立っている警備員さんを振り返ると、半袖の体操着を着た子どもたちの列の後ろでしっかり目を閉じてお祈りしている。え、うそ、どうしよう。警備員さん目を開けて……心の中で呼びかけているうちに、男は正門から堂々と校内に入ってきた。周りを見ると、目を開けている子は他にいない。僕以外、誰も気づいていないみたいだ。入学式の時、人工芝がきれいで立派な校庭だ、とお父さんがほめていたけれど、男は自慢の人工芝をわしわしと踏みしめながら近づいてくる。まっすぐ僕たちの方へ……

当麻は魅入《みい》られたように目を見開いたまま、近づいてくる男を見つめていた。

「……ましますわれらの父よ
願わくは御名《みな》をあがめさせたまえ
御国《みくに》を来たらせたまえ
みこころの天になるごとく
地にもなさせたまえ

我らの……」

次の瞬間、男はまるで獲物を狙う猛禽類《もうきんるい》のように大きく両腕を振り上げ、整然と並んでいる児童たちの列に飛びこんできた。

当麻は声を上げたつもりだったが、声は胸のうちにとどまったままだ。

「キャー!!」

どこかで女子児童の叫び声が上がる。

学校専属の牧師は壇上《だんじょう》で薄目を開けたが、一、二年生の一部がばらけているのをみて、子ども達がふざけているのだろうと、顔をしかめてから祈りを続けた。

「我らの日用の糧《かて》を今日も与えたまえ
我らに罪を犯すものを我らが赦《ゆる》すごとく
我らの罪をも赦したまえ……」

「助けて！」

甲高《かんだか》い児童の声に気づいた教師が校庭の端に向かって走り出す。

「危ない！」の声に他の教師たちも続く。

その間に、男は凶刃《きょうじん》を振りかざし、児童たちに斬《き》りかかっていく。列の一番後ろに並んでいた一年生の男子児童は振り向きざまに首を切られた。驚いたような目をしたまま、首元から噴水《ふんすい》のように血しぶきが上がる。返り血を浴びながら、男はそばで固まったまま動けなくなっている二年生の女子児童に飛びかかる。悲鳴を上げて女の子が地面に倒れると、そのまま覆《おお》い被《かぶ》さるようにしてナイフを腹のあたりに突き立てた。すぐさま立ち上がり、次の子どもめがけて走り出す。

叫び声、泣き声、男のあげる奇怪な笑い声……阿鼻叫喚《あびきょうかん》の中、子どもたちが次々に地面に倒れていく。

教師数人が男を取り囲み、中でも一番体軀《たいく》の大きな教員が男に後ろから組みつき、羽交《はが》い締めにした。ナイフを手にしたまま暴れ回る男が恐ろしい叫び声を上げる。警備員がさすまたを手に男に突進し、相手の肩から胸にかけて斜《なな》めに押さえつける。三人の教師が同時に襲《おそ》いかかり、男からナイフを奪《うば》い取る。血に染まったナイフが宙を舞い、人工芝に突き刺さった。そのそばに数人の児童が倒れている。

「教室に入りなさい！」

初老の女性教師が叫ぶ。児童達は一斉に校舎に向かって走り出す。

「誰か助けて！」

女子児童が胸からだくだくと血を流す女の子のかたわらで叫ぶ。

「入りなさい！」

叫んだ児童が何かを叫びながら校舎の中に引きずられていく。女の子のそばに、うつぶせに倒れた少年。血まみれの体で這《は》うようにして校門をめざしている。

少年は何も聞こえないのか、ただひたすらに校門をめざしている。腕の力だけで体を引きずりながら。地面にべったりと血の跡が続く。やがて少年は力尽きて、動かなくなった。

僕は目の前で起きていることを、ただじっと見ていた。すべてがスローモーションのようにゆっくりとしていて、テレビドラマみたいだ。顔の半分にちくちくと刺さる芝の感触。僕の体からぬるぬるしたものが出て、ゆっくりと芝生に吸い込まれていく。何だろう。触りたいけど、手が動かない。

ミルク色の靄が頭の中を白く染めていく。やっぱり今日も「あれ」が来た。「めまい」って言うんだって、お姉ちゃんが教えてくれたっけ……

まぶしいな……

大きな黒い影が太陽の光を遮《さえぎ》った。さっきの男の人……

当麻に顔を近づけ、何かをしきりにつぶやいている。

何を言ってるんだろう……

明日僕がいなくても、世界はそのまま続くのかな……

お母さんは泣くのかな……お父さんも、お姉ちゃんも……

まぶしい。

すごく、まぶしい……

生あたたかいものが体から流れ出ていく。

すべてが真っ白な光の中に吸い込まれていく……

サイレンが響き渡る。どかどかと校庭を蹴《け》る硬い靴の音。響き渡る怒号《どごう》と罵声《ばせい》。男があげる獣《けもの》のような咆哮《ほうこう》……

大きな手が、当麻の軀《からだ》の下に差し込まれ、あおむけにする。胸の真ん中を押す誰かの力強い手のひら。頬《ほほ》を叩《たた》き、名前を呼ぶ誰かの声……
だが、それらの声が少年に届くことは、もうなかった。

第一章　選ばれざる道

「結婚？」

「うん、潤《じゅん》はどう思う？」

「正直言って、ちょっと厳しいんじゃないかな」

潤は表情を変えずに言うと、いったん止めていた手を再び動かして生の米の上にパプリカだのエビだのをばらまき始めた。藍《あい》の三十回目の誕生日を祝って、今日は好物のパエリアを作ってくれるのだそうだ。潤の手料理はなかなかの腕前だ。職場の斗鬼《とき》クリニックでは、いつも白いボタンダウンシャツの上に白衣、と臨床心理士《りんしょうしんりし》らしいスタイルを貫《つらぬ》いているが、家では違う。長袖のスタンドカラーの黒いシャツワンピースの下は白のレギンス。その上に、ゴーギャンばりに原色がちりばめられたエプロンをつけている。髪型は前髪長めのワンレングス。潤の本当の名前が潤一《じゅんいち》だということは、本人も含め、もう誰も思い出さないくらい、見た目はジェンダーレスだ。

「……だよね」

「瀬田《せた》さんのほうが結婚したがってるわけ？」

瀬田さんというのは、斗鬼クリニックに通い始めて二十年以上の最古参の女性患者で、二十代後半で統合失調症になり、長期の入院経験もある。ラジオやテレビで皆が自分のことを噂《うわさ》している、自宅に盗聴器を仕掛けられた、などの被害妄想に始まり、クリニックでもらう薬に毒が入っている、と主張して薬を飲まないなど、治療はなかなか一筋縄ではいかなかった。発病した頃からずっと母親が面倒をみてきたが、今では瀬田さん本人は五十代、瀬田さんの母親は八十代になっている。最近ようやく普通に薬が飲めるようになり、昼間はデイケアに参加できるまでに回復した。去年から藍が担当している。

「むしろ相手のほうが積極的みたい。デイケアで同じ班になったみたいなんだけど、今西《いまにし》さんって知ってる？」

「ああ、通称『ジゴロ』ね」

今西さんは無類の女好きで知られ、デイケアで知り合った女性にことごとく声をかけることで有名な男性患者だ。患者同士の結婚、ということで周囲は難色を示したが、二人の意志があまりに強硬なので、それぞれの主治医と担当の精神保健福祉士（ＰＳＷ）、今西さん担当の福祉事務所のソーシャルワーカー、瀬田さんの母親と臨床心理士の藍、それに本人たちを入れた八人で明日合同面談をおこなうことになっている。

「今西さん、『瀬田さんは僕の運命の人なんです。誰がなんといっても、彼女を守り通します』とか言っちゃうもんだから、もう瀬田さんがぼーっとなっちゃって」

「守り通します、ねえ……やっぱ女性って、そういうこと言われたいわけ？」

「う～ん、人によると思うけど、私だったら逆にシラけちゃうかも。誰かを一生守り通すとか、口で言うのは簡単だけど、まず無理でしょ」

「相変わらず、ゆがんでんなあ」

潤がシニカルな笑いを浮かべる。

「いやいや、そのままそちらにお返しします」

潤が声を上げて楽しそうに笑う。潤はいわゆる「アセクシュアル」だ。アセクシュアルというのは、誰にも性欲を感じない人のこと。最近ようやく巷《ちまた》で聞くようになったが、人によっては誰にも恋愛感情を抱かない、ということも含まれるらしく、潤本人にもまだよくわからないらしい。ただ恋愛感情がないのか、それとも恋愛感情を抱くような誰かにまだ出会っていないだけなのか……臨床心理士として斗鬼クリニックに入ったのが同時期で、年齢も同い年。潤と藍で「純愛コンビ」などと呼ばれるようになった。とにかくルックスが抜群なので周囲の女性から常に熱い視線を注がれるのだが、潤は予防線を張ることに慣れているらしく、初めて二人で居酒屋に行った時も、乾杯の前にアセクシュアルであることをカミングアウトしてきた。潤が祖母の遺《のこ》した家をシェアする相手を探していると聞いて、速攻で手を挙《あ》げた。破格の家賃も魅力的だったが、潤がアセクシュアルを公言していることが決め手だった。藍自身恋愛は苦手だし、今後もしたいかどうか、よくわからない。

「できた」

湯気を上げながら、美味しそうなパエリアがテーブルに運ばれてきた。潤の料理はバツグンだ。不器用な藍にとっては願ってもない同居相手だと思う。

潤が橙色《だいだいいろ》のワインボトルを開けると、自分のグラスだけに注《つ》ぎ、藍のグラスには炭酸水を注いだ。

「誕生日おめでとう、藍」

グラスをかちりと合わせる。ことしも潤と二人きりの誕生日。去年もそうだった。もう何年も潤以外から祝ってもらったことはない。「実家に連絡しなくていいのか」などと訊《き》いてこないのが潤のいいところだ。一方、潤は毎年盆と正月には、必ず山梨の実家に帰る。このオレンジワインも、ブドウ農家を営む潤の両親が「最近流行《はや》ってるから」とわざわざ北海道の余市町から取り寄せてくれたものらしい。土臭いからオレンジワインはあまり好きじゃない、とかブツブツ言いながらもおとなしく飲んでいる。

「うわ、何これ！」

「どうかしたか？」

潤が心配そうにテーブルの向こうから身を乗り出す。

「めっちゃくちゃ美味しい！」

「何だ、びっくりさせんなよ」

「いや、マジで、このサラダも絶品。これ何？」

サラダにちりばめられているキューブ状の白い物体をフォークで刺してみせる。

「フェタ。山羊《やぎ》のミルクで作ったチーズ。塩気がきいててうまいだろ」

「うん。こんなのどこで売ってんの？」

「おまえが絶対行かない高級スーパー」

そう言って潤は自慢げに鼻を鳴らした。三十歳にもなって、誕生日を祝ってくれる友人も家族もいない藍のことを、潤はあれこれ詮索したりしない。良く言えばドライだが、実は他人に興味がないだけなのかもしれない。潤は必要以上に人のことに首を突っ込まないし、自分のテリトリーにも踏み込ませない。アセクシュアルというのも、実は元々の性向ではなく、潤が後天的に身に着けた鎧《よろい》なのではないかと思う時もある。

「でもさ、潤ってよく考えると、この仕事向いてないよね」

炭酸水を飲みながら藍が言うと、

「なんだよ、失礼な」

潤が仏頂面《ぶっちょうづら》で返す。

「臨床心理士って『共感』が大事でしょ？『クライエント一人ひとりの問題を、意味ある課題として、共感性をもって傾聴する』っていうのが基本じゃない。だけど、潤って基本的に、人にシンパシーとか抱かないでしょ」

「その方がいいだろ。おまえみたいに毎回ヘンにクライエントに入れ込んで、問題起こすよりマシ。こないだも虐待されてた女子高生の親に直談判して、さんざん返り血浴びただろ。おまえの仕事はカウンセリングなんだから、ＰＳＷ（精神保健福祉士）にちゃんと相談しろよ」

返り血どころか、危うく名誉毀損で訴えられるところだった。虐待は、本人が思い込んでいたり、過去の記憶を改ざんしていたりすることも多く、証明するのは難しい。彼女の親は弁護士で、そうしたことを熟知していた。そもそも心理相談やカウンセリングを受けること自体、「社会に適応できていない」「精神的に弱いからだ」などと、この国では偏見をもって受け止められることも多い。我々が働く「斗鬼クリニック」の院長で精神科医の斗鬼伊知郎《いちろう》は、そうした状況を憂慮《ゆうりょ》して、とにかくカウンセリングを充実させ、門戸《もんこ》を広げようと潤や藍のような臨床心理士を四人も雇《やと》っている。患者を増やしたいなら、「斗鬼クリニック」より「ひまわりクリニック」とかの方が良いと思う、と進言したのだが、「そんなことよりキミが一人前になるほうが先決だ」と一蹴された。他の三人には固定客がついているのに、あまり指名の入らない藍には、厄介《やっかい》な患者ばかりが回されてくる。おかげで返り血どころか、常に満身創痍《まんしんそうい》だ。

自分はこの仕事を続けていていいのか……本当は潤の言うとおり、藍自身が一番迷っている。対人関係が苦手で、精神的に打たれ弱い。むしろ真っ先にカウンセリングに行ったほうがいいような人間が、白衣を着て人の相談に乗っている。そんな「ニセモノ感」を、クライエントの側もかぎ取っているのではないか……その後ろめたい感覚は、いつになったら拭《ぬぐ》えるのだろう。

「おい、一人であっちの世界行くなって」

潤がのぞきこむ。

「ごめん、ちょっと考え事してた」

「おまえさあ、これ聞くといいよ」

潤がスマホをいじると、英語の詩が流れてきた。

The Road Not Taken

Two roads diverged in a yellow wood,

And sorry I could not travel both……

「何これ？」

「『選ばれざる道』Ｂｙロバート・フロスト」

「誰それ？」

「知らないのかよ。ピューリッツァー賞四回も受賞しているアメリカの詩人だぞ」

「知らない。有名?」

「おまえ、元英米文学専攻だろう」

情けない顔で言われると、ぐうの音《ね》も出ない。

「まあ要約すれば、過去に選んだ道を後悔してもしょうがない、ってことだ。またどうせ、わたし、この仕事に向いてるのかなあ、とか、しょうもないこと考えてたんだろ」

図星すぎて、思わずむきになる。

「でもさ、どっかにパラレルワールドがあって、そこで別の自分が別の職業について、もっと楽しく暮らしてるかもしれないじゃない」

「百歩譲ってたとえそうだとしても、そっちには行けないだろ。だいたい相対性理論ではさ……」

潤がこの手の話を始めるとエンドレスだ。藍は苦笑いしながら立ち上がった。

「あ～、わかったわかった。もう寝るね。明日、瀬田さんたちの合同面談だから」

「そうか、頑張れよ」

「ご飯おいしかった。ありがと」

「おう」

照れ隠しのつもりか、潤はそのまま立って冷蔵庫を開けた。本当はわかってる。潤が言いたいのは、もっと別のことだ。

選ばれざる道。過去に選んだ道を後悔しても仕方がない……潤の言葉を反芻《はんすう》する。だけど、人は時に運命の気まぐれで、望んでもいなかった別の道に引きずり込まれることもある。そのどうしようもない悔《くや》しさや怒りは、経験した者にしかわからない。潤がスモークチーズの皿とグラスを手に戻ってくると、藍は「ほどほどにね」と言い置いて六畳の自室に入り、静かにドアを閉めた。

§§

月に二回の土曜日は、いつも大学時代の友人、沙智《さち》とボランティアに出かける。英米文学専攻だった頃から付き合いが続いている唯一の友人だ。映画の授業で隣り合わせ、その後授業をサボって一緒に映画を見たり、喫茶店で何時間もしゃべったり、人付き合いの苦手な藍をコンパに引っ張り出したり……学生時代の記憶には、ほとんど沙智がいる。

二人で手伝っている「みもざ食堂」。三年前、沙智が知り合いに紹介されてから、毎回一緒に行くようになった。手作りのあたたかい食事が一回百円で食べられる。困窮《こんきゅう》家庭の子は無料。日本では七人に一人の子どもが貧困状態にあるという。この日本に三度の食事に困っている子どもたちがこんなにいるということを知って、衝撃を受けた。

「お母さんがお仕事で遅い日は、コンビニでお弁当を買ってくるの」と話した小学校三年生の女の子は電子レンジであたためる方法がわからず、いつも冷たい弁当を食べていたという。コンビニのパンとお菓子でごはんをすませているという男の子は、さつまいものふかしたのを「お菓子より全然おいしい」と言って三本も食べた。食堂に来る子どもたちは、見た目からは困窮しているようには見えない。見えない貧困というものがあるのだと知った。

千日紅《せんにちこう》が咲き乱れる花壇に挟《はさ》まれた小さな入り口。「みもざ」と白地で染め抜かれた紺色暖《の》簾《れん》をくぐり、声をかける。

「和佳子《わかこ》さん、遅くなりました！」

奥で作業していた和佳子が顔を上げた。

「おお、やっと来た。早く手洗ってエプロンつけて、これ巻くの手伝って」

巻きすを器用にくるくると丸めながら早口で言う。

「今日は太巻きですか？　おいしそう！」

沙智が言うと、和佳子が手を振った。

「違う、違う。これはおみやげ。太巻きなら日持ちするでしょ。寿司酢多めにしてるの。ほら、早く早く」

いつも通りのせっかちな声に、沙智と藍は顔を見合わせて吹き出す。和佳子さんは元々ご主人と商店街で八百屋《やおや》を営んでいたが、食べられない子どもがいることを知り、八百屋兼自宅の一角で子どもたちに余った野菜でつくった五目丼を提供し始めた。それがきっかけとなって八百屋をたたんで食堂を始め、ご主人が亡くなった後も細々続けている。去年還暦を迎えたはずだが、和佳子さんのエネルギーは衰《おとろ》えを知らない。

「あら、藍ちゃん上手ねぇ」

巻きすを扱う藍の手際に和佳子が目を細める。

「藍のご両親、レストラン経営してたんですよ。うわっ」

沙智が大げさに顔をしかめた。かんぴょうが巻きすから盛大に飛び出している。

「もう、相変わらず不器用だなあ」

藍が笑うと、沙智が唇《くちびる》を突き出す。

「いいの、これはかんぴょう多めの大盛りバージョン。当たりがあったほうが面白いでしょ」

「それいいじゃない。子どもはくじ引き大好きだから」

「ほら～、もう三年のキャリアですからね。沙智さまもダテじゃないってことよ」

「ほんと、もう三年になるのねえ。ボランティアのみなさんも、家族や仕事の状況とかで続けられなくなっちゃう人も多いから、大助かりよ」

「こども食堂」はどこも、人手や資金不足、開催場所が見つからない、といった課題を抱えている。この食堂も、活動資金は和佳子さんが持ち出しでまかなっている。行政に助成金を要請しているが、なかなか認められないという。

「そうだ、今日の英語講座、何するの？」

和佳子の問いかけに、持参したリュックを開ける。

「あ、これ持ってきたんですけど……どうでしょうか」

ここ数回、試みに藍が子どもたちに簡単な英会話を教えている。カエルと牛のパペットを取り出して見せると、「わあ、かわいい！」と和佳子が声を上げた。

「今日は人形劇にしてみようかなって」

「あらぁ、いいじゃない！　私も小さい頃『セサミストリート』とかよく見たわ。絶対ウケると思う」

「みもざ食堂」で和佳子さんが一番大事にしているのは、子どもたちとのコミュニケーションだ。子どもたちと一緒に簡単な英語の数え歌を歌ったり、踊ったり、ジェスチャーゲームをしたり……日頃うまく会話ができない子どもたちも、体の動きを取り入れると、途端に能弁になったりする。困窮家庭は経済的な問題だけでなく、子どもの成育環境にも問題を抱えていることがある。親とのコミュニケーションが希薄だったり、家に閉じこもりがちだったりすることで、他人とうまく関われない子どもたちも少なくない。


「こんにちは」

小さな声と共に、若い女性が食堂に入ってきた。時計は午後五時を指している。開店は六時だ。

「まだちょっと早いけど、いいわよ。入っちゃって」

和佳子さんが笑顔を見せた。来た人は誰でも受け入れる、この和佳子さんの包容力が食堂を支えている。

「あ、由香《ゆか》。ここ、すぐわかった？」

沙智が奥から顔を出す。

「あら、知り合い？」

和佳子さんが聞くと、「そうなんです、井藤《いとう》由香。高校の友達で、小学校の先生やってるんです」と沙智が紹介した。

「すみません、六時からって聞いてたんですけど、早めに来ちゃいました。ご迷惑じゃないでしょうか？」

「全然。猫の手も借りたいくらいなの。はい、これつけて準備手伝って」

エプロンを渡しながら和佳子が言うと、由香はエプロンを手にしたまま、「ちょっと待っててください」と言いながら店の外に出て行った。少しすると、由香はやせっぽちの男の子をつれて戻ってきた。由香の背中に隠れるようにしてこちらの様子をうかがっている。Tシャツの首筋が黒ずんで、おなかの辺りにも盛大にしみがついている。伸ばし放題の髪がべたついているところを見ると、あまりお風呂に入っていないのかもしれない。

「おなかすいてるみたいなんです。何かありますか？」

恥ずかしそうにうつむいたままの男の子に、和佳子は持っていた太巻きをそのまま差し出した。

「ちょうど良かった。これ、できたてのほやほや、食べてみて」

男の子が首を振る。

「じゃあ、持ってく？」

男の子が小さくうなずくのを見ると、和佳子さんはできたての太巻きを三本、ラップにくるんで手渡した。太巻きを受け取ると、男の子はそのまま食堂を走り出て行った。

「あ、ちょっと、ありがとうは？」

由香が叫ぶと、食堂を出たところで男の子が振り返り、ぺこりと小さく頭を下げた。怒ったような顔をしている。

「またおいで！　毎月第二、第四土曜日だから。次は二週間後よ！」

和佳子さんが大きな声で叫ぶと、男の子は小さくうなずいて走り去っていった。

男の子が見えなくなると、由香は小さくため息をついた。

「ほら座って。これ、どうぞ」

和佳子さんが冷たい麦茶をサーバーから注いで渡した。

「すみません。あの子、前に勤めていた公立小学校の子で……今働いている私立小のそばに小さな公園があるんですけど、そこを通って帰る時、ばったり会ったんです。お母さんが働きながら一人で育てていて、夜のお仕事なので、多分もう家にいないんです。それで、あの子いつも一人ぼっちで……」

「そっか。太巻き、お母さんにも食べさせたいんだね、きっと」

和佳子さんがしんみり言う。

「あの太巻き食べたら、絶対これからも来ますよ」

沙智が明るい声を出す。

「そうだといいけど……」

和佳子さんの声が沈《しず》む。

「ホントはね、月に一回や二回、食堂やったくらいじゃだめなのよ。わかってるの。問題の解決にはならない。でもね、私は貧しさって、お金がないってだけじゃないと思うのよ。お金よりも、人とのつながりがない、その結果として、いつもさみしい、何となく自分に自信がもてない、っていうのが本当の貧しさだと思うの。だから、ここで人とのつながりをもってほしいのよ」

和佳子が言うと、由香が大きくうなずいた。

「今は地域の人たちとつながる場所がないんです。だから、ここに食堂があることを教える方法がないし、助けるべき子たちに伝えられない……」

「わかるわ。食べられない子おいで、じゃだめなの。食べられない子も食べられる子も、子どもたちもお母さんも、みんなみんなおいで、一緒にごはん食べようって言いたいんだけど、本当に声をかけたい子ほど届かないのよね。離れた場所にひとりぼっちでいて……」

「うちのクラスにも一人心配な女の子がいて……私とも、他の生徒ともしゃべらなくなって、そのうち学校にも来なくなっちゃったんです。親御さんにも連絡したんですけど、放っておいてくれの一点張りで……もう、どうしたらいいかわからなくて……」

「ここに誘うっていうのはどう?」

和佳子さんが言うと、由香が顔を曇らせた。

「うちの学校は裕福なご家庭が多くて、そのご両親も体面を気にされる方なので……」

「そっか。こども食堂ってのは、あんまり体裁良くないかもね」

由香は否定せず、下を向いた。

「何か他に方法はないのかしらね」

「ご両親に、大好きだった英語の成績がすごく落ちてるって言ったら、『家庭教師、適任の方がいらっしゃったら』みたいなことを言ってたので、今探してるんです」

「それだったら……」

沙智が藍を指さす。

「この子、英文学専攻してたんだよ。大学時代、英語の家庭教師してたし、適任じゃない？」

「え？　ちょっと待ってよ。そんないきなり……」

「そうね、藍ちゃん子どもにすごく好かれるし、いいと思うわ。今日も人形劇用意してて、毎回色々工夫してくれてるのよ」

「何より、この子臨床心理士だし。子どもの心理とか詳しいから、どんぴしゃじゃない？」

和佳子さんと沙智が口を添える。

「ホントですか？　もしお願いできたらうれしいです」

由香が目を輝かせる。

「え、いや、ちょっと……」

「その子のご両親に聞いてみて、後日ご連絡してもいいでしょうか？」

由香が藍に名刺《めいし》を差し出した。学校名と共に、「教諭　井藤由香」と書かれている。仕方なく自分の名刺を渡すと、「ありがとうございます。心強いです！」とうれしそうな顔をする。後に引けなくなって、藍は小さくうなずいた。

§§

その夜、潤が食事を用意している間にさっそく井藤由香から電話がかかってきた。

「先ほどの件なんですが、ご両親にお話ししたところ、是非、っておっしゃっているのですが、大丈夫でしょうか？」

「え……あの、私の仕事のことは？」

「ご両親にはお伝えしていません。その子、精神的にかなり弱っているので、カウンセラーなどに診《み》せてはどうか、とご相談していたんですが、絶対にお断り、と厳しく言われているので……でも、私としてはそういう資格をお持ちの方にやっていただければすごく心強いです」

心強い……由香は先ほどと同じ言葉を使った。資格、というタイトルがもたらす安心感は時に実態と乖離《かいり》していると思う。特に自分はそうだ。いまだに臨床心理士としての自信がない。仕事に自信がもてない自分が、ボランティアにまで手を出している余裕があるのか、と自問する。

「少し、考えさせてください」

「はい、お仕事もあるかと思いますので、無理は言いません。でも、彼女は今、誰かそばにいる人が必要なんです。きょう食堂で和佳子さんがおっしゃっていた、人とのつながりがない、結果として自信がもてない……まさに彼女の今の状態だと思いました。どうか、よろしくお願いします」

由香の切実な声になんと返していいかわからず、曖昧《あいまい》な返答をして電話を切った。


「メシできたぞ！」

居間で呼ぶ声に食卓につくと、香ばしく焼けたチキンが湯気をたてている。

「お、新メニュー」

「タンドリーチキン。朝からソースに漬けといた」

ナイフで切って口に運ぶ。やわらかでジューシーな鶏肉が香辛料《こうしんりょう》のきいたソースと混ざり合って、スパイシーでありながら、まろやかなコクがある。

「何これ、ヤバい」

「おまえさ、なんでも『ヤバい』で片付けるのやめろよな」

「いや、マジですごい美味しい。何が入ってるの？」

「ヨーグルトに、ガラムマサラやローリエを始めとした十二種類のスパイス」

「……すご」

「ヤバい、マジで、すご……って、おまえ、ボキャ貧の極《きわ》みだな」

「うるさいな」

先ほどの電話を思い出し、ため息をつきながらチキンを切り分けていると、潤が眉《まゆ》をひそめた。

「せっかくオレの十八番《おはこ》作ったのに、ため息つくなよな」

「あ、ごめん。ちょっと考え事してた」

「おまえがなんか考えてる時って、ロクな結果にならないからな」

「相変わらず冷たいな」

「うまいチキン食わせてやってるってのに、何だその言い草は」

「ごめんごめん。潤は今どうなの？」

「まあ、具体的にはアレだけど、今持ってる中で一番厄介なのは、虐待の当事者だな」

「当事者って……虐待されてるほう？」

「いや、虐待してるほう。虐待の被害者の支援ネットワークってのはすでにあるんだけど、加害者にはそういうのないだろ。加害者にきちんと対応できれば、防止効果は大きいと思うんだけど、日本はそのへん、まだ全然だからさ」

藍自身、何度か虐待当事者の相談に乗ったことがある。だが、いつも内心では自問自答していた。

「加害者なんて、助ける意味あるのかな……」

潤の視線に、自分が声に出してつぶやいていたことを知る。もちろん頭ではわかっている。加害者のケアこそ、大切なのだ。加害者と向き合って虐待の根源にあるものをひもとかないと、虐待はいつまでも繰り返してしまう。

「今『エンプティ・チェア』やってるんだけどさ……」

「エンプティ・チェア」というのは、「空の椅子」という心理学の手法だ。空の椅子に相手が座っていると仮定して話しかけ、その次に、今度は相手の立場になって自分に話しかける。相手の気持ちを想像し、気づかせるのが狙いだ。

「『お願いやめて、そんなことしないで』って彼女、泣きながら訴えるんだよ。子どもの頃、彼女自身が虐待されてたんだな」

そうか、と納得する一方で、そんなの言い訳だ、とも思う。自分がされたからといって、子どもに同じ事をしていいはずがない。虐待が繰り返されるのは、社会がこうした言い訳を許してきたからではないのか。

「だけど、うちみたいなクリニックにかかれないような人たちはもっと深刻なんだよ。激しい暴力、アルコール依存、借金地獄……問題山積みの家庭も多い。そういう家庭こそ、支援の手が必要なんだ。斗鬼クリニックなんかで余裕のある層だけ相手にしてていいのか、って心底思うよ」

潤が目を落とす。

「でも週末になると、潤は派遣村とか緊急相談会とかに行って色々手伝ってるじゃない」

「あんなの自己満足だよ。相談会に来た男性に言われたんだ。『どん底を見てないヤツに俺たちの気持ちなんかわからない』って」

それでも、と思う。九十九パーセント自己満足と言われても、残りの一パーセントで誰かの救いになっているのなら、十分価値があるのではないか。少なくとも、何もしていない自分よりはずっと社会のためになっていると思う。

「その人さ、極貧の家に生まれて、十五歳でヤクザ志《こころざ》して家を出てから、一度もふるさとに帰ってないんだ。ヤクザの下っ端として抗争でパクられて服役した後、トラック運転手になったんだけど、まもなく事故にあって運転できなくなって、ついに路上生活……もう絵に描いたみたいなどん底人生。そういう人の気持ち、俺なんかにわかるわけないよな。彼らを『救いたい』なんて、おこがましいって思い知ったよ。だから、何かするっていうより、俺にできるのは寄り添うことだけ。Doing よりBeing。見て見ぬふりをしない。ただそばにいる、そういうことかなって」

潤に相談すれば、間違いなく「やってみなよ」と背中を押すだろうと思った。

『ただそばにいる』

その言葉に、ある人の面影が浮かぶ。

居間の窓から吹き込む風に、ほんの少し涼味《りょうみ》が感じられるようになった。そろそろ会いに行かなければ……藍は重苦しい気持ちで壁に貼ったカレンダーを見つめた。

§§

毎年秋のお彼岸《ひがん》になると、一人で小平《こだいら》を訪ねる。駅から徒歩五分ほどの都立霊園が目的地だ。広大な敷地は緑や花も豊かで、休日ともなれば園内を散策する人も多い。今日はお彼岸真っ最中とあって、花束や桶《おけ》を下げた人をよく見かける。兄・貴之《たかゆき》が眠っているのは、正門から入って五分くらい歩いた合葬《がっそう》施設だ。大勢の人の遺骨を共同で埋葬する施設で、木立《こだち》に囲まれた中に、ゆるやかな傾斜《けいしゃ》の土塁がある。お墓を守る、継ぐ、という概念が薄れ、最近では生前に申し込みができて、安価で墓の管理が要らないこうした合葬式の墓に人気が集まっているという。献花台に駅前で買った大きなユリの花束を供えると、しばし手を合わせた。

兄が死んで、今年でちょうど十年になる。

兄の遺体が上がったのは、種子島《たねがしま》の門倉岬《かどくらみさき》というところだ。発見時の状況から、飛び降り自殺として処理された。市役所に勤めていた兄は、日本各地の祭りを訪ね歩くのが趣味で、「公務員はいいぞ」が口癖《くちぐせ》だった。土日祝日は休み、代休だってまあまあ好きな時に取れるし、仕事が単調なのに目をつぶれば言うことなし、と笑っていた。だから仕事で悩んでいたのではないかという警察の見立てに、にわかにうなずくことはできなかった。仕事の悩みじゃないなら、女性関係でしょう、と初老の警察官は言った。両親が「恋人がいるという話は聞いたことがない」と答えると、「よか年をした息子はおなごん話なんてわざわざ親には言わんやろ」と鼻で笑った。反論できないことが悔しかった。遺書《いしょ》も何もないのに、警察は頭から自殺と決めてかかっている。だからといって、自殺だ、と警察が断じているものを、否定する材料にも乏しく、藍はただ、兄の前向きで明るく優しい人柄を強調することしかできなかった。

五歳上の貴之は、本当に優しい人だった。両親が洋食屋を営んでいたので、幼い頃、貴之と藍はいつも二人でいた。冷蔵庫に母が入れた夕飯をレンジで温めてくれたのも、藍が寝つくまで絵本を読んでくれたのも兄だったし、逆上《さかあ》がりでお尻を支えてくれたのも、漢字の宿題を手伝ってくれたのも、運動会の前、かけっこの練習を一緒にしてくれたのも兄だった。兄は藍にとって親以上の存在だった。兄は決して身体が大きい方ではなかったし、運動神経もあまり良くはなかったけれど、藍がいじめられていれば必ず助けに来た。「藍のお兄ちゃんはやさしくていいなあ」とよく友達から羨《うらや》ましがられたものだ。

今でも覚えている光景がある。小学校に上がったばかりの頃、友達とケンカして不機嫌になり、一向にご飯を食べようとしない藍を、兄は両親のいる洋食屋まで連れて行った。店の隅《すみ》でオムライスを食べて眠くなってしまった藍を、兄は家までおんぶしてくれた。途中目を覚まし、周囲が真っ暗になっていることに気づいた藍は、怖くて泣き始めた。

「アイアイ、だいじょうぶ、だいじょうぶ……」

あの時、兄の背中で揺られながら見た満月は、金色に輝いていた。まるで両親の作るオムライスみたいに、ふっくらと美味しそうな満月だった。あの日の光景を思い出すと、胸がきゅうとすぼまって目の奥が熱くなる。兄はいつも、黙ってそばにいてくれた。

だから、兄が自殺したと聞かされた時、藍は信じなかった。あの年のお盆休み、一度実家に戻った後で種子島に向かった貴之の目当ては、鉄砲祭りだった。鉄砲伝来を記念して毎年開催される祭りで、火縄銃の試射《ししゃ》が呼び物らしい。祭りを目当てに一人で旅行に行くのはいつものことだったし、その頃まだ大学生で実家住まいだった藍は「鉄砲まんじゅうとか、微妙なお土産《みやげ》買って来ないでよね」と笑いながら手を振って兄を送り出したのだった。

その日の午後、兄からLINEに送られてきた写真を見て、思わずつぶやいた。

「うわ、何これ。ダサ……」

メッセージが添えられた写真。「種子島宇宙センターで無重力体験中。こんな風に自由に空を飛んでみたいなあ」満面の笑みで宇宙遊泳のポーズを取っている。いい年して、こんな格好で誰かに写真を撮ってもらうセンスも信じがたいし、妹くらいしか旅行の写真を送る相手がいないのも情けない。そんな風に苦笑いしたことを覚えている。

貴之が死んだのは、その宇宙センターから車で二十分ほど行ったところにある門倉岬だ。警察は、藍に送られてきたLINEの一節に注目した。

「『こんな風に自由に空を飛んでみたい』って意味深だよね」

警察官は皮肉な笑いを浮かべ、大事な家族を亡くしたばかりの両親と妹に、そう言った。空を飛んでみたくなって、魔が差したんじゃないか……警察官が言わんとしていることに気づき、悔しさに奥歯を嚙《か》みしめた。兄の運転していたレンタカーは、きちんと岬の公営駐車場に停められていたし、あんな写真を送ってきた人間が、その三十分後に自殺などするわけがない。藍の抗弁に警察官は「長年こがん仕事ばしとっとね、え、なんでかな？　ってことはよくあるんですわ。ご家族にはわからんこともようある」と薄笑いのような表情を浮かべて言った。無言で睨《にら》みつけていると、さらにこう重ねた。「ご両親や妹さんに、自分の女性関係のこととか、あまり言わんやろ。本人の抱えている悩みは、本人にしかわからんもんやな。リュックの中にもなーんにも入っちょらんかった。きちんとフタはしまってたけど、なんかようわからん白い花みたいなのしか入っちょらんかったとばい」

自分と関係のない第三者の話だったら、うなずけたかもしれない。だが、こと兄に関しては納得いかなかった。だから「現場、見ますか？」という刑事の問いにも首を振った。現場を見てしまったら、兄の死を認めることになる気がして怖かった。何より許せなかったのは、「自殺」と断定した警察の言葉を鵜呑《うの》みにし、「ご迷惑かけました」と何度も頭を下げる両親の姿だった。思い返してみると、藍の子ども時代、くっきりと残っているのは兄の記憶だけだ。反抗期らしいものも特になかったし、両親とは普通に言葉を交わしていたと思う。だが、それだけだ。感情のこもったやりとりをした覚えはなく、両親に何か自分の気持ちを伝えたいと思った記憶もない。自分の感情の受け皿をつとめていたのはもっぱら兄の貴之で、それ以上に誰かが必要だと思ったこともなかった。

両親は肩を寄せ合うようにして遺体が安置されている部屋に向かい、藍だけが取り調べ室に残って刑事の質問に答えた。

「お兄さんが悩んでいる様子はなかったか」「種子島に来たのはなぜか」「お兄さんから他にメールや電話などが来ていないか」「職場や女性関係のことで何かトラブルなど聞いていないか」……一つ一つ質問に答えながら、警察はもう自殺と決めてかかっているのだ、と感じた。努めて冷静に答えようとしたが、混乱してうまく言葉が出てこなかった。取り調べ室を出ると、藍の全身は震えていた。すでに抗《あらが》いようもない流れができていて、そこに飲み込まれるしかない自分を、ひどくちっぽけで無力な存在に感じた。

遺体安置室の前まで来ると、ソファで目を閉じ、気を失ったようになっている母を父が支えているのが見えた。警官に誘導され、藍は一人で安置室に向かった。角を曲がる時振り返ると、母が目を開けて藍を見た。何も映していない、暗い洞穴のような双眸《そうぼう》……藍は凍りついたようにその場に立ちすくんだ。やはりそうだ。母は兄の貴之しか見ていない。ずっと感じていた。こちらを見るとき、藍を素通りして貴之しか見ていない母の視線。前を行く警官に促され、両足を床から引きはがすようにして再びどうにか歩き出す。その間もずっと、母の残像が消えなかった。

遺体安置室の扉が開いたとき、最初に目に入ったのは兄の裸足《はだし》の足だった。シーツから飛び出した兄の足は裸のまま何も履《は》いておらず、全体に少しむくんでいるように見えた。シーツの下の身体は何もつけていないようだった。冷房がきいた安置室の中で、兄はひどく寒そうだった。洋服はどこへ行ったのだろう……見回すと、兄の下着や洋服は安置室の入り口の脇に置かれた机の上にごちゃごちゃと丸まったままだった。

「お兄さんに会われますか?」

顔にかけられた布を取ろうとした警官を全力で押しとどめた。兄の冷たい死に顔なんて見たくない。兄のおどけた笑顔、はにかんだような笑顔、包み込むような笑顔……藍に向けられたあたたかな兄の顔だけを覚えていたかった。首を振ると、警官は布を元に戻した。

見たくない。何も見たくない……憔悴《しょうすい》した親の顔も、同情の裏に好奇心の混じった親戚や近隣住民の、見かけだけ心配そうな顔も、何も見たくない。自宅アパートに戻るまで、藍はずっとうつむいたまま顔を上げなかった。

第二章　我が母の教えたまいし歌

「まただ……」と藍は心の中で深いため息をつく。力尽きて待合室のソファに座り込む。昼休みなので、周囲には誰もいない。結局、三度目の合同面談は本人たちの強い意志に押し切られる形で終わった。本当はその場にいた誰もがこの結婚には懐疑的だったはずなのに、である。

「僕は彼女に出会った瞬間、この人だってわかったんです。グループワークをしているときも、彼女の姿ばかり目で追ってしまうんですよ。運命なんです」

今西氏がそう熱弁をふるうと、

「私に神さまが話しかけてきたんです。この人の手を取りなさいって。もう、この人なしでは生きていけないんです」

瀬田さんも目を潤ませて言う。わかっている。これはいつもの妄想の一端だ。瀬田さんは、今は投薬で症状をコントロールしてはいるが、統合失調症が完全に治癒《ちゆ》したわけではない。一方の今西氏も統合失調症。二人だけで日常生活を営んでいくのはなかなか難しい。本来は、普段から瀬田さんを見ている自分が釘を刺すべきだったのだ。今西氏は一人暮らしをしているから大丈夫だろうが、瀬田さんはずっと高齢の母親に面倒をみてもらってきた。二人分の料理を作ったり、買い物に行ったり、掃除をしたり、日常の家事がこなせるとは思えない。病気を抱えている人同士なのだから、いつでもやり直しがきくように結婚までしなくてもいいのではないか……言いたいことは山ほどあったはずなのに、喉元でつかえたまま出てこなかった。いつもそうだ。言いたいこと、言わなければいけないこと、わかっているのに表に出せない。臨床心理士はチームの一員だ。医師、看護師、精神保健福祉士、作業療法士、さまざまな専門職がいるチームの一人として、言うべきことを言わなければいけない。それなのに、いつものように目を伏せたまま、何も言うことができなかった。

結局、二人でまずは生活を始め、困ったことがあったらすぐに相談することを約束してもらって合同面談は終わった。二人はいずれにしても、近々婚姻届を提出するつもりだという。

はあ、と今度は口に出して深いため息をつく。その途端、潤が受付横のスタッフルームから顔を出した。

「お、こんなとこにいたのか。斗鬼先生がお呼びだぞ」

「え、だって今日は精神鑑定の日でしょ?」

「電話」

あわててスタッフルームに入り、受話器を取る。

「水沢《みずさわ》です」

「悪いんだが、急ぎで欲しい書類があるんだ。申し訳ないが、今から立川《たちかわ》まで持ってきてもらえないだろうか」

「今から、ですか?」

「申し訳ない。どうしても今日必要で」

壁に貼られたホワイトボードの予定表に目を走らせる。藍以外三人の臨床心理士にはすべて、午後の診療予約が入っている。ここから被疑者の精神鑑定が行われている立川拘置所《こうちしょ》まで電車を乗り継いで往復二時間。現状、藍しか行ける人間はいない。

「わかりました。すぐに向かいます」

斗鬼は資料が保管してある場所を告げると、あわただしく電話を切った。


立川駅の北口を出て、バスに乗る。十分ほどで立川消防署前に着く。九月も末だというのに、日差しにはまだ夏の名残《なごり》がある。鞄《かばん》からヘアクリップを取り出してセミロングの髪を一つにまとめると、首筋に容赦なく午後の太陽が襲いかかってきた。斗鬼に頼まれた資料が入っているA４サイズの茶封筒で首筋を隠す。

停留所でバスを降りて通りを渡ると、目の前に拘置所が現れた。建物は思ったより新しく、外から見た印象は中学校か何かのようだ。入り口で警備員に声をかけると、「ああ聞いていますよ。お預かりします」と言って、封筒を受け取った。建物の中に入るものと思っていたので拍子抜けする。なんとなく手持ちぶさたになり、バス停に向かってぶらぶら歩いて行くと、道ばたに老婆が座っているのが見えた。平たい石の上で身体をくの字に折り曲げ、頭を深く垂《た》れて、居眠りしているようにも見える。なんとなく目の端で捉《とら》えながらバス停に着くと、時刻表を見た。次の立川駅北口行きのバスは十五分後。ため息をつきながら黄色いペンキの剝《は》げかかったベンチに座る。見上げると、高い空に向かって枝を伸ばした桜の葉が早くも色づいていた。

「もう、秋か……」

独りごちた瞬間、ドサッと重い音がした。見ると、先ほどの老婆が座っていた石から滑《すべ》り落ちて地面に倒れている。

「や、ちょっと、どうしたんですか？」

駆け寄ると、老婆だと思っていたのは、見たところ、まだ五十代前半くらいの女性だった。背中を丸めていたので、実際より年老いて見えたのだろう。

「あの、大丈夫ですか？」

抱き起こすと、女性がうっすらと目を開けた。

「すみません、お水……」

「あ、はい。これ良かったら……」

持参していた保冷式の水筒を開け、蓋《ふた》に水を注いで渡す。女性は頭を起こしてごくごく飲み干すと、小さく息を吐いた。体を起こしてバッグからハンカチを取り出すと、口をつけた部分をぬぐって返してくれた。ハンカチの端に有名ブランドの名前が入っている。よく見ると、女性はきちんと髪を一つにまとめ、上品なベージュのセットアップを着ていて、決して生活をおろそかにしている印象ではない。こんなところで一体何を……と問いかけようとして、口をつぐむ。ここに収監されている家族に会いにきたのかもしれない。女性からは、軽々しく何かを聞いてはいけないような雰囲気が漂っていた。

「ありがとうございました」

女性は控えめに言ってよろよろと立ち上がった。両手を揃《そろ》え、深々と頭を下げてから、藍に背中を向けて歩き出す。バス停を通り過ぎ、ケヤキ並木の道を行く小さな後ろ姿に、ふと母の面影が重なった。思わず女性に駆け寄る。

「あの、これ……」

女性は藍が差し出した名刺を見て、怪訝《けげん》そうな顔をした。

「わたし、こういう仕事をしてるんです。ここからちょっと遠いんですけど、良かったら今度いらしてみませんか？」

女性は無言のままじっと名刺を見ていたが、やがて小さく会釈《えしゃく》を返すと、名刺を受け取ってハンドバッグにしまった。小さな金具のついた黒い表革のハンドバッグ。使い込んだものらしく、表面に小さなキズがたくさんついている。女性は青白い顔のまま前に向き直り、再び並木道を歩き出した。

「あの、お気をつけて！」

女性の背中に精一杯の声をかけた。その時、背後から立川駅行きのバスが滑り込んできた。藍はバスに乗り込んでからも、女性の姿を目で追い続けた。拭いがたい孤独の影……背中を丸め、バッグを右手にぶらさげたまま、力なく歩いている。まるで体中から生気がすべて奪われたような心もとなさに、藍はなぜ自分が女性に名刺を渡したのか、わかった気がした。彼女の姿、彼女を抱き留めた時に見つめた目。信じていたものに裏切られ、空疎《くうそ》な世界をあてどなくさまよう……胸の裡《うち》にある母の姿と重なった。藍を見るとき、母は常にその向こうにある兄の姿を探していた。見えるはずのない兄の姿を求めてさまよう視線から、藍は目をそらした。自分はここにいるのに。自分ではなく、いるはずのない人を求める母の瞳に出会うたび、心が凍りついた。いつも目覚めた瞬間に感じる、どこかに何かを置き忘れてきたような漠然とした不安。厚い靄に包まれているような感覚は、一日中藍を支配して消えることがない。自分は間違った場所にいる、ここではないどこかに本当の居場所があるはずだという感覚……それがどこなのか思い出せないもどかしさに、胸の中に手を突っ込んで掻《か》きむしりたくなる。

臨床心理士となった今も、靄は晴れないままだ。むしろ深まった感じすらある。自分がこの仕事に向いているのかどうか、いまだに自信が持てない。ベテランの斗鬼が院長を務めるクリニックには、難しい相談が持ち込まれることが多い。初めて働き始めた日の朝礼で、斗鬼は新人の潤と藍に向けてこう訓示した。

「心理相談というのは、時代の『影』に取り組む仕事です。人間関係の悩みから、精神症状や身体症状、家族に関する悩みまで多岐《たき》にわたります。年齢層も、抱えている事情もさまざま、あえて共通点を挙げるとすると、どのクライエントも『人生の分岐点』に差し掛かっている人だ、ということです。この先の人生をどのように生きていくのか……今の難局を乗り切るまで隣にいて、一緒に山を登るのがカウンセラーの役割です。決して楽な仕事ではありません。そのところをよく理解した上で仕事に臨んでください」

自らの不安の源泉すら見つけられていない自分が、人生の分岐点に差し掛かって迷っている人の山に共に登り、道を探す……そんな仕事、自分には最初から無理だったのではないか……。

目を閉じると、女性の背中が浮かぶ。一人歩き続けた女性は、どこに向かっていたのだろう。行き場のない思いをまといながら歩く小さな後ろ姿がまぶたの裏に焼き付いていた。

「八月の光」に出会った時のことはよく覚えている。十二月半ばの日曜日。大学の図書館に向かって歩いていると、窓辺に光るものが見えた。あたたかそうな部屋で、クリスマスツリーに飾られたいくつもの電球が光を放っていた。真冬の澄《す》んだ冷たい空気の中でちらちらと瞬くそれは、幸せの象徴だった。遠い昔の幸せな日々を思い出し、そこに呆然《ぼうぜん》とたたずんだ。失われたまま二度と還《かえ》らないものの大きさに言葉を失う。兄のいない世界の残酷な美しさに打ちのめされた。

§§

その日、図書館で偶然手に取ったのがフォークナーの「八月の光」だった。クリスマス、という主人公の名前に運命的なものを感じた。黒人と白人の子として生まれたジョー・クリスマスは道ばたに棄てられていた。養父に反抗し、白人社会に馴染《なじ》もうとせず、女を抱いては「オレは黒人だ」と後から打ち明けるようなことを繰り返していたジョー。ある日、北部で女を抱いてからいつものように「黒人だ」と打ち明けると、女は「それがどうしたの?」と平気な顔をして答える。それ以来、ジョーは憂鬱に取り憑《つ》かれた。白人は黒人を毛嫌いするものだ、という固定観念に囚《とら》われていたジョーのアイデンティティが崩壊した瞬間だった。どこにも属せない、という孤独をジョーに植え付けた、白と黒の二元論。二つのうちのどちらかしか赦さないという社会の不寛容性からこぼれ落ちた者の抱《かか》える憂鬱。それを否定された時に、また疎外感を覚える。ここではないどこかに自分の居場所があるはずだ、という行き場のない焦燥感《しょうそうかん》……

藍はずっと探し続けていたものを見つけたような気がした。自分は生涯を通じて、ジョー・クリスマスの「救い」を探し求めるのだと思った。次第に文学だけでは物足りなくなった。二年後、藍は文学部から臨床心理士の資格を認定する協会の指定大学院に進んだ。指定大学院を修了しないと臨床心理士試験を受験することができない。専攻が英米文学だったから、入試科目の英語はなんとかなったが、専門科目は初めて見るものばかりで、試験前の一年間はひたすら勉強した。大学院の学費について相談しようと、一度だけ実家に戻った。両親は洋食屋を再開し、新メニューまで作っていた。そのことが、とてつもない兄への裏切りのように感じた。兄の死はこんなにも簡単に乗り越えられるものだったのか、兄の死の真相を知りたいとは思わないのか……不信感と怒りに支配され、二度と戻らない、そう思い決めて実家をあとにした。怒りを力に変え、奨学金を借りて大学院に通い、学費を返すために就職先を探し、斗鬼クリニックに採用された。あの二年間の記憶はほとんどない。ひたすら勉強した日々だった。

臨床心理士になって四年。四年間臨床で働いて、やっと「新人」と名乗れる、という先輩の言葉を真に受け、これまでがむしゃらにやって来た。それなりに経験を積んだ今も、あの時探し求めた「救い」は、まだ見つかっていない。

午後の診療がすべて終わったところで、斗鬼院長の部屋をノックしようとして手を止めた。部屋から小さな音量でチェロの音が流れてくる。斗鬼はいつも一日の診察が終わると、ゆっくり一つの曲を聴くことを日課にしている。その間はなるべく邪魔をしない、というのが暗黙のルールだ。曲が終わるまで、部屋の外の廊下《ろうか》でじっと待った。

斗鬼はもともと、藍が学んだ大学の心理学科の教授だった。大学を六十歳で退職してから開設したのが、この斗鬼クリニックだ。斗鬼の授業は生徒から人気が高く、大学は再三慰留《いりゅう》したようだが、「臨床の現場に戻りたい」という斗鬼の決意は固かった。

当時、藍の専攻は英米文学だったから、斗鬼から直接教わったわけではない。斗鬼と知り合ったきっかけはあくまで偶然だ。

§§

兄を亡くして数か月が過ぎた頃だった。すっかり提出期限が過ぎたレポートを出すために研究室が並ぶフロアを歩いていて、ふと足を止めた。どこかから美しいメロディが流れてくる。ピアノとチェロが重なり合い、互いを慰撫《いぶ》しあうような心地よい旋律《せんりつ》。哀切《あいせつ》きわまるメロディなのに、心のひだを優しく撫《な》でられるような感覚に吸い寄せられ、音が漏れてくるドアの前に立った。教授名が書かれたプレートに「斗鬼伊知郎」とある。

しばらく聴き入っていると、突然目の前のドアが開いて、湯沸かしポットを持った男性が出てきた。驚いた表情で藍を見下ろしている。側頭部の白髪とその他の部分のくっきりとしたコントラスト。長い前髪の間からのぞく鋭《するど》く切れ上がった目。百八十センチはあろうかというすらりとした長身。紺色の麻素材のシャツのボタンを胸元までしっかり留めている。手塚治虫《てづかおさむ》の「ブラック・ジャック」が二十年くらい年取った感じ、と思ったことを覚えている。

藍がそのまま固まっていると、「良かったらどうぞ」と中に招《しょう》じ入れる仕草を見せた。

勧められるまま、教授室の中に入る。

「ちょっと待っててください」

ポットを手にしたまま、斗鬼は部屋を出ていった。ピアノとチェロの心地よい音色に包まれながら、教授室の中を見回す。他の教授室と同じく、棚には所狭しと本が並んでいるが、空気感が違う。洋書が多いこともあるだろうが、教授室に置かれた調度の一つ一つが醸《かも》し出す空気によるものかもしれない。ペン立ては重厚な木でできており、そこに使い込まれた万年筆が差してある。ブックエンドも古い木製で、アンティークなのだろうか、側面に誰かのサインのようなものがある。壁に飾られた何枚もの絵はすべて抽象画だが、全体の雰囲気や色が統一されていて、決してちぐはぐな感じはしない。一人の人間の透徹した世界観によって作り出された城……けれど、強烈に主張するわけではなく、そこに足を踏み入れる者をあたたかく迎える寛容さがある。

斗鬼が戻ってきた。電気ポットが湯を沸《わ》かす数分の間、無言で曲に聴き入った。気づくと、斗鬼が藍をじっと見ていた。

「いいでしょう、この曲」

藍がうなずくと、斗鬼は目尻の皺《しわ》を深くした。湯が沸くと、斗鬼はデスクに置かれていた丸い缶からティーバッグを取り出し、二つのカップにそれぞれ入れた。スパイシーなシナモンの香りが漂ってくる。斗鬼は小さなポーションミルクを添えて藍に差し出した。

「どうぞ、良かったら」

お辞儀しながら受け取り、一口含むと、インドのチャイのような味わいだった。

「美味しいです」

「ちょっとした外国旅行気分を味わえるでしょう」

斗鬼が目を閉じて紅茶を味わった。

「この曲、なんて言うんですか」

「『我が母の教えたまいし歌』ドヴォルザークの中で一番好きなんですよ。無駄なところが一つもない。最もシンプルで美しい曲のひとつだ」

斗鬼はプレイヤーからCDを取り出し、ケースに入れて藍に差し出した。

「どうぞ、良かったら」

藍は無言でCDを受け取り、小さく頭を下げた。教授室の本棚には、大量の本と一緒に無数のCDが収納されていた。それも、AからZまできちんとアルファベットで整理されている。圧倒さながら眺《なが》めていると、斗鬼はそんな藍に小さく笑って言った。

「好きなのがあったら、またいつでも借りに来てください」

あの頃、大学だけが唯一外出する機会だった。授業には出ず、斗鬼の部屋に直行する。藍は何も話さなかったし、斗鬼も何も訊きはしなかった。ただ一杯のお茶を飲みながら好きなCDを探し、曲の説明を聞く、そんな穏やかな時間が、当時の藍にとってはかけがえのないものだった。

ある時、教授室を訪れると、斗鬼が待っていたとばかりに一枚のCDを差し出した。

「これ、あなたが好きだと言っていたドヴォルザークの。ネリー・メルバが歌ってる一九一六年のです。ようやく手に入った」

「ネリー・メルバ？」

「ピーチメルバってデザートがあるでしょう。アイスクリームにシロップ漬けの桃が載っている。あれの名前のもとになった世界的な歌姫で、この曲が彼女の十八番だったんですよ」

斗鬼がケースからＣＤを取り出してプレイヤーに入れると、まもなくプツプツという雑音と共にピアノのメロディが流れ出した。

名前の通り、蜜に漬けた果物のような甘く愛らしい歌声。少女と大人の女性のちょうど中間のような熟しきらない声は、まさにもう少しで食べ頃を迎える若い桃を連想させる。ネリー・メルバの歌声を聴いていたら、古い無声映画のように色あせた思い出がよみがえってきた。兄と過ごした日々。チョークでアスファルトの道路に大きく描いた線路、自転車の荷台をもつ兄の大きな手、おんぶしてくれた兄の大きな背中……明るくあたたかい映像が次々に目の前を流れていく。いつのまにか太ももの辺りに熱いものがぽたぽたと落ちていた。斗鬼は何も言わず、ただプレイヤーのボタンを何度も押しては、同じ曲を繰り返した。

それからしばらくして、ＣＤを返しに藍が教授室を訪れると、斗鬼は荷物を整理しているところだった。いくつもの段ボールが中途半端に空いたまま教授室に転がっている。

「え……先生、どこかに転勤、ですか？」

「ああ、診療所を開こうと思ってね。大学はこの三月で終わりです」

言葉を失って立ち尽くした。唯一の居場所だった斗鬼の教授室がなくなってしまったら、自分は一体どこへ行けばいいのか……

「私、心理学を勉強しようと思います！」

代わりに口を突いて出た言葉に、藍自身が驚いた。ずっと心の中でもやもやしていたものが形になった瞬間。そうだ、私がやりたかったことはこれだ。藍は自分の言葉に確信した。

「卒業したら、雇って下さい」

「待っていますよ。それまでそのＣＤは持っていて下さい」

斗鬼はそう言ってにっこり笑うと、新しく開設する予定のクリニックの住所と電話番号をくれた。初めて見る、斗鬼の嬉しそうな笑顔だった。

§§

曲が終わってしばらくしてからドアをノックすると、中から「どうぞ」という低い声が聞こえた。控えめにドアを開けると、斗鬼がデスクの前の椅子に座り、手を組んで目を閉じている。

「水沢です」

斗鬼が目を開けて藍を見る。斗鬼の目はとらえどころがない。怜悧《れいり》な目の奥に何か暖かいものが垣間見えたかと思うと、次の瞬間には消え失せて元の無味乾燥な冷たさが戻っている。その目に射すくめられると、身体が硬直して動かなくなる。あの頃、大学教授として接していた頃の斗鬼と、今の斗鬼はまるで別人だ。臨床現場で働く斗鬼は、大学にいた時とは比べものにならないほど厳しく、人を寄せ付けない雰囲気をまとっている。患者にはまた違う表情を見せるのだが、部下に対しては常に冷徹な上司の顔を崩さない。素顔を見せようとしない斗鬼に対して、藍も昔のようには心を開けなくなっていた。

来客用のソファを勧められ、腰を下ろす。

「あの、ご相談があって……」

斗鬼はデスク前の椅子をぐるりと回して藍に向き合った。斗鬼は常に簡潔で明快な指示を出す。無駄話に時間を割くタイプではない。手短に由香から相談を受けたことを話す。

「わかりました。ボランティアならば、私が云々《うんぬん》するものではありません。こちらでの勤務に支障のない範囲でお願いします」

「ありがとうございます」

一礼したが、顔を上げると、斗鬼はもう目の前の資料に目を落としていた。

スタッフルームに戻ると、由香に電話した。依頼を受ける旨を伝えると、由香が今にも泣き出しそうな声で喜んだ。

「ホントですか？　ありがとうございます！」

「あ、それと、報酬は要らないとお伝えください。あくまでもボランティアとしてお受けします」

「はい、わかりました。お伝えしておきます。ただ、どうしてもお支払いしたいとおっしゃるかもしれません……」

ふと、太巻き三本を抱えて走って行った男の子が頭をよぎった。

「その場合は、『みもざ食堂』に全額寄付してほしい、とお伝えいただければ……」

由香との電話を切ってから、白衣を脱ぎ、帰り支度《じたく》を始める。英語を教えるのは久しぶりだ。大きな書店に行って、自分の目でテキストを選びたい。久しぶりに何か浮き立つような気分でクリニックを出た。

第三章　親密さの居場所

外国人をターゲットにしたマンションらしく、明るい陽光の差し込む居間は、二十畳はあろうかという広さだ。観葉植物がセンスよく並べられた窓際はさながら小さな植物園のようで、コの字型に並べられた茶色い革張りのソファは、大人が三人は横になれそうな大きさだ。壁際の棚にはおびただしい数の写真が飾られている。姉弟《きょうだい》のごく幼い頃の写真から、二人がそれぞれの制服を着てランドセルを背負った写真まで、種々雑多な写真立てに入れられている。そのどれもが、材質は違えど白かベージュを基調にしていて、全体に統一感がある。センスに資力が伴うとこういうインテリアになるのか、と思わずため息をもらす。

食卓に向かい合わせに座った早見洋治《はやみようじ》は、休日だというのにきちんと糊《のり》のきいたストライプのワイシャツを着て、紺色のスラックスを穿《は》いている。沙智の情報では、外資系企業の日本法人で「バイスプレジデント」の役職についているという。

早見洋治は履歴書を見ながら細い目を神経質そうに何回かしばたたかせたあと、ようやく口を開いた。

「先生はまだ学生さんでいらっしゃる？」

思ったより高い声だった。

「いえ、もう卒業しております」

「今は家庭教師を本業に？」

「ええ、まあ、色々と……」

かわしたつもりが目が泳いでしまった。鋭い人が見れば勘《かん》づいたかもしれない。だが、早見にはそこまでの余裕がないように見えた。

「得意科目は？」

「英語、でしょうか……」

ロバート・フロストも知らないレベルだが、この際そう答えておくしかない。

「そうですか。うちの子の学校は英語に力を入れているので、しっかり指導してやってください。最近成績が落ちているらしい」

「あ、でも発音とかはあまり……」

期待されても困るので、正直に申告しておく。

「ああ、それは大丈夫です。アメリカの大学院を出てますから、その辺りは私のほうで指導できます。あなたは文法を中心にやってくれればいい」

早見の視線にたじろぎ、ただうなずく。確固たる自信があるのだろう。他者に対して臆するところがまるでない。だが一方で、早見はどこか落ち着きのなさも感じさせる。心がどこか違うところを浮遊しているような違和感。こちらを見ているようで、見ていない。娘の状態が不安なのか、それとも何か別の心配事でもあるのか……

沈黙が気まずくなったのか、早見が「何か質問はありますか」と訊いた。

「あの、綾香《あやか》さんのお母さんは……」

「ああ、ちょっとね、出かけてるんですよ……綾香は部屋にいますから、お会いになられるなら……」

早見の眉間《みけん》にかすかな皺が寄った。初めて表情らしいものを見た気がする。妻や娘とうまくいっていないのだろうか。綾香はなぜ同席しないのだろう。家庭教師と初めて会うという時に、母親が顔を見せないのもおかしい気がした。

「では、綾香さんにご挨拶《あいさつ》してもよろしいでしょうか？」

「どうぞ」

早見は立って居間のドアを開け、藍を案内した。早見の後について廊下を進むと「AYAKA」と木製のネームプレートが貼られたドアがあった。

「今日水沢さんが来ることは言ってありますので」

早見はそのまま綾香に声をかけることもせず、戻って行った。

小さくドアをノックする。返事はない。もう一度、先ほどより少し強めにノックすると、突然ドアが開いた。大きな瞳が怯《おび》えたように震えている。

「綾香ちゃん？」

のぞき込むと、少女は小さくうなずいた。六年生にしては背が高い。百六十センチ強の自分と頭半分も変わらない。長く伸ばした髪は胸の真ん中に届くほどで、唇はぽってりとして分厚く、まっすぐに通った鼻筋は最後のところでつんと上を向いている。なかなかの美少女だ。

「水沢藍といいます。一緒に英語を勉強することになったの。少しお話ししたいんだけど、いいかな？」

自己紹介すると、綾香はうなずいて藍を中に入れた。十二畳はあるだろうか、たっぷりした広さのある綾香の部屋には、所狭しと洋服が置かれていた。壁際のウォークインクローゼットは開放されたままで、その隣に前後二段のハンガーラック。そこにもどうやって取り出すのかと思うほどの洋服がぎっしり詰め込まれている。

「これ、全部綾香ちゃんの？」

藍が訊くと、綾香は立ったまま小さくうなずいた。

「すごい量だね」

「……普通です」

「全然普通じゃないよ。先生、この十分の一も持ってなかった」

感心したように見回したが、綾香がそれ以上話そうとしないので話題を変える。「ここ、いい？」と訊いてから、絨毯《じゅうたん》の上に敷かれた丸いラグに座る。手招きすると、綾香は素直に隣に座った。

「洋服、好き？」

綾香が困ったように首をかしげたので、別の言葉で問い直す。

「おしゃれ、楽しい？」

「……まあ」

能面《のうめん》のような無表情で答える。綾香が学校に行っていないことは由香から聞いている。両親が家庭教師を探し始めたのも、それが理由だ。ゆっくり時間をかけて心を開いていくしかない。

「好きな教科とか、ある？」

また首をかしげる。緊張もあるだろうが、もともと無口なのだろうか。

「先生は国語と英語かな。英語は好き？」

「……別に」

うつむいてしまう。まるで人形と話しているようだ。会話のキャッチボールが成り立たない。一回の授業は六十分。この調子だと、毎回英文法だけを淡々とこなして終わってしまうかもしれない。話の接《つ》ぎ穂《ほ》を探そうとデスクの隣の本棚に目を移すと、おびただしい数のテキストや参考書が並んでいる。教科書に準拠したドリル、大手有名塾が出しているテキスト全教科分、ケンブリッジ大学が出している英語の教本にプログラミングの初歩テキスト、ピアノとチェロの教本にかけっこが速くなる本、中学で習う「数一」と「数二」の教科書まである。すごい量だね、と言いそうになり、すんでのところで押しとどめる。彼女はこういう環境のなかで生きてきたのだ。自分にとっての「異常」は彼女にとっての「普通」かもしれない。ちょっといいかな、と言いながら英語のテキストを抜き出すと、表紙が破《やぶ》れ、セロテープで貼り付けてある。中にも何ページか破れた部分があるのが気になった。

綾香が突然横からテキストをひったくるように奪い取った。

「あ、ごめんね。勝手に見て」

ランドセルを覗《のぞ》くと、やはり何冊かの教科書にセロテープが貼られている。偶然とは思えない量に、内心首をひねる。綾香が自分で破いたのか、それとも……。だが、最初から機微に触れるような質問はできない。まずは綾香との信頼関係を築《きず》くことが先決だ。もっとあたりさわりのない話題はないかと部屋の中を見回す。

「あ、これ」

ハンガーラックの外側のフックにかかっていたトレーナーの前面に描かれている猫のようなキャラクターを指さすと、綾香が顔を上げた。

「これ今流行りのゆるキャラでしょ？　私も好き。可愛い顔して、ダンスがハンパないんだよね。すごい勢いで踊りまくるの……なんて言ったっけ」

「ふわニャン」

「あ、それ」

藍が笑うと、綾香もほんの少し頬を緩《ゆる》めた。同調行動。気を許してきた兆候《ちょうこう》だ。もう一押し、とふわニャンのトレーナーのかかっているハンガーを取ろうと手を伸ばす。

「やめて！」

鋭い声が飛んだ。綾香がものすごい勢いでハンガーを奪い取る。その瞬間、彼女が着ていたふわっとしたドルマンスリーブの袖口が一瞬めくれあがった。

声を出さずに済んだのは、綾香が燃えるような目でこちらを睨んでいたからだ。大切なものを奪おうとする侵略者に対するような、警戒心と猜疑心《さいぎしん》に満ちた目……藍の顔をひたと見据《みす》えている。

次の瞬間、綾香の手首を見て息を呑んだ。ピンク色と茶色が混じり合ったような傷跡の上に、真新しい深紅の直線が鋭く走っている。綾香が見せる表情よりずっと切実に、彼女が抱える痛みを訴えていた。

「……もう、いいですか」

感情を排した平板な声。感情を波立たせまい、と必死に自らを抑えつけているような声だ。綾香をこんなにも苦しめているものは、いったい何だろう。

言葉を失って黙り込んでいるうちに、綾香の顔は元の能面のような表情に戻っていた。綾香がそのまま立って部屋のドアを開ける。

「あ……じゃあ、これからよろしくね」

取り繕《つくろ》うように言って部屋の外に出る。綾香はドアを閉めるまで、一度もこちらを見ようとしなかった。廊下に出て、深いため息をつく。もっと何かちゃんとした言葉をかけるべきだった。ああいう場面で言葉が出てこなくなるのは自分の悪い癖だ……

居間に続くガラスのはまった扉が開き、早見が顔をのぞかせた。

「終わりましたか？」

「……はい」

綾香から強制終了されただけなのだが、とりあえずうなずいておく。ここに来続けるためには、まず父親の信頼を得なければならない。

「来週から、よろしくお願いします。綾香さんのテキストはこちらでご用意しますので」

父親はうなずき、「よろしく頼みます」と慇懃《いんぎん》に頭を下げると、先に立って玄関の扉を開けた。

「失礼します」

綾香の部屋に届くよう声を張ったが、綾香は見送りに出てこなかった。

§§

「どした?」

潤の声に我に返る。

「え、何?」

「新作のハイナンジーハン、全然手つけてないじゃん」

「最近鶏肉フェアなの?」

「こないだインドだったろ。今日はシンガポール。段々東に向かってる」

潤の説明に小さく笑う。

「じゃあ、最後は和食だ」

「和食は無形文化遺産だからな。極めるのは難しい」

潤が「将来ワイナリーにワインとのマリアージュを楽しめるレストランを併設するのもいいな」と話すのを聞いたことがある。ゆくゆくは実家に戻ってブドウ農家を継ぐつもりなのだろうか。臨床心理士という仕事は、もしかすると潤自身の心をひもとくために必要だったのかもしれない。

「これ、何?」

潤の前に置かれた鮮やかな赤色の液体が入ったグラスを見る。

「シンガポールスリング」

「ふーん、お酒も料理に合わせてるわけだ」

「そう、飲みたい？」

即座に首を振る。美しい色には心惹《ひ》かれるが、お酒は口にしないと決めている。

「なんかあったろ」

潤はいつもそうだ。藍に何か悩みがあると敏感に察知する。だが、綾香のことをうまく言葉にして説明する自信がない。代わりにずっと気になっていたことを訊いてみる。なぜだろう。シンガポールスリングの燃える夕陽のような色に幻惑《げんわく》されたのかもしれない。

「ねえあのさ、潤は恋愛したくないの？　それとも、しないって決めてるの？」

「なんだよ、突然」

言いながらも、潤は少し考えるそぶりを見せた後でつぶやいた。

「この国って、居場所がないんだよな」

「え、どういうこと？」

はぐらかされたのかと聞き直すと、潤は思い切ったように話し出した。

「親密さの居場所っていうのかな。とりあえず恋愛して、プロポーズして、結婚して、出産して……『家族』っていうスタンダードな形態を実現しないと社会から認めてもらえない感じ、あるだろ。最近ＬＧＢＴＱって言葉が一般化して外形的にはさまざまな形を認めましょうって空気にはなってるけどさ。みんな本心では、生殖に関係ない恋愛なんて意味がないとか、なんか気持ち悪いって思ってるのがわかるんだ。本来、親密な関係って、他にも色々あっていいと思うんだよ。たとえば、俺とおまえの関係。ありのままの姿をさらけ出せるだけの信頼関係は醸成《じょうせい》されてる。この家で充電して、朝になったら外に出て働いて、また帰ってきて充電するっていう『イエ』と同じ機能を果たしてる。だけど社会からは認められない。そういうのが、なんか嫌なんだよな」

ずっと話したかったことだったのかもしれない。潤は一息に話し終わると、満足とも、あきらめとも取れる小さなため息を漏らした。

「ん、なんとなく言いたいことはわかる」

「しないって決めてるわけじゃないんだ。ただ、できないだけで」

「そっか、じゃあ、そのうち雷みたいに落ちてくるかもね」

「かもな」

少し冷めかけたシンガポール風チキンライスとパクチーをスプーンでがしがし混ぜて飲み込むと、潤に親指を立てて見せる。

「マジでおいしい。黄金の国ジパングまであと少し」

「和食は最難関だからな。がんばります」

照れたような顔で潤が笑う。料理をほめられたのが嬉しいのだろう。上機嫌でグラスを干す潤を見ながら、子どもみたいだ、とおかしくなる。


部屋に戻って文机《ふづくえ》の小さな引き出しを開けた。使い古したパスケースの中から兄の写真を取り出す。兄の笑顔。永遠に失われてしまった大切なもの。後に残ったのは、手触りも何もない、ただのぽっかりとした空洞だ。ふとした拍子にすきま風が通り抜け、そのたびに体を折り、目を固く閉じてしのがなければならない。

ずっと迷いを感じてきた。臨床心理士として、目の前の誰かを救いたいという思いに偽りはない。だが、果たして自分にそれができるのだろうか。兄の死を認めず、かたくなに一所から歩み出そうとしない自分に。

兄はいつも写真の中で、無責任に笑っている。

「アイアイ、だいじょうぶ」

あの言葉をもう一度聞きたい。けれど、写真の兄はもう決して藍に語りかけてはくれない。

第四章　アノマロカリス

「水沢先生、お客さまです」

受付の女性に声をかけられてスタッフルームを出ると、ソファから女性が立ち上がるのが見えた。診療時間が終わる直前の午後六時四十分。

「あ……」

思わず声を出すと、女性はおずおずと小さくお辞儀した。相変わらず化粧気のない顔に、立川拘置所の前で会った時と同じ、黒光りする革のハンドバッグを手にしている。

「来て下さったんですね。良かった」

女性は気まずそうに周囲を見回している。

「あの、もし良かったら、どこか外でお話しできないでしょうか……」

クライエントとは決められた時間と場所でのみ会う……斗鬼の渋い顔が目に浮かんだが、女性が怖《お》じ気《け》づいて帰ってしまうかもしれない。致し方ない特例、と決め込んで女性に笑顔を返す。

「すぐ戻ります。ちょっと待ってて下さい」

大急ぎでスタッフルームに戻り、ホワイトボードに「早退」と書いて受付の女性に伝え、鞄と薄手のジャケットを手にした。スタッフルームを出ようとしたところで、仁王立ちしている潤にぶつかった。

「あ、ごめん」

「ダメだって」

「何が？」

「外で話聞こうとしてるだろ」

「うん……だって、そっちの方が話しやすそうだから……初めてだし」

「話聞くのはクリニックの中じゃないと。わかってるだろ。これは遊びじゃない、『仕事』なんだ」

仕事、のところを強調して言う。

「……わかってる」

「オレが使ってたカウンセリングルームAが空いたから」

背中に潤の視線を感じながら、ホワイトボードの「早退」の文字を消し、「カウンセリングルームA」のマグネットを貼り直す。大急ぎで脱いだばかりの白衣をもう一度着て、鞄とジャケットを自席の椅子めがけて放り投げると、急いで受付に戻った。

「お待たせしました」

声をかけると、女性は見ていたクリニックのパンフレットを慌ててラックに戻そうとした。

「あ、それ、どうぞ」

女性は恐縮したように「すみません」とつぶやくと、A4サイズのパンフレットを二つに折って丁寧にバッグにしまった。

「あの、もし良かったらお部屋が空いたんで、そこでいかがでしょうか」

藍が言うと、女性はとまどったように部屋の方を見たが、少し逡巡《しゅんじゅん》した後、小さくうなずいた。

部屋に入ってからも、女性はうつむいたまま、勧めた椅子に座ろうとしない。

「あれから、お体の調子はいかがですか？」

藍が言うと、女性はそのままの姿勢で「あまり、良くありません」と言った。

せめて名前を訊こうと口を開いた瞬間、女性ががばっと顔を上げた。驚いてそのまま口を閉じる。

目の焦点をぼやかして女性の全体像をとらえる。目線は顔から外さない。視線をあちこちに動かすと、相手が観察されている、と思って緊張してしまうからだ。女性は先日と同じ、ベージュのセットアップを着ていた。もう十月も末だというのに、七分袖のニットで寒くないのだろうか。あの時はきちんとした印象だったが、ニットは全体に薄く毛羽立っている。髪にはうるおいがなく、肩までの髪がバサバサと波打っている。腕時計やアクセサリーの類いはつけていない。ただ鞄だけが彼女の矜持《きょうじ》を示すかのように、なめらかに黒光りしている。

「体のどのあたりがおつらいんですか？」

「全部です。体も、ここも全部……」

言いながら、訴えるように手のひらで胸のあたりを押さえる。

「どう、つらいんですか?」

女性はそれには答えず、藍に顔を近づけた。

「ここでのこと、全部内緒、なんですよね」

「はい」

「何を話してもいいんですよね」

「はい」

「思い出話とかでもいいんでしょうか?」

「もちろんです。何を話して頂いてもいいんですよ。その前に、お名前だけ伺《うかが》っても良いでしょうか? 私は水沢藍。三十歳。臨床心理士です」

彼女は落ち着きなく、目をしばたたかせた。

「……聡美《さとみ》です」

「聡美さん……名字は?」

「……山田《やまだ》、です。四十九歳です」

「では、聡美さんとお呼びしてもよろしいでしょうか?」

彼女は小さくうなずくと、遠慮がちに咳払いした。椅子をすすめると、バッグからハンカチを取り出した。小さな自動車の縫い取り。端に、S・Yとイニシャルがある。それを神経質そうに椅子に敷くと、その上にそっと腰をおろし、もう一度「何でもいいんですよね」と訊いた。

藍が深くうなずくと、聡美は突然、堰《せき》を切ったようにしゃべり出した。

「あのね、息子が五歳の時のことなんですけど、体操の授業を受けてたんですよ。ボールをドリブルしながら、コーンを回るんです。そのあと、走って行って跳び箱の上に乗って、飛び降りる。それからケンパケンパをして、うさぎさんのマネをしながらゴールする……うちの子は、こんな簡単なコースが覚えられないいんですよ。周りの子はすぐに覚えて、タイムを競っているっていうのに、うちの子だけコースが覚えられなくて、跳び箱の前で立ち尽くしてる……もう、気が気じゃなくて」

話し始めると、まるで別人だった。身振り手振りを交え、ものすごい勢いで話す。何のことだかさっぱりわからないが、とりあえず傾聴《けいちょう》する。あの日、背中を丸めて歩いていた姿からは想像もつかないエネルギッシュな話し方……まるで何かに憑《つ》かれているかのようだ。気分が高揚しているせいか、幾分顔の血色《けっしょく》も良くなったように見える。

「順番が終わって息子がこちらに帰ってくると、こっそりボールペンの先であの子を刺すんです。他のお母様方がいらっしゃるのに、声に出して怒れないでしょう？　代わりに、お腹のあたりをブスッと……あの子、泣き虫で、何かあるとすぐに泣くんですよ。息子が泣きそうになると、にらみつけて絶対に泣かせないようにするんです」

思い浮かべると空恐ろしいような光景だが、とりあえず否定せずにうなずいておく。

「でもね、そんなことじゃ、あの子ちっとも覚えないんですよ」

聡美は鼻から不満げに息を吐いた。

「家の中に同じようなコースを再現して、何回も何回も、体が覚えるまでやらせるんです。床に置いて目印にするミニサイズのコーンやマーカーも買いましたし、跳び箱も買いました。小学校受験では、ただできるだけじゃなくて、スピードも問われますし、きびきびとメリハリのついた身のこなしができることが重要なんです。お受験塾の先生に言われたんです。このままじゃ志望校はおろか、考査に体操がある学校は全部落ちますよって」

小学校受験の話だったのか、とようやく合点がいく。口を挟む間もなく、聡美が話し出す。

「それからお工作です。あの子、絵は得意だったんですけど、とにかくお工作が苦手で……好きな動物とか空想の乗り物とか、テーマを決めて作らせるんですが、五歳の子どもが自分で創意工夫して素晴らしいものを作れるはずがないんです。だから、親があらかじめ作るものを決めておいて、どんなお題が出ても対応できるように訓練しておくんですよ。木登りが得意な子ならサル、と自分の得意なことにつながる動物を選んで、その作り方を何度も何度も練習させるんです。蛇腹折りを覚えさせたり、画用紙を丸めて筒にして、両端にはさみで細かく切れ込みを入れて立つようにするとか、基礎的なお工作の技術も繰り返しやらせて覚えさせなければなりません」

お題、お工作……小学校受験特有のワーディングなのだろうか。

「はあ、何か動物を選ぶんですね」

「ええ、うちの子はアノマロカリスだったんです」

「え？　アロマ……」

「ア、ノ、マ、ロ、カ、リ、ス、です」

聡美は小さい子に言って聞かせるように、一語ずつ区切って発音した。

「アノマロカリスって、あの子何度言わせても覚えられなくて……」

さもありなん、と心の中で五歳児に同情する。

「恐竜よりずっと昔、五億年前からいる古代生物で、絶滅してるんですけど、最強なんですよ。ナマコみたいな体で一見弱々しいんですけど、口には鋭いトゲが生《は》えていて、触手につかまったら最後、口に運ばれてグサッと……」

想像して、思わずのけぞる。

「当時の海洋生態系に君臨する、最強の生き物だったんです」

「……はあ」

「うちの子は痩せてて色白で、見るからに頼りなかったので、見かけとは違う、っていうギャップをアピールしたくて……」

その最強生物を作ることで、「ギャップ」はうまく伝わったのだろうか。

「お試験で、ちゃんとそういうお題が出たんですよ。好きな動物は何か、って。あの子ちゃんと作れたって……」

「アロマノ……」

「アノマロカリスです。ちゃんとお試験で先生に説明したって言ったんです」

勢い込んで話していた聡美が、突然目を伏せた。

「でもダメでした……」

「……不合格、ということでしょうか」

聡美が力なくうなずく。

「それから……仕方なく、受けるつもりのなかった滑り止めも受験しました。こっちはペーパー重視校だったんで、天井に届くほどのペーパーを毎日毎日やらせました。特に先生、あの子は算数的思考がダメなんです。観覧車とか、立方体の数とか、見えないものを想像する力がないんです」

「観覧車？」

聡美が辺りを見回した。

「何か紙、ありますか？」

「ああ、紙……これでいいですか？」

自分のバインダーからA４サイズの白い紙を一枚抜き取って鉛筆といっしょに渡す。聡美はあっという間にコアラやサルやパンダの乗った観覧車の絵を描いた。

「お上手ですね」

聡美はそれには答えず、観覧車を藍のほうに向け、矢印を書き加えた。

「いいですか。観覧車がこの矢印の方向に回ります。パンダさんが一番下まで動いたとき、今ブタさんがいる場所に来る動物はどれですか。選んで○をつけましょう」

「え？　すみません、ちょっと、もう一回お願いします」

聡美が呆《あき》れたようにため息をつく。

「先生、小学校受験は文字を読めない前提の幼児が受けるんですよ。ほとんどの発問が口頭で、それも一回しか読み上げてもらえないんです。もう一回、はダメです」

とりあえずイヌの絵にマルをしてみる。

「はい、ブーッ！」

聡美の大声に驚いて心臓が小さく跳ねる。

「違うでしょ、正解はコアラさんです。パンダさんが一番下に来ると言うことは、矢印の方向に四つ進むと言うことです。四つ進んだらブタさんの位置に来る動物、ということですから、ブタさんの四つ前の動物が正解です」

「……はあ」

ため息しか出ない。わずか五、六歳の幼児がこんな問題を耳だけで聞き取って答えるなんて、曲芸レベルだ。それにしても、聡美はなぜ憑かれたようにしゃべり続けるのだろう。こういう時、我々は傾聴に徹するべきと教えられている。多弁の中に、彼女の苦しみの根源が隠されているのだとしたら、そこに寄り添い、共感することがクライエントに安堵《あんど》をもたらし、希望の萌芽《ほうが》となることがあるからだ。

「それから、忘れちゃいけないのが面接です。子どもは『パパ』とか『ママ』とか、絶対に言ってはいけないですし、他の学校を受けていたとしても、決して口にしてはいけません。何時に起きたか訊かれたら『午前六時』、普段のお食事は、と訊かれたら、『ごはんとお味噌汁と焼き魚』、それにお母様手作りのきんぴらとか卯の花とかが付くと良いですね。それから好きなお遊びは鬼ごっことか、かくれんぼ、探検ごっこ。それに何か創意工夫のある遊びが加わると、なおいいです。お友達と仲良く遊ぶことができて、かつ独創性があることをアピールできますから。おうちの方とは、休日に山登りとか、お庭で家庭菜園とか、お父様とジョギングとかキャッチボールとか、とにかくご家族の仲が良くて、日頃から自然に触れさせているおうちであることを強調します。そうそう、そのために狭いベランダにたくさんの植物を植えました。朝顔とかゴーヤでは当たり前すぎてダメなんです。先生が聞かれて『へ〜っ』と感心なさるようなものがいいんです。うちはマリーゴールドを植えました」

胸をそらし、鼻の穴を膨《ふく》らませている。ここは訊かなければならないところだろう。

「どうしてですか？」

聡美は待っていた、とばかりに目を見開いて体を前に乗り出した。

「お父様がお母様に初めてプレゼントしたお花だからです。そう聞けば、みなさん『まあ、仲がよろしいのね』ってなりますでしょう？」

「あ、ええ、まあそうですね」

気おされてうなずく。

「黄色のマリーゴールドっておひさまみたいなんです、って、あの子面接でちゃんと言えたんですよ。それなのに、また不合格。結局まったく視野にも入っていなかった学校の二次募集まで受ける羽目になりました」

「二次募集？」

「定員割れしちゃった私立小学校は二次募集をかけるんです。生徒が少ないと、その分授業料が入らなくなりますでしょう？」

「なるほど」

「その学校は、男の子は中学校に上がれないんです。もともと女の子の学校なので。でもね、先生。ここまで頑張ったんですもの、子どもに可愛い制服を着せてあげたいじゃないですか？」

「はあ……制服、ですか」

それは単なる親のエゴじゃないかとも思ったが、口には出さない。カウンセラーは、余計な口を挟まずに傾聴する「共感的理解」が重要とされる。「共感的」というのは、相手の立場に立って相手をありのままに受け入れるということだ。とにかく無条件の肯定をもって話を聞き、クライエントと共に道を探すことが関わりの核になる。

「可愛いんですよ、すごく。そこの制服が」

聡美が夢見るような顔をする。

「チェックのズボンにね、校章の入った小さなネクタイ。帽子もね、冬はフェルト、夏は麦わらですごく素敵なんです。帽子のリボンにも校章が入っているんですよ」

「はあ」

先ほどから「はあ」しか言っていない気がするが、聡美はまったく気にする様子もなく話し続ける。

「校庭でかけっこをしているときに、校長先生からお声かけがあったそうなんですよ。『広いでしょう。のびのび走っていいんですよ』って。特定の子どもに校長先生が声をかけられるなんて、めったにあることじゃありません。あの子からそれを聞いて、私も主人も確信しました。ああ良かった。色々と大変な思いもしたし、決して望んだ学校じゃないけれど、ここでいいんだ。ご縁があったところが息子に合った学校なんだ、って……」

そこで聡美は一旦言葉を切って、うつむいた。

「でも、ダメだったんです……」

まるでたった今、不合格の通知を受け取ったかのような表情だ。何と言っていいかわからない。しばらくの間、居心地の悪い沈黙が続いた。

やがて聡美がガバッと顔を上げた。

「でも、私はあの子を責めたりしなかったんです。受験なんて、いつ挑戦するかだけの問題だから、気にしなくていいのよ。中学受験で良い学校に入って、みんなを見返してやればいいんだからって、息子を励ましてやりました。でも、幼稚園は針のむしろでした。誰それ君は倍率十倍のどこに入った、何ちゃんはここにもあそこにも受かったので、どちらにするか悩んでいるらしいとか、みなさんお受験の話題で持ちきりなんです。だから、自然と幼稚園から足が遠のきました。登園するたび『おたくはどちらに?』って訊かれるのが怖くて……ええ、みなさん、あからさまに口に出したりはしないんです。でも、目は正直なんですよ。お受験が終わった十二月から三月の卒園式まで、幼稚園には一度も行きませんでした。息子は行きたがりましたけれども、『恥ずかしいからやめときなさい』って、行かせませんでした」

あまりのことに脳が一時停止する。たかが小学校受験の結果に悩んで三か月も幼稚園を休むなんて、常軌《じょうき》を逸《いっ》している。

「……卒園式には出席されたんですか?」

「ええ。行きました。そしたらあの子、トイレで吐いちゃったんです。嘔吐物にまみれた制服の上着を脱いで、あの子だけシャツ一枚で卒園式に出ました。みんな紺の制服なのに、あの子だけ白いシャツで、完全に浮き上がっていました。もう、恥ずかしくて、恥ずかしくて……なんだか白旗を揚げてるみたいな気がしたのを覚えています。敗者は、どこまでもひどい辱《はずかし》めに遭うんだわって……」

「敗者」という言葉が固い塊《かたまり》となって胸の中に落とし込まれる。広がった不穏な波紋を打ち消そうと、ことさらに明るい声を出した。

「息子さん、体調が悪かったんですか？」

「いいえ……」

聡美はうつむいてフレアスカートの膝《ひざ》のあたりを握《にぎ》りしめた。

「あの子に訊いたんです。どうして吐いちゃったの？　気分が悪かったの？　って。そうしたらあの子、言ったんです。トイレで仲良しの男の子が寄ってきて『これ、いいでしょ。僕が行く学校の制服なの』ってシャツの胸に入っている校章をつまんで見せたんだそうです。園の制服の代わりに、四月から通う小学校のシャツを着ていたんですね。あの子が受験した学校でした。『それを見たら、ものすごく気持ちがわるくなって、はいちゃったんだ』って……」

聡美がハンカチを口元に押し当てる。目に涙が膨れあがってきたと思うと、やがて声を上げて泣き出した。そばに行って、背中をさする。

「私が悪かったんです。無理にお受験なんてさせたから……やめておけばよかった。本当に、私が馬鹿だったんです。周りの空気に染まって、息子のやりたくないことを無理強いして、あの子を傷つけてしまった……」

小学校のシャツを着てきたという自慢げな子どもの顔が浮かぶ。子どもは生まれながらにして悪なわけではない。だが、善なる存在でもない。人間は動物だ。生き物として備わっている欲求や本能と無縁ではいられない。見せびらかしたい、羨ましがらせたい、といった欲求は快感がともなう。だから、自分にとっては合理的な行動だが、他人から見れば「悪」だ。成長の過程で、そうした欲求が自分の中にあることを受け入れ、それをどう社会に適合する形で表していくか、教えていかなければならない。欲求自体をなかったことにして抑え込むと、行き場を失った欲求は成長して暴発し、より大きな問題となって出てくることがある……だが、自慢げな友達の顔を見た少年の痛みを想像すると、やりきれない気持ちになった。なんと声をかけるべきか迷っていると、突然聡美が立ち上がり、大きな音を立てて椅子を引いた。

「どうしたんですか？」

藍もあわてて立ち上がる。

「ごめんなさい、ちょっと気分が……失礼します」

言いながら、ものすごい勢いでカウンセリングルームを走り出て行く。あわてて後を追うと、聡美はトイレに駆け込んだ。外で様子をうかがいながら聡美を待つ。五分経《た》ったら声をかけてみよう、と思いながら先ほどのやりとりを反芻する。やはり、自分の反応が遅すぎたのだ。傾聴しているだけではだめで、適切なタイミングで反応を返すべきだった。なんと声をかければいいか迷っているうちに、聡美の顔はどんどん青ざめていった。自分のせいだ……。時計を見る。五分が経過したのを見て、声をかける。

「聡美さん、大丈夫ですか？」

反応がない。女子トイレの中に駆け込む。聡美は個室にカギをかけずにトイレの便座にふたをしてその上に座りこんでいた。頭をぐでんと下げ、今にも床に倒れこみそうだ。立川で最初に会った時と同じ……すぐにスタッフルームに戻り、紙コップに水をくんで持ってくる。

「これ、飲んでください」

聡美はコップを受け取ると、青白い顔でまるで苦いものを口にするように、少しずつ飲んだ。コップを空《から》にすると、小さく折りたたんでバッグにしまおうとする。

「あ、いいですよ。それ、もらいます」

藍が受け取ると、聡美は小さく頭を下げた。トイレに来るのに、なぜかバッグを持って来ている。膝に置かれたそれはよく手入れされて、滑らかな革の表面にトイレの天井灯《てんじょうとう》が映っていた。

「素敵なバッグですね」

「ああ、これ……お受験の前に、奮発して買ったんです」

愛おしそうにバッグの表面をなでる。目に涙が滲《にじ》んでいた。

「立てますか？」

聡美が小さくうなずく。

「少し横になってください」

カウンセリングルームに戻り、聡美をソファに横たえる。タオルケットをお腹のあたりにかけると、聡美は目を閉じて、ふう、と小さく息を吐いた。

「夜、眠れていますか？」

聡美は目を閉じたまま、無言で小さく首を振る。

「……私、どうして眠れないんでしょうね」

聡美が藍に問う。

「どうして眠れないんだと思いますか？　何が原因なんでしょう」

聡美が首をかしげる。これは「アンサリング・バイ・アスキング（問いかけによる答え）」という手法で、何も答えないことで、クライエントは自らその先を考えていかなければならない。だが、聡美はぐったりしたままで、もはや何かを考える力は残されていないようにみえた。

「来週、またいらっしゃいますか？」

聡美は少しした後、小さくうなずいた。少し眉毛を描き足しただけ。ほとんど化粧気のない顔にほんの少し赤みが差した気がする。また会える人がいること、どこか出かける場所があること、予定があること、それ自体が希望になることもある。しばらくすると聡美から規則正しい呼吸が聞こえてきたので、部屋の照明を少し落とし、そっとカウンセリングルームを出た。

受付で帰りたそうにしている事務の女性に「最後、戸締まりして帰りますから、先に上がって下さい」と声をかける。起きたら飲んでもらおうと、スタッフルームからお湯の入ったポットとハーブティーのパックと紙コップを二つずつ取って部屋に戻った。聡美は革のバッグを大切そうに胸に抱えたまま、小さな寝息を立てて眠っていた。その横顔に、藍はなぜ自分が聡美に声をかけたのか分かった気がした。救いようのない苦しみを背負った人は、みな灰色に沈んでみえる。遺体安置室の前で父に支えられていた母の横顔も灰色だった。生と死の境目に落ちこんで、どちらに行くこともできず、さまよい続ける魂の色……。幼い頃、毎年初夏になると、父の故郷を訪れ、野焼きを手伝った。風のない日を選んで、畑で藁《わら》や枯れ草を燃やす。辺り一面、灰色に様変わりした畑はまるで死に絶えたように見える。けれどその灰は畑の滋養となって、次の季節、豊かな実りに生まれ変わるのだ。灰色は、黒と白の間にあって、生と死の世界、どちらにも行ける可能性を秘めた色だと思う。

聡美の寝顔を見つめる。眉間に深い縦皺が刻《きざ》まれている。つかの間の眠りでは、彼女を苦しみから救うことはできないのだろう。この人を苦しめているものは一体何なのか、ゆっくり時間をかけてひもといていくしかない。ずり落ちたタオルケットをそっと聡美の肩のあたりまで引き上げた。

§§

綾香のマンションに着いてインターホンを鳴らすと、「どうぞ」と見知らぬ女性の声がした。母親だろうか、と思いながら共用エレベーターを上がる。エレベーターにはテレビモニターがついていて、癒やし系のBGMと共に映像が流れている。今日は「晴れた日の海」だ。寄せては返す波。白砂の浜と遠浅の透《す》んだ海が遠くまで続いている。どこだろう。沖縄か、宮崎、鹿児島……そこまで考えて、あわてて目をそらす。兄につながるようなものは見ない。考えない。そうやって何とか凌《しの》いできた。

出迎えた女性は「野中章子《のなかあきこ》です」と控えめに名乗り、毎日朝から夕方まで通いで来ている家政婦だと言った。髪を後ろで一つにまとめた品の良い五十代くらいの女性で、綾香の部屋に案内すると「後でお茶をお持ちしますね」と伏し目がちに言って去って行った。

先日と同じ、整然と片付いた綾香の部屋に入る。これだけの衣服があるのに、きちんと色別に並べられている。アパレル会社の倉庫みたいだ。綾香は壁際に置かれたデスクの前に座ったまま、こちらを向いた。

「こんにちは」

声をかけると、綾香は立ち上がり、頭を下げた。両手をきちんと体の前で重ねている。私立女子大の付属小学校に通っていると聞いた。しつけが行き届いていることに感心する。

本屋の袋から問題集を取り出して綾香に見せる。

「これ、やったことある？」

初歩的な英文法のドリルだ。ケンブリッジ大が発行するテキストを持っている子に何をやらせればいいか皆目わからず、東京駅前の大きな書店を訪れ、店員さんに訊いてとっつきやすそうな入門編を出してもらった。綾香が首を振る。

「良かった。二冊買ったから、はいこれあげる」

一冊差し出すとおずおずと手がのびて、テキストを受け取った。

「英語、得意？」

「まあまあ……です」

「綾香ちゃんの学校ではどんなことするの？」

綾香が眉間に小さな皺を寄せたので、学校について触れたことを一瞬後悔する。その後、

「歌とか……」と普通に答えたので胸の中でほっと息をついた。

「歌か、どんなの歌うの？」

「羊《ひつじ》の歌」

「羊の歌？」

オウム返しに訊くと、綾香は困ったように首をかしげる。

「バーバーブラックシープ」

スマホで再生してみる。英語の歌詞と共に、日本語の訳も載っていた。

「めぇめぇ　黒羊さん
あなたは羊毛を持ってるの？

ええ、ええ、持っています
三つの袋一杯に
一袋はご主人さまに
一袋は奥方さまに
もう一袋は、路地の向こうの坊やのために……」

「へえ、かわいい歌だね。聞いてみたいな。覚えてる？」

綾香が小さく首を振る。

会話が続かない。デスクの横にかけられた赤と白のポンポンを見つけて「これ何？」と訊いてみる。

「運動会の……」

「応援するの？」

「ダンスの」

「ダンスに出るんだ」

また首を振る。

「出ないの？」

「……出たくない」

「なんで？　ポンポン持って踊るの可愛いと思うけどな」

小さく嫌々するように首を振ると、そのままうつむいてしまった。黄色い靴下をはいた両足を見つめたまま動かない。

「あ、その靴下、こないだのキャラクターだよね。激しく踊りまくるやつ……ふわニャン、だっけ？」

綾香の目元がほんの少し緩む。話を続けようとした時、控えめなノックの音がして、野中章子が紅茶とエクレアを運んできた。

「ここに置きますね」

部屋の中央に敷かれた丸いラグの上の小さなテーブルにお盆を置く。紅茶にはミルクと砂糖、それにレモンも添えられている。

「こっちで食べよっか。なんか先生、来たばっかりなのにおなかすいちゃった」

誘うと素直にテーブルの前に座る。

「お父さんとお母さん、今日はお仕事？」

首をほんの少し傾け、曖昧にうなずく。

「お母さんは何のお仕事してるの？」

「お父さんと同じ」

「金融関係？」

小さくうなずいた。

「そっか、忙しいんだね」

またほんの少し首をかしげる。しゃべるのが苦手なのだろうか。先ほどから何を訊いても万事この調子で会話が転がらない。自分の気持ちをうまく表現できない、そして、そんな自分自身のことを嫌悪《けんお》して、さらに無口になる……クライエントが語らない、というケースは難しい。問題がどこにあるのか見つけることができず、対処のしようがない。かといってリストカットをこのまま放っておくわけにはいかない。何かに頼って自分をつかの間癒やす「依存」は、いつか本人を丸ごと飲み込み、破滅させてしまう。リストカットを指摘して無理矢理やめさせる、という方法では、綾香の苦しみを取り除いてやることはできない。とにかく時間をかけ、綾香が自分の思いを吐き出せる環境を作って苦しみの根源を探していくしかない。

綾香が無口になったのはいつからだろう。元々の性格なのか。綾香のことを一番よく知っているはずの母親はいつも家にいない。せめて、学校に行けなくなってしまった綾香のために、どちらか片方の親だけでもそばにいてやってほしい。それが叶わないのなら、せめて限られた時間だけでも自分がそばにいて、綾香の苦しみに寄り添ってやりたい。そのためには綾香が心を開くまで待つしかない……

紅茶のカップを手にした綾香の手首には、真新しい傷跡ができている。幾度も幾度も切られた手首は、茶色のバーコードのようになっていて、その上からまた更に真っ赤な直線が走っている。その真紅《しんく》の傷跡は、綾香の心が血を流し続けていることを物語っている。取り返しがつかなくなる前に、綾香の心を開かせたい。

英文法の授業を終え、お盆を返そうと台所の入り口から中をのぞく。先ほどの野中が手を拭きながら出てきて、お盆を受け取った。

「ちょっと教えていただきたいことがあって……お母さんがいつもいらっしゃらないのは、お仕事のためでしょうか？」

野中は視線をわずかにずらし、「綾香ちゃんがそう言っているんですよね」と確認するように言った。

「ええ、金融関係のお仕事をしていて忙しいって……」

「それなら、そうなんだと思います」

野中の言い方に引っかかる。

「あの、綾香ちゃんが学校に行けなくなった理由、野中さんはご存じでしょうか？」

「……いえ」

顔をそむけながら短く答える。野中は知っている、と直感した。

「野中さんから伺ったとは言いませんので……」

「いえ、本当に何も存じ上げないんです。それでは、お夕飯の支度がありますので、これで」

そう言うと、野中は背中を向け、台所の奥に消えた。

§§

三回目の訪問では、予期せぬ進展があった。綾香の部屋に入り、デスクの脇に置かれた藍専用の椅子に座ると、綾香が横目でじっと見た。そして言ったのだ。

「先生の服って、いつも地味だよね」

内心ガッツポーズを作る。イエス、ノーといった当たり障《さわ》りのない受け答えではなく、自分の考えを表明する、これはいい兆候だ。藍も負けじと綾香のファッションについての持論を展開する。最近はもっぱらシンプルな服が主流だが、綾香のセンスは真逆だ。引き算の美学が重んじられやすい風潮に反旗《はんき》を翻《ひるがえ》すように、徹底した足し算を貫いている。フリルのスカートにキャラクターのトレーナー。蛍光イエローのボアのついたパーカーを重ね着して、足元はストライプの長靴下。……種々雑多なものを組み合わせているのだが、独特のセンスで統一された「綾香ワールド」がある。そう言うと、綾香の頬に赤みがさした。感情が動いた証拠だ。だが笑わない。本人が意識しているかどうかはわからないが、喜びの感情を表に出してはいけないと自分にブレーキをかけているのだろう。

「よし、じゃあ授業始めよっか」

藍が言うと、綾香がぎゅうぎゅう詰めの本棚からテキストを引っ張り出そうとして、本棚に置かれていた木製の写真立てがカーペットの上に落ちた。中の写真に目が吸い寄せられる。どこかのレストランだろうか。「ハッピーバースデー　とうまくん」と書かれたショートケーキに、まだ火の付いていないろうそくが三本。幼稚園児くらいの男の子が一人、正面に座っている。まっすぐに切りそろえられた前髪、くりくりと丸い黒目がちの目、赤みを帯びた頬がかわいらしい。無邪気《むじゃき》に大きな口を開けて何かを歌っているようだ。

「弟さん？」

綾香がうなずく。

「綾香ちゃんが撮ったの？」

再び無言のまま、小さくうなずく。

「大きなお口、かわいいね」

「弟は、歌が好きだったから……」

「好きだった」と過去形なのが気になった。

「そっか……弟さんは？」

「……今はいない」

綾香の顔が曇り、そのまま口を閉ざした。「いない」というのは、家にいないということか。写真を飾っているということは、亡くなっている可能性もあるのだろうか……。だが無理強いは禁物だ。綾香が自分で話し出す時を待ちたい。

「綾香ちゃんは何が好き？」

綾香は首をかしげて、今流行りのSNSアプリの名前を挙げた。人と会わずに済む、ネット空間。そこでは匿名性《とくめいせい》が守られ、好きな人格に生まれ変わることができる。今の綾香にとって、自分でない何者かになることは大きな慰《なぐさ》めなのだろう。

兄が死んだ後、しばらくは人に会うことが怖かった。相手が自分から何かを読み取ろうとしているのが分かるから、目を見ることができない。期待通り悲しみにくれる藍がそこにいれば、相手は安堵し、同情してくれる。だが、期待ほどの悲嘆《ひたん》や苦しみが読み取れないと、相手はとまどい、失望し、やがて藍に反感すら抱くようになる。相手の瞳の中に、自分自身が合わせ鏡のように映し出されるのが苦しかった。兄を亡くしたのだから、悲しみに沈み、うつむいていて当然だ。前に進もうとするなんておかしい、という無言の圧力がある。だから、しばらくの間人に会うのを避《さ》けて家に閉じこもっていた。

綾香は家庭の中でも感情を自由に出すことができない。だからネットの世界に逃げ込んだのだろう。「わかるよ」などと安易な言葉をかけたくなかった。

「先生も、やってみよっかな」

綾香の目に小さな光が宿る。綾香の手ほどきを受けながらＳＮＳのアプリをダウンロードし、綾香のＩＤを聞いた。

家に戻ると、さっそくその日のうちに自分用の新しいアカウントを作った。ＳＮＳは苦手でこれまで手を出さなかったのだが、同じ世界を共有したい、という思いを綾香に伝えたかった。すでに午後十時を回っているが、綾香にメッセージを送ってみる。

「綾香ちゃん、藍です。よろしくお願いします」

「早！」

「人生初のＳＮＳ。ついにデビューしました」

「遅……」

「一文字しばり？」

「爆」

ＳＮＳ上の綾香はユーモアがあり、人が違ったように闊達《かったつ》な印象だ。

「さっき綾香ちゃんの投稿見てたの。すごいフォロワー数だね。みんなファッション好きな人たち？」

「そうでもない」

「じゃあ、綾香ちゃんのファンかな」

「うーん、わかんない」

「綾香ちゃんたちは、こういうの強いよね。先生も小学校で実習してたとき、みんながタブレット使いこなしてて驚いた」

「先生、小学校で教えてたの？」

「ううん」

「じゃあ、何してたの？」

「特に何も」

「プー？」

「うん、プー（笑）」

「（笑）ってオバサンぽい」

「そうなの？」

「マジで学校で何してたの？」

「ボランティアの補助教員、障害がある子とかのお世話してたの」

「どんな？」

「色々だけど……」

「おぼえてる子、いる？」

「うーん、そうだな。色々いるけど、特に印象に残ってるのはマモル君かな……」

スマホの画面から目を離すと、記憶の底からマモルの笑顔が浮かんできた。見るたび、いつもアンパンマンを思い出すまん丸な顔。笑うと右頬に小さなえくぼが浮かんだ。今どうしているだろう。

大学院最後の年、小学校で実習をしていた時のことだ。四年生のクラスにいたのがマモルだった。両親が嫌がって医者に診せないことから、正式な診断はついていないのだが、発達障害が疑われていた。とにかく一時もじっとしていられない。始終声を上げながら教室の中を歩き回り、誰彼構わず話しかけ、ノートをのぞきこみ、先生の話に反応して大声を上げる。一人一台デジタル端末が配られるとすっかり夢中になり、授業中、先生がアップした教材に関係のない絵や文字を書き込んでしまう。そのうち操作に習熟したマモルは、教職員専用の管理者モードを使って、全クラスのデータを一括消去してしまった。「授業にならないんですよ。もうとにかく何でもいいから、彼を見張ってて下さい」という担任教師の切実な要望で、スクールカウンセラーの見習いをするはずだった藍は、急遽「困ったちゃんのお守り」をすることになった。

マモルは大柄で、四年生だというのに体重が五十キロ近くある。椅子に座らせようにも藍一人ではどうにもできず、初日から困り果てていた。その時目に入ったのが、教室の隅に折りたたんでしまわれていた古びたテントだ。夏の林間学校で使ったものらしく、あちこちに乾いた泥がこびりついている。遠い昔、兄の貴之とよく屋根裏に放置されたテントの中に入ってキャンプごっこをしたことを思い出した。中にお菓子を持ち込んで二人で食べたり、リコーダーを吹いたり、兄が誕生日に買ってもらった小型ラジオを聞いたりした。それがテントの中である、というだけで、特別な非日常感が味わえた。気分が高揚し、意味もなく二人で笑い合ったことを思い出す。もしかしたら、マモルも気に入るかもしれない。昼休みにベランダの隅に一人がようやく寝られるくらいの小さなテントを組み立てた。中に入ってみると、なんだかホッとした。古いテントの湿ったようなかび臭いような匂いが心を落ち着けてくれる。相変わらず教室内を走り回っているマモルをつかまえて、テントの前に連れてくる。

「どう、入ってみない?」

マモルはハイハイの姿勢で、恐る恐るテントの中に入ってきた。体がすっぽりおさまると、藍と同じように体育座りする。座ってあたりを物珍しそうに見回し、やがて藍の方を向いて、にかっと笑った。意味もなく笑いがこみ上げてきて、二人でゲラゲラ声を出して笑い合った。貴之といるみたいだ、と藍は思った。

それからというもの、ベランダのテントはマモルの城になった。ただ閉じこもるだけならいいのだが、中から雄叫《おたけ》びやうなり声をあげるからたまらない。奇声が聞こえてきて授業に集中できないと他のクラスからも苦情がきた。いきおい、藍もテントの中に入ってマモルのお守りをすることになった。いつのまにかテントの中には、さまざまな絵が描かれた画用紙がぶら下げられていた。車、家、花、ボール、アニメのキャラクターのような動物。マモルは藍の家も描いてくれた。可愛い赤い三角屋根の小さな一軒家。庭に大小二匹の羊を飼っている。羊の名前は「チャコとミック」だと恥ずかしそうに披露《ひろう》すると、マモルは大切なことをささやくように顔を寄せ、「あんな、この羊、人間のことばがしゃべれんねん」と言った。東京に引っ越してきてから一年が過ぎていたが、マモルはいつまでも関西弁が抜けなかった。

「そうなんだ。じゃあ、今度チャコとミックをお茶に招待してみようかな」

藍が言うと、マモルは激しく首を振った。

「あかん、あかん。羊はお茶なんか飲まへんて。夏は青草。冬は干し草や。青草は水分多くて汚れやすいから、草は毎日入れ替えてやらなあかんで」

「すごい、マモル物知りだね」

藍が心から感心して言うと、マモルは胸を張った。


朝から雨が降り続いたある日、クラスの暴れん坊たちが始業前に教室内でドッジボールをしていて、うっかりベランダのテントを壊してしまった。元々ひしゃげていた古いテントはあっけなく潰れ、見る影もない。なんとかマモルが来る前にと修復を試みたのだが、骨が折れてしまい、元に戻すことはできなかった。なんとか別のものが調達できないかと、倉庫やら体育準備室やらをくまなく見て回ったが、見つからなかった。

登校してきたマモルはテントの惨状《さんじょう》を一目見るなり顔を歪《ゆが》ませ、恐ろしいうなり声を上げて教室から飛び出して行った。始業のチャイムが鳴っても帰って来ない。あちこち探し回っていると、校庭の隅にマモルの小さな背中が見えた。校庭の隅にある鶏舎《けいしゃ》の前に立っている。もともと鶏が飼われていたのだが、鳥インフルエンザが流行った時に、どこへともなく姿を消したのだという。保健所に引き取らせたのかもしれない。外は本降りの雨だ。大急ぎで職員室で傘を二本借り、校庭の隅をめざして走る。雨宿りのつもりか、マモルは鶏舎の中に入り込んでいた。真ん中にしゃがみ込んで地面を見つめている。

「何やってるの？」

驚かせないように静かな声で訊く。

「見て」

振り返って藍の顔を認めると、マモルはほんの少しだけ土が盛り上がったように見える箇所を指さした。

「この下、アリの巣やねん。雨の気配を感じたら、巣穴の入り口に土かぶせてフタするんやって」

「へ〜、雨を察知するんだ。賢《かしこ》いね」

「それだけやない。アリの巣の部屋は横穴やから、水がどんどん流れても、水が入ってこぉへんねん」

「すごいね。じゃあ壊れないんだ」

「そんでも、絶対大丈夫ってわけやないで。ちょっとこわれたとこは、雨が上がったら修理すんねん。水が引いたら、アリたちが外に出てきてせっせと土を運ぶのが見られるはずや」

「ふーん、そうなんだ」

藍は言いながらマモルの隣にしゃがみ込み、「じゃあ、待とっか」と言った。

「水が引いたら、アリが出てきて、ほんとに修理するかどうか見てみようよ」

マモルは驚いたように藍の顔を見た。自分の言葉にまともに反応する大人が珍しかったのかもしれない。マモルが目を合わせてくるのは初めてのことだ。

「ええの？」

小さな声で訊く。

「もちろん」

マモルはにかっと笑った。きれいな真っ白い歯並びを見せて、少し照れくさそうに笑った。

右の頬にくっきりとえくぼが浮かんでいた。

思い出す藍の顔にも笑みが広がる。マモルは生き物博士だった。昆虫からほ乳類、鳥類、魚類まで、ありとあらゆる生き物の知識を披露してくれた。藍はテント内に「ハカセの部屋」と手書きした画用紙の看板をつけた。だが、ひとたび授業が始まると、マモルは「扱いにくい問題児」に戻ってしまう。どちらもマモルだ。一日のうちに、マモルはハカセと問題児との間を行ったり来たりする。その激しい往来にマモルは一人で耐えていた。

実習は三か月で終わった。あれからマモルには一度も会っていない。だが、ふとした瞬間にちょっとはにかんだような笑顔を思い出す。

「それで、アリの修理は見られたの？」

綾香の返信にふと我に返り、時計を見ると午後十一時を過ぎていた。

「ああ、えーと、もう遅いから、続きはまた今度」

「つまんなーい」

ふてくされたブタのアイコンが一緒に送られてくる。

「寝なくちゃ。スマホの充電なくなりそうだし……あ、そういえば、今日の衣装もとっても素敵」

「素敵、ってイマドキ言わないよ」

「そう？『素敵』って、素敵な日本語だと思うけど」

「シャレ？」

「うん、オバサンだもん（笑）。じゃあね、もう遅いから」

「はーい、おやすみなさい」

最後にクマがナイトキャップをかぶって眠っているアイコンが添えられている。今夜は綾香もこのクマのように安眠できるといい。

マモルは今どうしているだろう。今年で十六歳、進学していれば高校生だ。相変わらずテントに替わる何かで、マモルの城を築いているだろうか。願わくば、誰かそばにいる人とあたたかな絆を結んでいますように。祈りながら、そっとアプリを閉じた。

§§

それからというもの、綾香とSNSでやりとりするのが日課になった。最初にメッセージを送るのはいつも藍だ。時間を決めず、他愛もないメッセージをとにかく毎日送る。だんだんネタが尽きてきたので、その日の昼に食べたものをきっかけにするようになった。メッセージを送ると、綾香はすぐに返信してくる。反応の速さが綾香の孤独を物語っているようで、切なかった。せめてやりとりをしている間だけは、リストカットのことを忘れてほしい。誰かとつながっているという実感をもってほしい。祈るようにスマホのキーを押す。

「綾香ちゃん、元気？　きょうはお昼に、近所にできたサンドイッチ専門店のポテサラサンドを食べました」

「ポテトサラダが入ってるサンドイッチ？」

「うん、おいしかったけど、イモと小麦だからカロリーお高め（笑）」

「ダイエットするって言ってたじゃん」

「明日からする（笑）」

「藍先生の（笑）ってクセ？」

「あはは、ホントだ。昔からなんだよね。若い頃のクセはそう簡単にならないってことかも。こういうのを『三つ子の魂』といいます」

軽い気持ちで書いたつもりが、そのあと綾香から返信が来なくなった。「既読」を意味するマークはついているが、綾香は沈黙したままだ。不安が湧き上がってくる。何か気になることを書いただろうか？　対面のコミュニケーションと違って、ＳＮＳは相手の表情がわからない。ちょっとした語尾や句読点、びっくりマークの使い方一つでニュアンスが変わってしまうこともある。何かフォローしなければ、とスマホを持ち直した時、綾香からメッセージが届いた。

「じゃあ、綾香もずっとこのままってこと？」

これまで冗談めかしたやりとりだったのに、突然シリアスな反応を返してくる。つまりそれだけ綾香の心の琴線《きんせん》に触れる何かだったということだ。立ち止まって考える。綾香の不安の源はなんだろう。綾香は自分自身を嫌っている。自分は一生このままなのか。ずっと変わることができないまま、大嫌いな自分と生きて行かざるを得ないのか……

考えながら、ゆっくりキーを打っていく。

「綾香ちゃん、先生も子どものころ、自分のことが大嫌いだったの。勉強もスポーツもだめで、綾香ちゃんみたいにかわいくもなくて、いつも小さく縮こまってて、学校なんてなくなっちゃえばいいのに、って思ってた。でもね、あの時先生に見えてた世界は、ほんのちっぽけなものだったんだってことが今はわかる。世界はもっとずっと広いし、いろんな肌や目の色をした人たちがいて、いろんな言葉でいろんなことを考えてて……そういうものを見たり、聞いたりしているうちに、少しずつ変わっていくのが人間なんじゃないかな」

途中から、あの頃の自分に語りかけているような気持ちになった。私がジョー・クリスマスや斗鬼に出会ったように、綾香にも様々な出会いがあるはずだ。世界はもっとずっと広く、きらきらした可能性に満ちていて、悲しみはそこにあっても、いつか誰かと目を合わせてほほえむことができるようになる、少なくとも、自分は今、そう信じようとしているのだと……

打ち終わると、少し考えるような間があって、綾香から返信が送られてきた。

「先生、自分好き?」

今度は藍が考えこむ番だった。シンプルな問いほど、答えるのは難しい。自分のことが好きか、と訊かれると「否」と即答する自分がいる。でも、その答えは綾香を励ますことになるだろうか。

迷った末、こう書いた。

「難しい質問だなあ。自分が好きかっていうより、自分を好きでいられるように、毎日がんばってるって感じかな」

「ふーん」

「いや、『がんばる』っていうのも違うかも。がんばらなくていい、そのままでいい。うん、綾香ちゃんはそのままで大丈夫ってこと」

そうなのだ。私たちは、こういう自分になるために今こうする、と目標から逆算して生きるクセを身につけてしまった。でも、それは幸せなことだろうか。逆算の人生ではなく、今のありのままを肯定する人生の方がずっと楽に生きられるし、幸せなんじゃないか。

「何それ、意味わかんない」

「そうだね。先生もよくわかんなくなっちゃった。これからいっしょに考えよう」

綾香からの返信は「先生はダイエットがんばらないと」。最後に少しためらったかのように、独立した「(笑)」が送られてきた。

第五章　アリの哲学

あわただしく午前の診療を終え、通勤途中にコンビニで買ったサンドイッチの包みを開けたところでスマホが震えた。発信元を見ると、早見洋治だ。

「先生、今すぐ来て頂くことはできますか？」

先生、と呼ばれて、どちらの意味か一瞬迷った。早見は藍の職業を知らない。家庭教師の方だと理解し、「大丈夫です」と返す。

「綾香の様子がおかしいんです。僕たちが声をかけても、先生を呼べ、って繰り返すばかりで……」

「わかりました。すぐに行きます」

ちょうど潤がスタッフルームに入ってきた。

「これあげる。体調悪いから早退って言っといて」

開けたばかりのサンドイッチを押しつけ、「おい、待てって」と潤が制止する声も聞かずにクリニックを飛び出した。

品川駅から綾香の家がある田園調布《でんえんちょうふ》駅までは電車で大体二十分ちょっと。トータル三十分もあれば着けるだろう。だが、綾香のことが心配で、クリニックを出たところでタクシーに飛び乗った。五千円近くかかるはずだが、この際目を瞑《つむ》ることにする。きのう充電し忘れたのがあだになり、早見の電話を最後にスマホの電源が落ちてしまった。車窓を流れる景色を見つめているしかないことがもどかしく、小刻みに体を揺すっていると、運転手が不安そうにバックミラーをのぞきこんだ。

ドアホンを鳴らすと、早見洋治が玄関ドアを開けた。神経質そうに眉根を寄せている。いつもより顔色が青白い。

「とにかく綾香のところへ」

急いで部屋に向かい、ドアをノックする。

「藍です。入っていい？」

無言でドアが開く。中の光景を一目見て、息を呑んだ。

「……どうしたの、これ？」

綾香の膨大な洋服がハンガーラックやクローゼットから引きずり出され、ずたずたに切り刻まれている。

「いらないから」

綾香が無表情につぶやく。藍はいったん居間に戻り、惚《ほう》けたようにソファに座っている早見に、大きなゴミ袋が欲しいと伝えた。聞けば昨日の夜からずっと、綾香は恐ろしい奇声を発しながら服を切り刻み続けているのだという。あまりの声に一睡もできなかった、と早見は憔《しょう》悴《すい》した表情で言った。家政婦の野中さんが台所の引き出しから出してくれた四十リットル入りのゴミ袋数枚を手に、綾香の部屋に戻る。

「はい、これ。いっしょに片付けよう。あ、そうだ。私、ほこりアレルギーだから、マスクあったら持ってきて」

綾香は無言でタンスの引き出しを開け、布製のマスクを藍に差し出した。綾香には一旦部屋から出ていてもらう必要がある。首を振って、マスクを返す。

「できれば布じゃなくて、不織布のがいいな。そのままやると、鼻水とくしゃみで大変なことになるから」

綾香が出て行くのを見届けると、藍は大急ぎでバッグからスマホを取り出し、コンセントに差しっぱなしの充電器につないだ。綾香のＳＮＳを立ち上げ、最近の投稿を探す。いつものカラフルなコーディネートや化粧に変わったところはない。コメント欄を見る。「いつもかわいいね～」「イケてる」「今日の笑顔、サイコー」歯の浮くような褒《ほ》め言葉が並ぶ。スクロールしていくと、一番新しいコメントがあった。

「ありえないいほどダサい」

これだ、と確信する。綾香の王国が崩壊した瞬間……「いいね」をもらい続けているうちは、綾香の築いた世界は安全な隠れ家であり続けた。自分を取り巻くすべてのものから身を隠してくれるマモルのテント王国のように。「いいね」の洪水は、彼女の乾いた心を「承認」というあたたかな水で潤していたのだろう。だが、たったひと言「ダサい」と批判されただけで、綾香が築き上げた王国はもろくも崩れ去った。魔法は解け、綾香はもうプリンセスでいられなくなった。人を恐れ、外に出られない登校拒否の小さな小学生に戻ってしまったのだ。

綾香のスリッパの音が近づいてくる。急いでスマホをバッグにしまって辺りを見回す。切り刻まれた洋服はものすごい量だ。服はほとんどネットで買っていると言っていた。父親の財力があって初めてこれだけの量を揃えられるのだろうが、これをすべて切り刻むエネルギーは生半可なものではない。綾香のどこかが確実に悲鳴を上げている。

戻ってきた綾香が、藍に不織布のマスクを差し出す。ありがとう、と受け取りながら、綾香の手首に視線を走らせる。やはり。真新しい一直線の傷ができていた。声にならない綾香の叫び。

無言のまま、二人でゴミ袋に残骸《ざんがい》を詰めていく。

「こんなにいっぱい、もったいないなぁ」

藍がつぶやいても、綾香は無言で作業を続けている。

「どこかにドネーションするとかもできたのに」

藍が言うと、「ＳＤＧｓ」と綾香がつぶやいた。

「そうそう、リサイクルはＳＤＧｓの基本だよ」

「そういうの、かったるい」

「先生もそう思ってたけど、地球は今マジでやばいんだよ」

「この暑さも？」

「そう、温暖化の影響かもよ」

「グレタさんだね」

「よく知ってるじゃん。スウェーデンの環境活動家ね」

「あたしはグレただけだけど」

思わず笑う。なんだ、元気じゃない、と軽口を叩きそうになる。

「あ、ふわニャンのはとっておいたんだ」

残骸の中から黄色のトレーナーがきれいなまま出てきた。何も言わない綾香の横顔に「大事なんだね」と語りかけると、小さくうなずいた。

次の瞬間、綾香の手首に赤々と刻まれた鋭利な線を思い出す。このくらいの年頃の子は、見かけや言動だけでは、心の中まではわからない。彼女自身、自分のことがよくわかっていないのだ。だから難しい。でも、何かあった時に呼んでくれたのはいい兆候だ。父親を通してだったが、少しずつ信頼関係が醸成されつつあるのだと信じたい。

「なんで呼んでくれたの？」

「片付け要員」

一瞬固まってから、「だよね」と笑う。綾香もほんの少し笑う。それでいい。アリに巣穴を修理する時間が必要なように、綾香にも心を修理する時間が要る。そばで黙って一緒に土を運ぶ人間がいれば、心の修復はより強固なものになるはずだ。

少しなごんだ今ならと、ずっと気になっていたことを訊く。

「お母さん、なんでいつもいないの？」

「忙しいから」

「ここに住んでるんだよね？」

綾香が硬い顔でうなずく。

「どんな人？」

綾香が首をかしげる。それから少し考えるようなそぶりを見せ、「すごい人」とつぶやいた。表情が険しい。

「どう、すごいの？」

「なんでもできる」

「仕事とか、家事とか？」

「うん。いい大学を出て、アメリカに留学して、いい会社に入って、お父さんと知り合って、私が生まれて、弟が生まれて……とにかく、仕事も家事も全部カンペキ」

「弟」の言葉が自然に滑り出た。さりげなく水を向けてみる。

「弟君、どこにいるの？」

綾香が一瞬苦いものを飲み込んだような顔をした。

「……もういない」

何も言わず、じっと見守る。

綾香の表情がこわばっている。次の瞬間、綾香が「どうでもいいでしょ！」と手にしていた袋を放り投げた。ゴミ袋が宙を舞い、壁に当たって辺りに中身をぶちまける。

「……ごめん」

素直に謝ると、綾香は苦しそうな顔で、黙り込んだ。そのまま立って何かを拾いに行く。ふわニャンの黄色いトレーナーだった。

「……殺されたの」

あまりのことに言葉が出ない。綾香はがばりと顔を上げ、藍に向かって真剣な声で言った。

「お母さんを助けてあげて。先生、ほんとは心の病気を治す人なんでしょ?」

絶句する。

「こないだ、クリニックの名札見つけたの。先生がトイレ行ってるとき、鞄の中見ちゃった。ごめんなさい」

うかつだった。綾香の両親は医者にはみせない意向だと聞いている。家庭教師を解雇されるかもしれない。

「言ってないよ」

綾香が藍の心中を見透かしたように言う。

「え?」

「お父さんにも、お母さんにも言ってない。先生に、お母さんをみて欲しいの」

「どうして?」

「お母さん、ずっと探してるんだよ」

「何を?」

「弟を殺した人」

「その人は……つかまってないの?」

「つかまってるよ」

「じゃあ……」

「その人のお父さんかお母さんか、わかんないけど、犯人の家族を探してるの」

「どうして？」

「わかんない……でもなんか怖いの」

綾香が眉根を寄せ、苦しそうな顔でうつむいた。

「……どうしたらお母さんに会えるかな」

「六時ぐらいになったら、夕ご飯作るかも」

「ご飯、作ってくれるんだ」

「いつもじゃないけど」

「お父さんは？」

「お父さんは、お母さんがいると部屋に入っちゃうから……」

力のこもらない、全てをあきらめたような目。両親の不仲に慣れきっているのかもしれない。

「いつからそうなの？　弟さんが亡くなってから？」

綾香が首を振る。

「もっとずっと前から」

両親の冷えきった関係に弟の非業の死……幼い綾香の心はパンク寸前だったのかもしれない。

リストカットの原因は人それぞれだが、過去のクライエントで、「切っている時だけは生きている実感を得られる」と語った人がいた。矛盾しているようだが、心が麻痺《まひ》して抱えきれなくなったものを、実感を伴う痛みとして放出しているのかもしれない。

「じゃあお母さんがご飯作るの、待たせてもらおうかな」

そうつぶやいて、綾香が投げたゴミ袋を取りに行く。待つのは得意だ。

「たぶん無理だよ」

綾香が言う。

「最近ずっと野中さんのご飯だもん」

「そっか。じゃあ、野中さんに訊いてくるね」

そう言いながら部屋を出て台所に向かう。

野中章子は台所で大根をせんぎりにしているところだった。藍は迷いなく野中に近づいていった。名刺を差し出す。

「わたし、こういう者です。良かったら、綾香ちゃんの弟さんのこと、聞かせていただけないでしょうか。綾香ちゃんを助けたいんです」

野中は何も言わずにしばらくクリニックの名刺を見つめていたが、そのまま台所を出て、居間に入っていった。早見が近くにいないことを確認したらしく、小声でささやくように言った。

「だんなさまに内緒でお話しします。どうか、先生の胸の中だけにしまっておいてください」

「はい、誰にも言いません」

「綾香ちゃんの味方になっていただけますね」

確認するように、藍の目をじっと見た。

「もちろんです」

野中の目をまっすぐに見返す。

「実は、ご両親は弟さんのことにかかりきりで、綾香ちゃん、ずっと一人ぼっちなんです」

しばらくそのまま沈黙していたが、やがて潤んだ目を藍に向けた。
「大澤《おおさわ》学園の事件、ご存じでしょうか。綾香ちゃんの弟、当麻君はあの事件で亡くなったんです……」

大澤学園初等部の事件と言えば、社会を震撼《しんかん》させた凶悪事件だ。六月、ナイフを持った二十四歳の無職の男が白昼堂々校内に侵入し、校庭で朝礼をしていた児童らに無差別に切りつけた。確かまだ裁判が続いているのではなかったか。新聞記事で見た犯人の男は面長《おもなが》で目が細く、一見したところ研究職か何かのような草食系の風貌《ふうぼう》だ。容疑者の写真にありがちなふてぶてしい様子はなく、目元がどこか不安げで、思春期の敏感さのようなものも垣間見えた。まさか、綾香ちゃんの弟が、あの事件の被害者だったとは……

野中に断って、その場でスマホを使い、大澤学園の事件について調べてみる。犯人の山田徹《てっ》人《と》は現行犯逮捕された後、徹底して黙秘を貫き、何も語ってない。責任能力を見極めるために精神鑑定をすることが決まり、現在も鑑定留置が続いているという。真相を語ることもなく、反省の弁もなく、ただ沈黙を続ける山田に、検察も弁護側も苛立《いらだ》ちを募らせているとネット記事にあった。あれだけの事件を起こしておいて、犯人は何も語らない……綾香の両親の気持ちを考えると、やりきれない。綾香の両親は当麻君を亡くした悲しみや、犯人に対する怒りで綾香のことが目に入っていないのかもしれない。綾香は事件の衝撃に加え、弟を亡くした悲しみ、自分に目を向けない両親、学校での孤立など、すべてが一度に襲ってきて、ぎりぎりのところで踏ん張っている。いや、踏ん張りきれなくなっていると言ったほうが正しいかもしれない。

そんな綾香にどう向き合えばいいのか……


呆然としたまま部屋に戻ると、綾香が部屋の真ん中でふわニャンのトレーナーを手にしたまま、クッションの上に座っていた。

「ねえ、先生。マモルはあれからどうなったの？」

頭がついていかない。

「こないだの続き、テントのマモル」

ようやく回路がつながる。

「ああ、マモル……覚えてたんだ」

「うん、あれからどうなったの？」

マモルのまんまるでつやつやした頬を思い出すと、鼻腔《びこう》の奥に湿った土のにおいを感じた。


あの日、マモルと二人で雨が上がるのをじっと待った。二人並んで鶏舎のふちに腰掛け、大樹の陰で膝を抱える。チャイムが鳴り、しばらくするとまたチャイムが鳴って、給食の匂いが校舎から流れてきて、二人してお腹がきゅるきゅる鳴った。それを冷やかし合って、またチャイムが鳴って……

ようやく雨が上がった。巣穴を見ていると、一匹のアリが這い出してきた。きょろきょろと辺りを見回すようなそぶりを見せてから、探るように、一歩一歩前に進む。土はまだ乾いていない。それでも、良質な土を求めて歩き回る。マモルは手にしていた長い木の枝を、まるで修験者に教えを授《さず》ける高僧《こうそう》のように、おもむろにアリの前に置いた。突然通せんぼされたアリは、とまどったように歩みを止めたが、次の瞬間、障害物の上によじ登ろうと、木の枝に向かって突進した。だが、太すぎて登れない。次にアリは木の枝の下に潜《もぐ》りこもうとした。十分なスペースがなく、断念。最後にアリは、回り道をすることに決めたようだ。ひたすら前へ前へと足を動かし、体の何十倍もある長い木の枝を回り込み、苦難の行軍の末、ようやく向こう側にたどり着いた。それを見て、マモルは目を輝かせた。

「やっぱりそうや。アリは絶対あきらめへん」

二人で「アリの哲学」と名付けた。嵐をやり過ごすため、静かにじっと耐える時間を置いて、アリはゆっくりゆっくり様子を見ながらそろそろと表に顔を出す。どんなに回り道することになっても、あきらめることなくひたすらゴールをめざす……マモルは今もあの日のアリの姿を覚えているだろうか。

今の綾香に、「アリの哲学」を説《と》いても響かないだろう。「つらいことがあっても、決してあきらめちゃダメよ」などと言葉で励ますことはたやすい。だが、たやすく発せられた言葉は、心の奥底にまで届かない。藍が自らの体験から学んだことだ。

兄はもういない、決して帰ってはこないのだと、みずからにすり込むようにして言い聞かせた日々。時間という薬がいつか痛みを治してくれると信じていた。でも、藍はいまだにあの日の喪失感から抜け出せていない。経験していない人にはわからないのだ。安易な慰めの言葉をかけられるほど、頑《かたく》なに閉じていく心……だから、綾香の気持ちが自分にはわかる、などと過信してはいけない。自分の痛みと他人の痛みとは本質的にまるで違うものだ。その質感も、手触りも、重みも、他人には絶対にわからない。「わからない」ということが、自らの体験を通して、唯一藍が学んだことかもしれない。

窓の外にオレンジ色の雲が広がる。見る間にそれは群青色《ぐんじょう》の空に飲み込まれ、辺りは一気に暗くなった。電気をつけようと立ち上がると、部屋をノックする音が聞こえた。

「先生、もう今日はこれで」

綾香の父親だ。振り返ると、綾香はあきらめたように口角《こうかく》を下げ、ため息をついてみせた。

「わかりました」

雇い主がもういい、と言っている以上居座るわけにはいかない。

薄手のトレンチコートを取って立ち上がる。部屋はまだ大部分が切り刻まれた服の残骸に覆われている。

「また来るね」

「いつ?」

「来週、いつもの時間に」

「じゃあ、このままにしといていい?」

「いいよ、一緒に片付けよう。先生の分、ちゃんと残しといてね」

綾香がうなずいて、かすかに笑う。道ばたの野草がそっと花開いたような、小さな笑顔。一瞬わけもなく泣きそうになり、ぎゅっと拳を握りしめる。

玄関のドアを開けて廊下に出ると、秋のひんやりした空気が首筋を撫《な》でた。事件のことを知った以上、このままボランティアとして家庭教師を続けるわけにはいかない。斗鬼に綾香のことを相談したほうがいいだろう。

考えながらマンションのエントランスを抜けると、ふと背後に視線を感じたような気がして振り返る。だがそこに人影はなく、マンションの門灯に照らされたオリーブの木が周囲から浮き上がるようにぼうっと光っていた。

§§

「クライエントとは、決められた時間と場所のみで会う。クライエントとは、職業上以外の関係をもたない。クリニックの規則は伝えましたね」

斗鬼院長に綾香のことを話すと、斗鬼はしばし目を閉じていたが、やがて藍を見ると険《けわ》しい顔で言った。

「はい」

藍はうつむいたまま、小さな声で答える。

「本来ならば、私はあなたに綾香さんに会うことをやめさせるでしょう。一つには、あなたはまだ臨床心理士としては駆け出しで未熟だ。こういうケースに対処するのは困難です。もう一つは、綾香さんにクリニックの外で会っている。時間や回数が限られた中ではない。あなたが土足で踏み込んだせいで綾香さんは不安定になって衣装を切り刻むことになってしまったのかもしれない」

　斗鬼の厳しい言葉にうつむくしかなかった。

「ただ今回のことは、厳密に言えば綾香さんはクライエントではないので、規則違反ではない。でも、やはりとても難しいケースです。なぜか、わかりますか？」

　綾香のことは自分の手には負えないのではないか、と自分でも不安を感じていた。

「大澤学園は世間的にも耳目を集めた事件です。被害者の姉である綾香ちゃんにコミットするのは難しいし、何か起きた時に取り返しがつかない、そういうことでしょうか」

「もちろんそれもあります。でも、それ以上に、これは僕自身の反省から生まれたルールでもあるんです」

「反省……ですか」

「僕が医師になりたての頃、親との間に問題を抱えた女子大生のカウンセリングにあたっていたんです。最初頑なにカウンセリングを嫌がっていた彼女は、回を重ねるうち、ありのままの自分をさらけ出すようになっていきました。僕はそれを医師として受け止めました。だが、密室の中で二人きり、何度も会って話しているうちに、彼女は僕を男性として意識し始めたんです。フロイトが言うところの、感情の『転移』というやつです。彼女は自分の肉親に対して抱いていた、抑圧《よくあつ》された感情を僕に向けたんです。こうした時、僕たちが取るべき方法は一つ。即座にカウンセリングを中断するか、他のカウンセラーに彼女を任せるか……だが僕は若かった。クライエントに転移性の恋愛感情を抱かせてしまったことを『失敗』と捉え、なんとか自分で対処しようと試みたんです。彼女が求めるまま、公園や喫茶店など、クリニック以外の場所でも会いました。そこで、彼女の受け入れて欲しいという気持ちを抑え込み、断念するように説得を続けました。でも、うまくいかなかった。一度は抑圧を解いて彼女のもっとも弱い部分をさらけ出させておいて、同時に出てきた恋愛感情という副産物に驚き、再び封じ込めて抑圧しようとする……こうしたウソやまやかしは患者に見抜かれます。彼女は僕に絶望し、やがてカウンセリングに来なくなり、自殺未遂《みすい》を繰り返した。そして僕に憎しみの感情を抱き、ある日いきなりナイフで斬りつけてきました。これはその時の傷です」

そういって、普段は長い前髪で隠れている額《ひたい》の傷を見せた。それは左側の眉の上五センチほどのところを真一文字に横切っていた。

「僕は大きな失敗をした。どこかで境界線を越えてしまったんです。心理療法というのは、単なる人生相談ではなく、心の奥深くまで入り込んでいくものです。下手をすると、クライエントも治療者もおかしくなってしまう。だから時間や場所や料金の枠《わく》をはめているんです。ただスクールカウンセラーのように学校だけでなく、公園や自宅、ハイキングしながら話を聞いたり、臨機応変にしなければいけないこともあるでしょう。だからあなたにも規則を厳格に守れ、と四角四面に言っているわけじゃないんです。クライエントにとって、それが本当に最良のやり方か、常に自らに問い続けて欲しいんです。大切なことは、傾聴と共感です」

斗鬼自身の経験から出た言葉は重い。言っていることはよくわかるし、説得力もある。でも……と思う。カウンセラーになってまもなく五年。「傾聴と共感」だけで本当に足りるのか、という疑問が日に日に膨らんでいる。クライエントの話に耳を傾け、共感する。その中で抱えている問題は何なのかを見つめ、解決の糸口を共に探る……それだけでいいのか。感情をとことん吐き出す中で、ありのままの自分が本当に欲していることに気づき、なりたい自分に向けて自らステップを踏みだしたクライエントもいる一方で、ぐるぐると同じ所を回り続けた挙げ句、結局元の場所に戻ってしまったように見えるクライエントもいる。もちろん、自分の至らなさによるところも大きいだろう。だが一方で、「こんな手ぬるいやり方じゃ、クライエントを苦しみから解放することはできないんじゃないか」という疑念が湧いてもいる。

「傾聴と共感だけじゃ足りない気がするんです。もっと患者の苦しみを直接取り除く積極的なアクションに打って出るべきなんじゃないでしょうか？　目の前で患者の苦しみを見ていて歯がゆいんです。もっと何かできることはないかと、常に探してしまう……」

経験豊富な斗鬼ならば、何か明確な方向性を示してくれるはず……だが、その期待は打ち砕かれた。

「何らかの目に見えるもの、相手に変化をもたらす効能や新たな価値を生み出す生産性を効率的に追求する……それは市場の原理です。カウンセリングは市場の原理に左右されるべきじゃない」

斗鬼は応接セットの前から立って、藍の後ろの棚から二つの写真立てを取ってきた。二つとも白黒の写真で、一枚は何かの建物を写したものだ。一つの家のような建物から放射状に五つの細長い建物がのびている。

「僕は迷った時、この二枚の写真をよく眺めるんですよ。どちらも旅行先で買ってきた写真ですが、こちらは網走監獄《あばしりかんごく》の舎房《しゃぼう》と中央見張り所の写真です。中央見張り所を基点に、五つの棟が放射状に建てられていて、少ない人数ですべての獄舎《ごくしゃ》が監視できるようになっている」

　それからもう一枚の写真を見せた。朝靄のような白濁《はくだく》した空気の中に茫洋《ぼうよう》と立つ、どこか異国の寺院のようだった。

「こっちはエルサレムの回教寺院です。一九三七年にイギリス政府はパレスチナを分割しようと、アラブ民族主義者の抵抗を弱める意図で戒厳令を敷いて多数の指導者を逮捕したんですが、このとき大司祭が逃げ込んだ寺院をイギリスは『聖域』として尊重し、踏み込むことはしなかった。そこへ逃げ込めば罪人がゆるされ、迫害から逃れられる『避難所』のような場所のことをアジールというのは知っていますね。こっちの刑務所はアサイラム、つまり人を閉じ込め、自由を奪う空間です。昔、別のクリニックで勤務していたとき、悲惨な現状をたくさん見ました。いわゆる貧困ビジネスというやつです。ホームレスなどから生活保護費を取り上げ、狭い部屋に押し込んでデイケアに通わせ、そこにいさせることで金を回す。いわゆる、アサイラムです。だけど、ギリシャ語を語源とするアジールは、英語ではアサイラム、つまりアジールと元をたどれば同一の言葉だ。この二つの概念は表裏一体なんですよ。カウンセリングも同じです。クライエントの苦しみの根源を解き明かそうと、強い光を当てすぎると、逃げ場を失わせてしまう。やわらかい光の中で、ぼんやりした靄に包みながら、避難できる場所、アジールを与えてあげる……それこそが最善のやり方じゃないかと考えるようになった。でも、ケースによっては迷うこともある。そういうとき、僕はこの二枚の写真を眺めるようにしているんです」

　藍がアジールとアサイラム、二つの概念を知ったのは、ハンセン病の療養所でフィールドワークをしていた時だった。療養所の入所者たちはおおむね二つのタイプに分かれる。「ここに閉じ込められたせいで人生を奪われた」と怒りをあらわにする人。もう一つは、「この療養所のおかげで生きられた」と感謝の意を示す人。前者は療養所を、自らの自由を奪う「アサイラム」として、後者は自分を守る避難所「アジール」ととらえて生きている。その時、強く思ったことを覚えている。カウンセリングは、クライエントにとって緊急的に身を寄せ、世の追及や迫害から身を守る隠れの港「アジール」であるべきだ、と。自分はその隠れの港の番人になるんだ、と……いつのまにかすっかり忘れていた。

「被害者の痛みを私たちが本当に理解することはできません。わかる、わからないではなく、痛みによって引きおこされるさまざまな支障を自分で対処できるようになるための手助けをする。そのために大切なのは、被害者の視点に立つことです。これは、同情とは根本的に異なります。同情というのは、自分だけ安全な場所に立って相手を眺めること。テレビの戦争や災害を見て『かわいそうだ』と思うのと同じことです。相手のいる場所に立って、そこから見えるものを感じ取ること、これが共感です。そして相手の思いに耳を傾ける。寄り添って話を聞く。その時に相手が抱いている思いだけでなく、相手の生活や家族、経験など、人生をまるごと理解して受け止め、解決のためのヒントを探そうとする姿勢が大切なんです」

相手の人生をまるごと理解して受け止める……自分はそこまでの覚悟をもってクライエントに向き合って来ただろうか。あらためて目の前の老医師がみずからに課してきた重い義務と責任にめまいのようなものを覚える。

「そして、もう一つ大切なことがあります。それは、回復は被害者自身がなしとげなければならない、ということです。我々支援者は、あくまでも本人が変わっていくための触媒《しょくばい》、一時的な添え木のようなものです。私たちが主体となるのではなく、あくまでもクライエントがもう一度自分の足で立って歩けるようになるまで、二人三脚でそっと寄り添うのが我々の役目なのです」

「そっと寄り添う……」

「添え木に徹して耳を傾ける、あなたが変わらせるのではなくて、変わるのはクライエント自身なのです」

そこで斗鬼は藍の目をじっと見た。

「綾香さんとあなたとの間には、すでに信頼関係ができている。服を破いた時にあなたを呼んだのがその証左《しょうさ》です。綾香さんは他でもない、あなたに自分の痛みを訴えたかったんです」

言葉の重みをかみしめる。

「クライエントでない以上、クリニックに来させろとは言いません。でも、私にはあなたに対する監督責任がある。何かあったらすぐに相談してください」

それから斗鬼は二枚の写真立てを藍に手渡した。

「出かけます。戻しておいてください」

斗鬼が部屋を出て行くのを見送ってから、あらためてエルサレムの写真を見つめる。ミルク色の靄に包まれた砂色の古代遺跡。雲間から差し込む太陽の光に鈍く光る金色のドーム。誰もが必要とする、自分だけの隠れ場所……不思議な高揚感のようなものに包まれて、写真立てをそっと棚に戻した。

第六章　グレーゾーン戦争

翌日の土曜日、沙智に呼び出された。沙智が指定してきたのは、青山一丁目にできたランドマーク的なビルにある蕎麦《そば》屋だった。

低い音でジャズが流れ、店のあちこちに華やかな生花がディスプレイされている。案内された席には、すでに沙智が座っていた。

「いや、びっくりした。このお店、すごいシャレオツ……」

席につきながら藍が言うと、沙智はあきれたような声を出した。

「あんたは昭和のおっさんか」

「だって、普段こういうとこ来ないから」

「まあ、私も接待でたまに来るぐらいだけどね」

メニューを隅から隅まで見てさんざん迷った挙げ句、二人してかき揚げ丼にあたたかい蕎麦、最後にミニみたらし団子のついたセットを注文する。

「これで千円って、お得だね」

藍が言うと、沙智が渋い顔になる。

「今だけだよ。これからは資源価格の高騰に円安進行で、値上げ地獄」

「お、さすがコメントが銀行員」

沙智は新卒で第一希望のメガバンクに就職した。ハキハキした物言いと、くっきりした顔立ちはみるからに有能な印象を与える。沙智が担当についたら顧客も安心するに違いない。

「もうすぐ銀行員じゃなくなるけどね」

「え、どういうこと？」

思わず沙智の顔を見る。いつもは長いウェーブのかかった髪をうしろで一つに縛《しば》っておでこを出しているが、今日はハーフアップにしているせいか、落ち着いた印象だ。

「寿退社」

「寿って……え、結婚するの？」

「そう。藍には報告しとこうと思って」

「聞いてないよ」

動揺のあまり、お祝いを言うタイミングを逃してしまった。

「いま言った」

「そっか、ごめん……おめでとう」

「全然おめでとうって顔じゃないけど」

「……正直、びっくりした」

「後輩に『寿退社する』って伝えたら、今の藍みたいにきょとんとしてるわけ。で、言うことがいいじゃない。『寿退社って、定年まで勤め上げて円満退社する事かと思ってました』って」

後輩のコメントのところだけ甲高い声を作って言う。

「時代だよねぇ」

沙智がため息をつきながら笑う。

「でも、なんで退職？　結婚したからって、辞める必要ないじゃん」

「そうなんだけど、相手がニューヨーク支店に行っちゃうんだよね」

「ニューヨーク支店って……職場結婚なの？」

「同業他社。うち、ここんとこ合併でバタバタだったじゃん？　同じような仕事してる人達と横のつながりが欲しくて、交流会とか顔出しててさ。そこで知り合ったってわけ」

「ニューヨーク行ってる間だけ休んで、戻ってきたら復職すれば？」

不思議なほど、沙智を引き留めようとする自分がいる。なぜだろう。社会にもまれながら働き、仕事の愚痴を言い合い、悩みを共有する同士を失うのが怖いのだろうか。それとも、単純に女としての嫉妬《しっと》か……

藍にはいつも、自分自身のことを観察するもう一人の自分がいる。それは心理士としてのクセかもしれないし、生まれつきそうだったような気もする。冷めたもう一人の自分がいるせいで、何かに没頭したり、誰かに狂ったように恋したり、「我を忘れる」ということがない。

「まあ、それも考えたんだけどさ、うちの銀行、三年までは休職できるし。でもさ、もう三十じゃん？　仲良い先輩が妊活してるの、そばでずっと見てたんだよね。すっごい大変そうでさ。うちら三月の期末になると全然休めなくなるんだけど、外訪バッグ持って、顧客訪問のふりしてこっそり妊活クリニック行ったりしてるの見てたら、ああ、あたしにはとても無理だなってて……卵子も三十歳ぐらいからどんどん老化するっていうし。三十三歳とかでニューヨークから帰って復帰しても、休んでた分、またがむしゃらに仕事しなきゃいけないじゃん？　先輩、結局四十一歳で出産したんだけど、年取ってからの子育てってすごく大変そうだし、やっぱ体力勝負なとこあるでしょ？　大きくなっても、お弁当とか、受験とか、母親の役割って何だかんだ大きいからさ……」

沙智はよどみなくしゃべり続ける。もしかしたら、まだ迷っているのかもしれない。迷っているからこそ、根拠を並べ立てて自分の考えが正しいことを納得させようとしている。他の誰でもない、自分自身に対して。だから気づかないのだ。自分が並べ立てている「根拠」は、そのまま他の誰かの否定につながるかもしれないということ。

沙智の生き方は大多数が納得する選択だ。保守本流。一方で、アセクシュアルの潤と共同生活を送り、将来の展望もないまま仕事を続けている藍は少数派だ。このままだと、結婚も出産もしないかもしれない。

「子ども、欲しいの？」

「……わかんない」

藍が訊くと、沙智は手にしていた湯呑みを置き、考え込むような顔になった。

「わかんないって……」

反応に困ってオウム返しにする。

「なんかさ、母親になってようやく一人前、っていう無言の圧があるじゃん。だからかな

……」

「そんな……社会の要請に合わせる必要ないでしょ」

「ううん、逆。反旗翻そうと思って」

沙智が自虐《じぎゃく》的な笑いを浮かべる。

「今あっちこっちで言われてる『女性活躍』って、実はワーキングマザーがターゲットなんだよね。働いて子ども産んで、仕事も家庭のこともちゃんとできて一人前。それでこそ、真の女性活躍だって。でもさ、あたしは両方うまくやる、なんて自信ない。だったら産まずにバリバリ働くか、産んでやめるかのどっちかしかないでしょ」

沙智の勢いに気圧《けお》されてうなずく。

「だったら、産まずに後悔するより、産んで後悔したほうがおトクかなって」

産んで後悔したほうがトク……この国では、いつから人生の選択が損得で語られるようになってしまったのだろう。どうしたいか、ではなく、どちらが得か……その違和感を沙智にぶつけても、小さく肩をすくめるだけだろう。だから、本当に聞きたいことを口にする代わりに、冗談めかして沙智に手を差し出した。

「相手の写真、見せて」

「え……そんなの持ってないよ」

「あるでしょ、スマホで撮ったやつとか」

「ない、ない」

「絶対、ある。見せても幸せは減らないって」

藍が笑いながら言いつのると、沙智は苦い顔でスマホの中を探し始めた。しばらくすると、藍に向かって無言でスマホを突きだした。

こちらに向かって両手でピースサインを作っている男。ずんぐりした小太りで目が細く、沙智が長年ファンだと公言している俳優の阿部寛とは、似ても似つかない。

藍がなんと反応していいかわからず黙ったまま写真を見つめていると、沙智がため息をついた。

「あんたってほんと、ウソがつけないよね」

「え？」

「その顔見ればわかるよ。全然イケてないからびっくり、でしょ？」

「いや、イケてるとかイケてないとかは主観の問題だから。年取れば好みも変わるし……」

ちょうどかき揚げ御膳が運ばれてきた。救いを求めて、芳醇《ほうじゅん》なだしの香りに顔をうずめる。

「あたしは今でもヒロシ全力推しですよ。でもさ、そんじょそこらにヒロシは転がってないし、タイムリミットもあるし。特定総合職になってからはさ、カスタマーの大企業まわってひたすら為替《かわせ》の営業して……もう疲れちゃったんだよね。この仕事に向いてないってことも薄々わかってきたし。リセットするには、やっぱ結婚って切り札じゃん。女だけにゆるされた特権」

潤が聞いたら眉をひそめそうな言葉だ。

「女だけじゃないでしょ。男だって養ってくれる女性が見つかれば主夫になれるし、仕事だって続けていれば向いていることが見つかるかもしれないし、理想の男性だって、今後どっかから現れるかもしれないじゃん」

沙智が小さく笑った。

「あんたってさ、いつまでたっても青臭い理想主義者だよね。仕事柄、リアルに向き合わなくて済むのかもしれないけどさ、そんなに現実甘くないよ。あたし達の仕事は、数字で見える結果がすべて。デキないヤツはすぐに異動。二千人が入行して、最後まで本社に残れるの、二十人だよ。あとは片道切符で子会社に飛ばされるわけ。それでも皆、ローンだの子育てだので、しがみついていくしかない。この年でニューヨーク支店勤務は、将来有望株ってわけよ」

「有望株……」

思わずつぶやく。好きか嫌いか、ではなく条件の善し悪《あ》しで結婚相手を決める。それってどうなんだろう……

「恋愛期間なんて、すぐに終わるからね。むしろ条件で納得できてたほうが長続きするってもんよ」

藍の懸念を読み取ったかのように、沙智が開き直った調子で言う。

「ってなわけで、『みもざ食堂』の今後は藍の双肩にかかってるから、よろしくね」

藍の動揺を読み取ったかのように沙智が言葉を継ぐ。

「しょうがないじゃん。物理的に太平洋挟まってんだから」

「和佳子さん、がっかりするね」

「……うん」

ちょっとしんみりした顔になり、沙智は湯気の上がるそばを見つめ、盛大に七味をかけてから箸《はし》をとった。

「さ、冷めちゃうから食べよ」

沙智はそばを一口すすってから、口調を変えた。

「ね、それよりさ……家庭教師してる子、どう?」

「どうって……」

沙智が顔を近づけてくる。

「実はさ、由香から聞いたんだけど、その子の弟、大澤学園で起きた事件の被害者みたいなのよ。他の生徒の保護者から聞いたらしくて、まだ直接聞いたわけじゃないから藍には言えないんだけどって……なんかさ、あの子の親変わってて、被害者がみんなで団結して活動してるのに、一切参加してないらしいよ。人づき合いが悪いだけかもしれないけど、なんかあるのかなって……どう? なんか感じる?」

どきりとして、沙智から目をそらす。野中には、誰にも言わないと約束している。「うーん」と曖昧《あいまい》に首をかしげながら、ふと、昨日綾香が発した言葉が脳裏《のうり》をよぎる。

『犯人の家族を探してる……なんか怖いの』

「復讐」の二文字が浮かび、あわてて否定する。そんなことをすれば、一番苦しむのは綾香だ。綾香にこれ以上の不幸が降りかかることは母親として最も避けたいことのはず……だが、母親はいまだに姿を現さない。不安を払拭《ふっしょく》することはできなかった。

「まあ、まだ日が浅いもんね。なんかまた由香から聞いたら報告するよ」

沙智は空気を変えるように明るく言って箸を盛大に割り、かき揚げ丼を大きく取って頬張った。

「ん〜、やっぱおいしい!」

沙智につられ、上の空のままかき揚げを小さく切って口に運ぶ。

「うん、よくできてる」

藍が返すと、沙智は藍の顔を正面からじっと見た。

「ねえ、藍。『よくできてる』じゃなくて、もういい加減、素直に『おいしい、幸せ！』って言っていいと思うよ。あんたが幸せになることを、お兄さんも望んでるはず」

沙智は何も答えない藍をじっと見ていたが、やがて口直しのように蕎麦のつゆを一口すると、明るい口調で言った。

「ここ、彼に紹介してもらったんだ。夜来るとお刺身とかもあって、竹酒飲ませてくれるの。今度、潤さんも誘って四人で来ようよ」

香ばしい衣を咀嚼《そしゃく》しながら、沙智の声をいつもより遠くに感じていた。

§§

家に戻ると、潤が食卓にタブレットを立てて何かを真剣な表情で見つめていた。

「何見てるの？」

潤はイヤホンを耳からはずし、藍に顔を向けた。

「お帰り……そういや、おととい何だったんだよ」

「え？」

「昨日遅くて話せなかったからさ。おとといの昼休み、食いかけのサンドイッチ人に押しつけて、飛び出してったろ」

「え、ああ……あれ、まだ口つけてないヤツだよ。ごめん、大したことじゃないの。ちょっと急用ができて……」

「おまえ、なんか顔色冴えないぞ。さっちゃん、元気だったか」

何度か家に遊びに来ているので、潤も沙智とは顔なじみだ。

「うん、近々寿退社してニューヨークに行くって。びっくりしちゃった」

「寿退社……すごいアナクロだな」

「子ども欲しいから、間に合わなくなるって……」

潤が外国人のように小さく肩をすくめてタブレットに視線を戻す。やはり……と落胆する。潤に話しても、このもやもやはわかってもらえないだろうと思っていた。半ば後悔しながら、潤が見ているタブレットをのぞきこむ。ゲームに出てくる戦場のような画面が映っている。

「何、見てんの？」

「カミカゼ」

「かみかぜ……って、神風特攻隊？」

「そう、そのもじり。二〇三〇年には、十九世紀のダイナマイトや二十世紀の核兵器を超える軍事革命が起きるはずだ。これ、見てみろよ」

潤が動画の再生ボタンを押す。空の高い所から照準がぐんぐん地上に近づいていき、やがてその真ん中に人型を捉え、爆発し、画面は砂嵐になった。

「……何これ」

「ＡＩ搭載の無人ドローン。自動で敵を識別して、どこまでも追っかけて、対象めがけて自爆して攻撃する。ロシアの軍事会社が開発したんだ。もうこういうのが実戦でも使われてて、大国がこぞって導入してる」

「コワ……」

「もう戦争に生身の人間はいらなくなる。値段も安いらしいし、こんなのを超小型化されて自動追尾されたら、殺し屋いらずだよな。虫みたいなサイズのドローン飛ばして、相手の首のあたりにぴゅっと猛毒仕込んだ針打ち込んだら、一瞬でおだぶつだろ」

「だね……」

「だけどこういうのは、兵器が目に見えるだけマシだ」

「どういうこと？」

「第三次世界大戦が起こるとしたら、まずはサイバー攻撃からだ。前にアメリカの国防総省から機密情報が盗まれただろ。ああいう情報戦もあるし、グレーゾーン戦争、つまり目には見えないやり方で、人々の心に不安や恐怖、憎しみを植え付けるってやり方もある」

「グレーゾーン戦争？」

「ほら、前にトランプが勝った大統領選、ヒラリー・クリントンがネット上でひどい誹謗《ひぼう》中傷受けて当初の予想を覆《くつがえ》して敗北しただろ。ＡＩが自分でコンピューターをハッキングして、デマ情報やらフェイク動画やらを大量生産してばらまくんだ。社会は分断され、人々は憎しみ合って暴動が起き、内部から崩壊していく……憎しみが一番の凶器ってことだ」

　憎しみが一番の凶器……綾香の母親を思う。憎しみは相手だけでなく、憎しみを抱くその人自身をも、内側から崩壊させていく。「お母さんを助けてあげて」と訴えた綾香は、母親に巣食う見えない病魔を無意識のうちに察知しているのかもしれない。

「温暖化に人口爆発に食糧危機、おまけにＡＩ兵器にサイバー戦争……二〇三〇年にはいろんな問題が限界に達するらしいぜ。こんな世の中で、よく子ども作ろうとか考えるよな」

潤がシニカルに笑う。今の画面を見た後では反論できなかった。だが、体の奥のほうで何かがうずく。それはとてもひそやかな何かで、言葉にしようとすると消えてしまいそうで、藍は身内にうずきを抱えたまま、そっと立ち上がった。自室に入り、着替えようとクローゼットを開く。朝脱いだまま突っ込んでいたパジャマが転がり出てきた。たたんで棚に戻してからベッドに座り、ため息をつく。いつのまにか先ほどの感覚はどこかに消え失せ、思い出そうとしても再び取り戻すことはできなかった。


昼間、沙智から聞いた言葉がよみがえる。なぜ早見家は他の被害者と行動を共にしないのだろう。彼らの抱えている感情からすれば、むしろ声を上げるほうが自然なはずだ。スマホに手をのばし、ＳＮＳのアプリを立ち上げた。マモルとテントにこもった日々を思い起こす。あの時、人の心を開かせるのは何よりも辛抱強さだと学んだ。時間をかけ、ひたすら何度も心の扉を叩いて反応を待つ。そこに早道は存在しない。

綾香とのＳＮＳでのやりとりは日々続いている。昼食のメニューに始まり、一日のささいな出来事、本の中で心に留まったこと、綾香がＳＮＳにあげた新しいコーディネートの感想など、一つ一つは他愛もないことだ。それでも、「誰かにずっと見守られている」という感覚を持ってほしいと願う。

「綾香ちゃん、こんばんは」

メッセージの隣に綾香のアイコンが出る。綾香がメッセージを読んだ印だ。

「今日ね、『グレーゾーン戦争』っていうのを教わった」

すぐに返信が来る。

「なにそれ」

「デマ情報とか、フェイク動画とかを拡散すると、人々がニセ情報を信じて分断されちゃうんだって。アメリカの大統領選とかでも使われたらしいよ」

しばらく待つと、「フェイク動画って、こういうヤツ？」というメッセージと共に動画が送られてきた。

オバマ元大統領が「トランプ大統領は完全に間抜けだ」と悪口を言っている動画。ニュースでも取り上げられたものだ。

「そうそう、よく知ってるね」

藍が返すと、少し間があった後、綾香から思わぬ返信が来た。

「弟の動画、作ろうかと思って調べてたの」

「亡くなった弟さんの動画ってこと？」

「うん。当麻の動画作って、パパとママにプレゼントしようと思って……先生、そういうの詳しい？」

「ごめん、全然詳しくない……どんな動画作りたいの？」

「歌うたってるところ。当麻、すごく歌が上手だったの」

「当麻君はどんな歌が得意だったの？」

「パプリカとか。よくフリつきで歌ってた」

「可愛かっただろうね」

　少し間が空いた。

「……でもない」

「？」

「そうでもない」

「どういうことかな」

「あたし、当麻のこと、かわいいと思ってなかった」

「どうして？」

「当麻、いつもパパとママの前でいい子ぶってたの。お受験にも合格して、頭も良くてかわいくて、あたしのこと、絶対バカにしてたと思う」

「そんなことないよ」

「先生、当麻のこと知らないじゃん」

　反応に困ってどう返そうかと迷っていると、「これ見て」というメッセージと共に写真が送られてきた。クラシックな感じの少し古びたテディベア。えんじ色のセーターを着ている。

「かわいいね。綾香ちゃんの？」

「このクマ二匹いて、当麻とあたしの、おそろいなの。セーターの胸の所に『A』ってあるでしょ。当麻のは『T』だったの。あたし当麻のクマ、ボロボロにして捨てちゃった。ゴミ箱のふかーい所に入れたから、誰にも気づかれなかったと思う」

「どうしてそんなことしたの?」

「……ムカつくから」

「どうして?」

「だって、いっつもパパとママ、当麻のことばっかり……あたしと違ってめちゃくちゃかわいがられてたし。だからいつも陰で意地悪してた」

「どんな風に?」

「当麻が寝たあとにおもちゃ隠したり、パパとママが見ていない所でこっそりつねったり」

それから少し考えるような間があった。

「あたしがクマ捨てたりしたから、当麻、死んじゃったのかなって……」

驚いてメッセージを打ち込む。

「そういう風に思ってたんだ。それはつらかったね」

「あのクマ、当麻とあたしが生まれた時の体重と同じなの。ママはいつもあたしたちの『分身』だって言ってた。だから……」

「そういう風に思ってずっと苦しんできたんだね。そんな綾香ちゃんだからこそ、私は綾香ちゃんを助けたいの。大事なことを教えてくれてありがとう」

力強く打ち込む。返信はなかった。

「クマのこと、絶対関係ないから」

もう一度打つ。

「気にしないで」

「考えすぎると眠れなくなっちゃうよ」

「きょうはもう遅いから寝よう」

思いついた言葉を次々に打ち込んでいく。「楽しいことだけ考えて」……そう打とうとして、手を止める。「楽しいこと」……今の綾香に、心が浮き立つような楽しいことがあるだろうか。綾香を罪悪感から救ってやるには、どうしたらいいのだろう。しばらく待ってみたが、綾香からの返信はなかった。青白く光る画面を見つめたまま、ベッドに寝転がる。

憎しみが一番の凶器……潤の言葉がよみがえる。小学校で朝礼中の子どもたちを無差別に殺傷した山田徹人。彼は一体どんな感情を抱えていたのだろう。

子どもの頃、週末になると兄と自転車に乗って訪れた公園。そのそばに立派なロシア正教の教会があった。日曜日の朝、教会から賛美歌や祈りの声が漏れ聞こえてくる。聞いたことのない異国情緒溢《あふ》れる歌声に胸躍《おど》らせ、耳をすませた。だが、そのロシアは隣国に攻め入り、多くの民間人を殺害した。どうあがいても人間が戦争を手放せないのだとしたら、一体何のための祈りだろう。

スマホが点滅したのに気づいて、あわてて画面を見る。

「わかった」

綾香からのメッセージだった。

「ゆっくり眠ってね」

最後に以前綾香が送ってきたようなナイトキャップをかぶってすやすや眠るネコのイラスト

を添える。送り終わって少し待ってみたが、綾香からの返信はなかった。

§§

聡美はクリニックが閉まる三十分前にやってきた。

「これ、もし良かったら……」

紙袋の中に焼き芋が二本入っていた。買ったばかりなのだろう。まだあたたかそうな湯気を立てている。

「もう焼き芋の季節なんですね。美味しそう。一緒に食べませんか」

聡美が恥ずかしそうにうなずく。

十月というのに、いまだに気温は二十度を上回っている。まだ焼き芋が恋しくなる陽気ではなかったが、聡美を元気づけたかった。カウンセリングルームに聡美を案内し、お茶を淹《い》れに外へ出る。聡美は放心したような顔で、椅子に座った。

「お待たせしました」

日本茶の湯呑みを聡美の前に置き、紙袋を開けて焼き芋を一本取る。

「頂きます」

元気よく言って、芋を二つに割る。湯気と共にほくほくした断面が現れ、頬張ると、ねっとりした甘さが口中に広がった。

「うわ〜、美味しい」

思わず笑みが浮かぶ。そんな藍の様子を見ていた聡美が、突然大粒の涙をこぼした。

「どうしましたか？」

カウンセリングルームのティッシュ箱から慌てて一枚取って差し出す。聡美は目がしらのあたりを押さえ、それから「すみません」と小さく言って、ティッシュで焼き芋を包んで手に持った。

「焼き芋、あの子が好きだったんです。とても……」

「息子さん、ですか？」

聡美がうなずく。

「小学校から帰ってくると、二十分くらいですぐ塾に行かせないといけないので、おやつにいつも用意してたんです。焼き芋は腹持ちもいいし、夜九時まで塾の授業があって、帰ってきた後、夕飯はいつも十時くらいになっちゃうんです。だから……」

「大変ですね」

「でもあの子、弱音なんか一つも吐かずに、それはそれは頑張ってたんです。週に三日塾に行って、二日は個別指導、一日は家庭教師、土日は大体模試があって、ほとんど休むことなく三百六十五日勉強してました」

「そんなに勉強しなくちゃいけないんですか？」

「中学受験は、父親の経済力と母親の狂気が合否を左右する、って言われてるんです。だから私も必死でした」

母親の狂気……沙智の言葉を思い出す。母親の一途な献身《けんしん》によって成り立つ子育て。この国は一体いつまで女性を同じ場所に縛りつけておく気なんだろう。

「お弁当持たせる人もいるんですけどね。あの子は嫌がったんです。塾の二十分休みにごはんかきこむのは嫌だって。帰ってきてお風呂に入ってゆっくりご飯を食べるのだけが楽しみだったんだと思うんです。だから、夕飯作りは頑張りました。あの子が好きなもの、できるだけいっぱい並べて……菜の花の辛子和えとか、あゆの一夜干しとか」

「ずいぶん渋いですね」

「ええ、あの子にはきちんと食育しようと思って、子どもの頃から本物だけを食べさせるようにしてきたんです。出来合いのものとか、化学調味料の入ったものとか、スナック菓子なんてもってのほかです。きちんとした舌を育てようと思って、おだしもちゃんと一から取って……だからあの子も、自然とそういうものが好きになったんだと思います」

「ハンバーガーとか、ポテトチップスとか、欲しがりませんでした?」

「全然。見向きもしませんでした。お野菜も無農薬野菜を育てている農家さんと契約して届けてもらっていたんです。それくらい、気を遣って育てていたんですよ。安全安心な食べ物が、健全な体と心を作るって信じてたんです」

過去形であることが気になった。聡美の話の中に、現在形の息子は出てこない。今がその時なのか確信は持てなかったが、ずっと訊きたいと思っていたことをそっと舌にのせる。

「あの……息子さんは、今どちらに？」

聡美は黙ったまま、焼き芋を見つめている。やがて自分の分を手に取ると、小さな声でつぶやくように言った。

「遠いところにいます」

初めて聡美と出会った場所を思い出す。立川拘置所。あそこに収監されているのではないか。聡美は焼き芋を割って、断面を食い入るように見つめた。冷めてしまったらしく、もう湯気は出ていない。やがて焼き芋に口をつけることなく、先ほどと同じ調子で話し始めた。

「ある時、塾から電話がかかってきたんです。あの子は特待生で、授業料が免除されていたんですよ。全教科あわせても、偏差値が七十を下回ったことはありませんでした。国語が苦手で、たまに一教科だけ切ることはありましたけれど、算数、特に苦手な子の多い図形の問題が得意だったので、全教科ならすと、七十を維持できていたんです。志望校のことかな、と思っていました。あの子が狙っていたのは、御三家のなかでも国語の記述が重視される学校だったのですが、塾からは、そこではなく、もっと上の国立を狙ってほしいと言われていたんです」

先生ご存じですか、と聡美が口にしたのは、二人に一人が東大に現役合格するといわれる国立の中高一貫校だった。

「ものすごく難しいところですよね。それで、志望校を変えられたんですか？」

「あの子は嫌がってましたけど、どちらも二月一日校なので、両方は受けられないんです。塾としては、算数が得意なあの子なら、と太鼓判《たいこばん》を押してましたし、むしろ国語の文章力を上げるには、もう時間が足りなかったんです。あと半年で受験だったので、そろそろ決めないといけなくて……学校を見に行ったら、あの子、校舎が新しくてきれいだと気に入っていたので、安心してたんですが……」

「電話の内容はなんだったんですか」

聡美はうつむいて、低い声で続けた。

「……あの子が教室で奇声を発してるっていうんです。他の子が授業に集中できないから、今すぐ迎えに来てくれって」

「奇声？」

「耳を疑いました。あの子はおとなしい子で、決して教室の中で暴れたりするような子じゃないんです。お友達とも仲良くするし、先生の話はよく聞くし、忘れ物したこともありません。鉛筆だってまんべんなく使うから、どれか一本だけ短くなったりしないんです。ご飯だっていつも残さずきれいに食べてくれました。でも……」

そこで聡美はいったん言葉を切って、焼き芋を小さくかじった。見ると目に涙が溜《た》まっている。涙と一緒に焼き芋を飲み込んで、突然むせた。目に涙をにじませ、胸をおさえて苦しそうに咳き込む。

「どうぞ」

湯呑みを手渡す。聡美は震える手で日本茶を口に含んだが、また激しくむせて、咀嚼した焼き芋と共に辺りにまき散らした。

「ごめんなさい……」

青ざめた顔でカウンセリングルームを飛び出し、転がるようにトイレの個室に駆け込む。苦しそうな嘔吐《おうと》の音が何度か続き、やがて静かになった。

「聡美さん、大丈夫ですか」

声をかけるが、返事はない。静まりかえったトイレの中で、藍はじっと耳をすませる。聡美の心の声に。彼女を苦しめ続けているもの、そのありかを探り当てようと、耳をそばだてる。いつも思う。臨床心理士に、心の中を見透かせる超能力があればいいのに。クライエントは、自分でも苦しみや悩みのありかがわかっていない人が多い。カウンセリングとは、そのありかを一緒に探す山登りで、頂上でそのありかを見つけたら終わりではない。伴走しながら、彼らが営む通常の生活に戻っていけるルートを探していかなければならない。けれど、時に頂上は見えず、ゆっくりした上り坂をひたすら歩き続けるだけの苦しい道行きになることもある。やはり、自分ではだめなのだろうか。聡美の重荷を背負って一緒に歩いて行くだけの経験も実力もない。身体的な症状が出ている以上、もう斗鬼にまかせるべきなのかもしれない……

　聡美の小さな声が聞こえた。

「……こんな風に」

「え？」

　思わず聞き返す。

「こんな風に、吐いちゃうようになったんです、あの子。何を作っても、何を食べさせても、全部吐いちゃうんです。大好きな焼き芋でさえも……」

「……そうだったんですね」

　聡美はその頃の息子の様子を我が身にうつしとり、再現しているのかもしれない。

「本当はどこかおかしいってわかってたんです。頭のてっぺんの毛が少なくなっていて……ある日、部屋をのぞいてみたら、あの子が頭の毛を抜いて、毛根を食べていたんです」

「毛根を？」

「ええ、ネットで調べると、抜毛症っていう言葉が出てきて……本当はあの時やめさせてやるべきだったんです。わかっていたのに、見て見ぬふりをした。何事もないかのように……。普通でいたかったんです」

そのまましばらく黙り込んでいたが、やがてカギの開く小さな音がして、聡美が個室から出てきた。水道で何度か口をゆすぐと、突然しゃっくりが出始めた。しばらく待ったが、止まらない。

「わっ」

声を出しながら聡美の背中を軽く叩く。

「なんですか?」

驚いた聡美が振り返る。

「びっくりするとしゃっくりが止まるって……」

藍が言うと、聡美は泣き笑いのような表情になって、「なつかしい」とつぶやいた。

「私もやりました、それ。何度も何度も……あの子の奇声、止まらなくなっちゃったんです。最初は五秒に一回、その後三秒に一回、一番ひどい時なんかは、もう〇・五秒に一回くらいの頻度で、叫ぶような声が出るんです。あの子にも、どうしようもないんですよ。勝手に出ちゃうんです。しゃっくりみたいなものだろうと思って、何度も『わっ』って驚かせてみたりしました。でもダメなんです。止まってくれないんです……」

聡美のしゃっくりは止まっていた。

「あ、止まりましたね」

「ホントだ」

聡美が再び泣き笑いのような顔になる。

「お部屋に戻りますか?」

聡美は小さく首を振り、「今日はもうこれで」と言った。クリニックの出口に向かって一緒に歩く。ここへ来たときより、聡美の足元がふらついている気がする。嘔吐したこともあるだろうが、思い出したくない記憶をよみがえらせ、ただ余計に気分を滅入らせるだけの結果になってしまったのではないか……聡美と小さな庭を抜け、門までのアプローチを歩きながら、体中から力が抜けるような無力感に襲われた。

第七章　ロストワン

簡単な英文法の学習を終えたあと、藍が来る途中で買ってきた大型のゴミ袋を広げる。

「こないだの続き、やろっか」

まだ部屋のあちこちに綾香が切り刻んだ洋服の残骸が散らばっている。しばらくの間、二人で黙々と袋に詰めた。ゴミ袋がいっぱいになり、もう一枚広げようとした時、綾香がつぶやいた。

「あたし、たぶん人の気持ちがわからない子なんだと思う」

手を止めて、綾香を見る。思い詰めたような表情だ。

「どうしてそう思うの？」

「大澤学園の試験、あたしも受けたの。落ちちゃったけど……」

うなずいて、先を促す。

「赤ずきんちゃんの劇をやったの」

「赤ずきんちゃん？」

藍が聞き返す。

「最初に画用紙とクレヨンで赤ずきんちゃんのお面を作ったの。セロテープでうまく頭にかぶれるサイズにするのが難しくて、ああ、工作がうまいかを見られてるんだなって。作り終わって皆がお面をかぶると、先生が『では、これから劇を始めます。赤ずきんちゃんの役をやりたい人！』って言ったの。お面がうまく作れなくて泣いちゃった子以外、ほとんどみんな手をあげた。赤ずきんちゃんのお面つけてるんだから、やりたいに決まってる。でも、そのうちみんなお互いの顔を見ながら『いぃよ』『お先に』って譲り合って、最後まで手をあげてたのはあたしだけだった。やった、これで赤ずきんちゃんがやれる！　そう思った時、先生が『はい、お遊びの時間はこれでおしまいです』って……。すごくがっかりして、試験が終わった後、控え室で待ってたお母さんのところに行って、べそかきながら報告したの。そしたら、お母さんは無言であたしのことをにらみつけた。それから大澤学園を出て、駅に着いて電車を待っていたホームでいきなり顔をひっぱたかれたの。すごい勢いで」

「どうして？」

驚いて訊く。綾香は何かをあきらめたような目で続けた。

「その試験、赤ずきんちゃんをやっちゃいけない試験だったの。お友達と譲り合えるかどうかを見られてたんだって。大澤学園に結果発表を見に行ったとき、同じグループで試験を受けてた子とすれ違ったの。その子、あたしの方を見て、にやっと笑って小さくピースした。その時気づいたの。みんなはあれが何の試験か、わかってたんだって……あたしは、あの時、何の試験かなんて考えてなかった。どうしても赤ずきんちゃんがやりたくて……一番大きな声で『はいっ！』って手を挙げた。なぜかっていうと、赤ずきんちゃんの話って、なんかおかしいってずっと思ってたから。どうしておばあさんは、あんなにあっさりおおかみに食べられちゃうんだろう。食べられちゃったら最後、絶対胃で溶《と》けちゃって生き返れるはずないのに、猟師がはさみでおなかを切ると、元気なままのおばあさんと赤ずきんちゃんが出てくるでしょ。そんなはずないのにって、ずっと思ってた。だから、あたしはどんなことがあってもおおかみにだまされない赤ずきんちゃんをやるんだ、って決めてたの」

「うん、そっちの方が断然おもしろいと思う」

　綾香が小さく首を振る。ひどく大人びた顔だった。

「だめなの。見られてるのはおもしろさじゃなくて、お友達にちゃんとゆずれるかどうかだから。結果発表を見た帰り道、お母さんはひとことも口をきいてくれなかった。家に帰ると、『大変だったな』ってお父さんが私の大好きなアイスクリームを出してくれたんだけど、食べたらおなかこわしちゃって……」

　綾香はそこでいったん言葉を切って、うつむいた。

「あのあと、歌ったり、踊ったり、おしゃべりしたり、そういうことがうまくできなくなったの」

　羊の歌やポンポンに力なく首を振った綾香の姿を思い出す。もともとは明るい性格だったのに、赤ずきんちゃんの一件から、自分の気持ちを外に向かって表現することが怖くなってしまったのだろう。

「弟が大澤学園に合格してから、運動会とか学芸会とか一緒に行くように言われたんだけど、一度も行かなかった。っていうか、行けなかったの。行こうとするとものすごくおなかが痛くなって……お母さんは『あんたはほんとに人の気持ちがわからない子だ』って。弟はお姉ちゃんに見て欲しがってるのに、ホントにだめなお姉ちゃんだって……」

小学校の入学試験を受ける子ども達は、せいぜい五歳か六歳だ。赤ずきんちゃんの劇をやる、と期待させて、配役決めをした時点で終わりにしてしまうのはあまりに残酷だ。もっと言うなら、赤ずきんちゃんのストーリーをどう構築するか、どんな風に演じるかといった創意工夫や想像力、表現力を見るのではなく、集団の規範にあわせて自己主張せず、人とうまく協調できるかどうかを見るだけなんて、果たしてそれでいいのだろうか。他にも色々な試験をおこなっているのだろうし、多数の受験者がいるのだからいちいち劇をやらせている時間はないのかもしれない。だが、その試験で「まんまとだまされて」赤ずきんちゃんの役を射止めてしまった子ども達、その胸のうちを考えるとやりきれなかった。

綾香が大澤学園に足を踏み入れることができなくなったように、幼い頃一度でも「だめな子」の烙印《らくいん》を押された子は、「正解」を意識するようになる。周囲と合わせ、突出しないことに心を砕くようになる……綾香は決して人の気持ちがわからない子ではない。常に母親のことを案じ、全身でその気配を感じ取ろうとしている。この子を解き放ってやれるのは、やはり母親しかいない……

「やっぱりお母さんと話してみたいと思うんだけど、どうかな」

綾香が即座に首を振った。

「だめだって」

「お母さんが？」

「ううん、お父さんが。藍先生がお母さんと話したがってるって言ったんだけど、今はだめだって」

「今はだめってどういうことだろう」

「お母さん、最近ずっとうちにいるの。すごく落ち込んでて、部屋から出てきても、誰ともしゃべらないの。だからどうすることもできないし、お父さんもあきらめているみたい……」

綾香は小さなため息をついて、中断していた作業を再開した。綾香はずっとこんな風に生きてきたのだろうか。両親の目を気にして、彼らがしてほしいことは何かを先回りして考える……その結果、「ロストワン」になってしまったのかもしれない。極力目立たないように、ひとり静かに過ごす「ロストワン」。家族の機能不全から耳をふさぎ、目を閉じ、息を殺してじっと物陰に潜《ひそ》んでいる「ロストワン」は、「守ってもらえなかった」という深い失望から、大人になった時に生きづらさを感じることが多い。綾香にすでに出始めている症状では、他人が気になるあまり何もできない、本当の自分がわからない、過剰な自己嫌悪、などが当てはまる。症状が進むのを防ぐには、問題の根源を探りあて、本人がそれに気づいてきちんと向き合う必要がある。

自分はこの先、綾香に一体何がしてやれるだろう。自分の周りに厚い壁が立ちふさがっている。突破する方法がわからず、いくら叫んでも声は届かない。絶望的な気分で、ただ黙々と作業を続けた。ほこりを吸い込んで大きなくしゃみを一つすると、綾香が引き出しから不織布のマスクを出してきてくれた。差し出した綾香の細すぎる手首に真新しい浅紅の筋が一本、痛々しく刻まれている。

意を決して立ち上がる。母親がだめなら、せめて父親の早見洋治と正面から話をしてみよう。

綾香の味方になると決めた以上、行動で見せていかなければ。「誰もが自分を見捨てるわけじゃない」と綾香が身をもって知る必要がある。

「先生、ちょっとお父さんと話してくる」

仁王立ちになっている藍を綾香が不安そうに見上げる。

「大丈夫、お母さんと話をさせてもらえるように頼むだけだから」

「……無駄だよ」

半ば怯えたような、あきらめたような目にはっとする。甘えたい、愛されたいといった感情を封印し、家族の負担にならないよう、じっと息をひそめてきた綾香。あきらめなければどこかに道は開ける、「助けて」「疲れた」「守って」と声をあげれば誰かがそこにいる、と知って欲しい。

「アリの哲学」と藍は力強く言った。

「ありんこに負けてられないでしょ」

綾香がうなずく。小さくファイティングポーズを作って見せてから、廊下に出る。居間へと続く扉の前に立つと、綾香に見せていた威勢の良さはいつのまにかしぼんでいた。

恐る恐る扉を開けると、早見洋治はソファで何かの書類に目を通しているところだった。何ものをも寄せつけない硬質な横顔に一瞬怖《お》じ気《け》づいたが、たゆまなく行進を続けたアリの姿を思い浮かべ、気持ちを奮い立たせる。

「早見さん」

声をかけると、早見洋治は眉根を寄せ、怪訝そうな顔をこちらに向けた。

「なんでしょう」

「少し、お話ししてもよろしいでしょうか」

早見は返事をする代わりに眼鏡をはずし、分厚い書類の束と共にローテーブルに置くと、早見の右手にある一人用のソファを指さした。ソファに腰を下ろすと、早見が先を促すような目で藍を見る。

「あの、綾香さんのことなんですが、かなり落ちこんでいる、というか、追い込まれているような気がするんです」

早見にとって、藍は臨床心理士ではない。ただの家庭教師だ。専門的な言葉は避け、できるだけ平易な言葉を選ぶ。早見はうなずきもせず、じっと藍を見ている。

「一つ気になっていることがあって、綾香さんの教科書やテキストがかなりの割合で破かれているんです。あれは……」

「綾香がやったんです」

藍の言葉にかぶせるように言った。その時の表情にわずかに狼狽《ろうばい》のようなものを見て取り、藍はたたみかけるように言った。

「綾香さんの手首の傷、ご覧になられたことありますか?」

早見はどこかが痛むような表情になり、小さくうなずいた。

「あれは、リストカットの傷だと思うんです。原因にお心当たり、ありますでしょうか」

大澤学園の事件について話させることが目的ではない。早見や母親がどこまで綾香の現状を理解し、気に掛けているかを知りたかった。早見は目を閉じ、右手の親指と人差し指で目の間をもみながら言った。

「いえ。特に心当たりは……でもあれは本気じゃないでしょう」

「本気じゃないって、どういうことでしょうか」

思わず気色《けしき》ばんで言うと、早見は冷ややかな声で「本気なら、あんな遊びみたいな切り方はしない」と言った。

遊びみたいな切り方……綾香の行動を軽んじるような物言いに、心がきしむ音がした。先ほどの怯えとあきらめの入り混じったような綾香の目を思い出す。早見洋治は綾香にとって、どのような存在なのだろう。弱っている時に、その胸に安心して飛び込んでいける相手ではないのかもしれない。藍の目が険しくなったのを見て取ったのか、早見はいなすように片手を上げた。

「いや、誤解させたかもしれない」

「どういうことでしょうか」

藍の質問には答えず、早見はふっと笑うように口元をゆがめた。

「ちょっと昔の話をしてもいいですか?」

藍がうなずくと、早見は遠くを見るような目で窓の外に目をやった。

「僕は一時期、会社の社会貢献活動の一環で、途上国支援をしていたことがあるんです。アフリカや東南アジアの国を色々まわって、子ども達を支援していました。色々な子どもに会いました。難民キャンプを転々とする孤児、背中におんぶしていた妹が餓死《がし》して呆然としている少年、ゲリラに手や足を切り取られた子、母親を目の前で殺された子、家族を養うために売春している子……悲惨な状況を生きている子ども達を、いやってほど見てきたんです。その子達は絶対に自殺なんてしない。そんな絶望的な状況でも、絶対に自分を殺したりしないんです。でも、この豊かな日本には自殺する子どもがたくさんいる。毎年毎年、年端《としは》のいかない子ども達が自殺する。何が違うんだろうって考えたんです。この日本は豊かで恵まれすぎているから余計なことを考える、そんな風に片付けるのは簡単です。でも僕はそうじゃないと思う。不幸はどんなに避けようとしても、あっちから勝手にやってくる。色々な境遇の人がいて、色々な種類の不幸がある。かの国との違いは、何が起きてもみんな一緒にいるよ、って様々なことを包《ほう》含《がん》して、互いにいたわりあえる世界かどうか、なんじゃないでしょうか。ほんの少し不幸に見舞われたからといって、親や金、あるいは手足のどれかが欠けているからといって、特別じゃない。みんなそれぞれ長短あるんだから、折り合いつけて一緒にやっていこうよ、って言えるかどうか……。綾香は今苦しんでいるかもしれない。だけど、生きている限り、色々な試練に見舞われる。今は彼女がじっと耐えて乗り越える時期だと僕は思っているんです」

早見の長口舌《ちょうこうぜつ》を聞きながら、藍は違和感を覚えた。早見が言っていることは筋が通っているし、何も間違ってはいない。だが、と藍は思う。娘がリストカットするほど苦しんでいるのだから、ただそっと綾香の小さな手を包み、『大丈夫だよ』と言ってあげてほしい。綾香に必要なのは理屈でも正論でもなく、身近な人から与えられる、ほんの少しのぬくもりなのだから。

「お母さんも……同様のお考えなんでしょうか?」

早見は眉間にしわを寄せ、大きなため息をついて目を閉じた。

「塔子《とうこ》は今、娘のことを案じてやれる状況じゃないんです……」

そう言ってから早見は目を開け、藍をひたと見据えた。

「先生、申し訳ないが、家庭のことにあまり首を突っ込まないでもらえませんか。先生には綾香の話し相手になっていただければ、それでいいんです」

早見の厳しい口調に何も言えなくなった。父親と母親とで綾香にきちんと向き合って欲しい、そのためにも母親の塔子と話をさせてほしい……強ばった口を無理矢理こじ開ける。

「お母さん……塔子さんと、少しだけお話をさせていただけないでしょうか？」

「言ったでしょう。塔子は今そういう状態じゃないんですよ」

「では、綾香さんを専門の先生にお見せになることは……」

藍が言い終わる前に早見は立ち上がり、「今日は時間ですから、もうこれで」と廊下へと続くドアを開けた。仕方なく早見の後について玄関に向かう。綾香の部屋の前で「先生、失礼するね」と声を張ったが、綾香の部屋は静まりかえっていて、何の物音も聞こえてはこなかった。


駅に向かう途中、歩きながら綾香にＳＮＳを送る。

「お父さんと話したんだけど、今お母さん具合悪いみたいで、すぐには会えないみたい」

待っていたのかもしれない。すぐに返信が来た。

「ね、だから言ったでしょ」

「力不足でごめんね」

「いいよ、べつに」

「でも先生、あきらめないから」

しばらく待ってみたが、綾香からの返信はなかった。

§§

藍が控えめにノックすると、斗鬼が内側からドアを開けた。藍の表情を見て何かを察したように無言のままソファをすすめ、自分は立ってコーヒーを淹れた。湯気の立つコーヒーの入ったマグカップが目の前に置かれる。すすめられるまま一口含むと、香ばしいかおりが鼻腔いっぱいに広がり、体の中で凝り固まったものをときほぐしていく。

藍はすべてを話した。聡美の体調のこと、綾香のこと、綾香の両親のサポートを得られずどうしていいかわからなくなっていること。子どもがいない自分には有効なアドバイスができる気がしないこと。そして、自分の能力を超えていると思うので、この先、二人を斗鬼の手にゆだねたいと思っていることなどを包み隠さずに伝えた。

斗鬼は話を聞き終えると、何も言わずに立って、レコードのコレクションから一枚を引き抜いてプレイヤーに載せた。いつもはCDをかけているので、レコードを出してくるのは珍しい。静かな弦楽四重奏が始まる。チェロの艶《つや》やかで豊潤《ほうじゅん》な響きを透明な和声が包み込み、甘く美しい調べが部屋を満たしていく。まるで何人もの妖精が聴く者のまわりを取り囲み、陶酔《とうすい》の淵《ふち》に誘っているかのようだ。二人してしばらく無言で音楽に耳を傾けた。

「アレクサンドル・ボロディンの弦楽四重奏曲第二番ニ長調。ボロディンが妻に愛を告白した二十周年に、愛情の証として夫人に捧《ささ》げられた曲です」

斗鬼がレコードのジャケットを持ってきて藍に手渡す。

「すごく息の合った演奏ですね」

「いいでしょう、弾いているのはボロディン弦楽四重奏団です。僕は彼らの演奏がとにかく好きでね。ヴィブラートは数までそろっているし、かけない時もまた、そのタイミングがそろっている。音程が全員ぴたっと決まっていて、和声のまとまりが素晴らしい。それなのに、彼らは一切目を合わせたり、大きな仕草で合図しあったりしない。歴代のメンバーは、亡命したり国外流出したりして色々代わっているんですが、常に一糸乱れぬ演奏をする。僕はずっと、一体どうやってタイミングを合わせているのか不思議でした。でもね、ある時歌舞伎を見に行って気づいたんです。女形《おやま》は義太夫《ぎだゆう》がまったく見えないところに立っているのに、義太夫のうねりと寸分違《たが》わない泣きの演技をしている。はっとしました。ああそうか、と。磨《みが》き上げた技というのはシンクロするんです。互いを見なくても、互いの気配を聴き取って我が身にうつしとることができる」

気配を聴き取る……斗鬼の言葉を胸の裡で反芻する。

「これは何かをきわめた人だけができることだ、そう思われるかもしれない。でもそうじゃない。子どもでもできるんです。いや、むしろ子どもの方が簡単かもしれない。一つの世界に我を忘れてのめり込み、その深奥にある何かを聴き取ろうと耳をすますとき、そこにはリズムがあるんですよ。我を忘れて耽溺《たんでき》した者だけが聴き取れるリズムが。鼓動《こどう》と言ってもいい」

「鼓動……」

「あなたにはまだ雑念があるんです。純粋に相手の思いを受け止めきれていない。自分みたいな若輩者の手に負えるはずがない。子どものいない自分にわかるはずがない。そうした邪念が相手の鼓動を聴き取ることからあなたを遠ざけている。あなたにはまだできることがあるはずです」

「でも、二人とも一向に改善の兆しが見えないんです」

「綾香さんのSNSは『私を見て』という心の叫びでしょう。彼女は水沢君が考えているような単なる『ロストワン』ではない。きちんと感情を表に出している。辛い思いを内に抱えて閉じこもるばかりでなく、私は辛い、痛い、と訴えている。聡美さんの持ってくるお土産もそうです。何か持っていかないと話し始められないくらい、彼女は臆病になっている。彼女は買うときに、きっと一生懸命考えているはずです。どうしたら、自分の話を自然に聞いてもらえるか。それは、他ならぬあなたに聞いて欲しいという彼女の願いの表れです。綾香さんも聡美さんも、水沢君、他ならぬあなたに聞いて欲しいと思っているんです。その思いにきちんと向き合って、耳をすませなさい」

斗鬼は立って本棚から一冊の絵本を取ってきた。

「これを貸してあげましょう。僕が迷った時に、いつも手に取る本です」

斗鬼が差し出したそれは正方形に近い本で、黄色一色の表紙に子どものいたずら描きのような人の顔が描かれ、『みみをすます』と書かれていた。

§§

夜、潤が行きつけのバーに出かけてしまうと、ユーチューブで斗鬼の部屋で聴いた曲をかけながら、本を開いた。それは谷川俊太郎の詩集で、すべてひらがなで書かれていた。

みみをすます
いつから
つづいてきたともしれぬ
ひとびとの
あしおとに
みみをすます

声に出して読んでみる。音の一つ一つが立ち上がってきて、まるで一つの曲を奏《かな》でているかのようだ。夜の静寂《せいじゃく》に音がやわらかく溶けて、とげとげしくささくれだったものを包みこんでいく。言葉のもつ優しさ、しなやかさ、そして強さ……それらが混ざり合い、豊かな旋律となって一筋の流れをつくり、胸にしみ込んでくる。

はっとして読むのを止めた。長い詩の途中に一か所だけ、唐突に括弧《かっこ》で囲まれた部分がある。

（ひとつのおとに
ひとつのこえに
みみをすますことが
もうひとつのおとに
もうひとつのこえに
みみをふさぐことに
ならないように）

「もうひとつのこえに、みみをふさぐことにならないように」

声に出してつぶやいてみる。もうひとつのこえ……何か、とても大切なものを自分は見落としているのではないか。二人を救う糸口になるはずの、大切なパズルのピースが抜け落ちている……そんな気がした。

目を閉じて、詩集の表紙にじっと手を当てる。やがて目を開けると、両耳をいっぱいに開き、何かに耳をすませている少年の顔が目に入った。もう一度詩集を開いて、始めから読む。

言葉の持つリズム。研ぎ澄まされ、一点に凝縮された心の叫びだけが刻むことのできるリズム。たったひとつのおと。たったひとつのこえ……あなたには、それを聴き取る力があるはずだ。気配を感じとり、リズムに合わせて鼓動することができるはずだ……そんな斗鬼の無言のメッセージを感じる。

かつて担当した女子大生が斗鬼に恋愛感情を抱き、感情の転移を起こさせてしまった反省から、斗鬼はいつもクライエントとの関係に厳格な一線を引いている。だが、斗鬼の本心は、本当はそうではないのではないか。ボロディン弦楽四重奏団のように、互いの気配に耳をすませ、同じリズムにシンクロしながらクライエントの心を聴き取るのが本来あるべき姿だと感じているからこそ、藍にこの詩集を託した。藍なりのやり方を見つけて欲しいと願いながら……

ページをめくるたび、異なる子どもの顔があらわれる。子どもだけではない。口紅を引いた大人の女もいる、憤怒《ふんぬ》に顔をゆがませた男もいる、骸骨《がいこつ》もいる……だが、そのどれもが少しユーモラスだ。詩人の耳、画家の目を通して見た人間のありようは、みなどこか少し滑稽《こっけい》で、同時にとても愛おしい。

詩集を閉じ、オレンジ色の表紙をそっと撫でる。目を閉じた男の子の顔はクレヨンのようなもので黒く塗られている。最初は男の子の表情と出っ張った耳に気を取られて、肌の色にまで目が行かなかった。同じものを見ていても、あとから気づくこともある。もう一度、初心に戻ってまっさらな気持ちで二人に向き合ってみよう。

いつのまにか音楽が止まっていた。窓の外を見ると、細いかみそりのような月が空の低いところにかかっていた。

§§

「先生、これお土産です」と言って、その日聡美が差し出したのは、大ぶりの柿がぎっしり詰まったビニール袋だった。柿から始まる物語、今日は何だろう。不安と、ほんの少しの期待が交錯《こうさく》する。

「いつもありがとうございます。こんなにたくさんは無理なので、半分こしましょう」

藍が受け取りながら言うと、

「うちはもう、私しかいませんから」

聡美が寂しそうにつぶやいた。夫がいるものと思っていた。一人暮らしであることを初めて知る。

「ごはんなんて、三合炊くと、四日経っても残ってて、黄色く硬くなっちゃうんですよ」

自嘲《じちょう》気味に笑ってから、ふと気づいたように辺りを見回した。

「先生、包丁ありますか」

聡美が立ち上がるのを、やんわりと押しとどめる。さすがに患者に刃物を持たせるわけにはいかない。藍は大ぶりの柿を二つスタッフルームに持って行って、そこで雑誌をめくっていた潤に「ごめん、これ皮むいて持ってきて」と小声で頼んだ。明らかに不服そうな顔をした潤に、「一個あげるから」と片手で拝むマネをする。

カウンセリングルームに戻ると、聡美は申し訳なさそうな顔をして頭を下げた。

「かえってご面倒をかけてしまって申し訳ありません。駅前に小さなトラックがいて、つい足を止めてしまったんです。看板に『七個で三百円』って書いてあったから。ずいぶん安いな、と思って……」

「それは確かに激安ですね」

「でしょう？　それがね」

と聡美はおかしそうに思い出し笑いをする。

「それはこっちの小さいのだって言うんです。こっちの立派なのは、千円で五個。おまけして六個にします、なんて言うんですよ。あらあら話が違うわ、と思いながら、もう試食用に小さいの切って下さってるでしょう。引っ込みがつかなくなって、つい買っちゃったんです」

「商売上手ですね」

藍が苦笑いすると、聡美は残りの柿をうっとりと眺めた。

「橙色《だいだい》って、なんだかいいですよね。暖かくて、幸せそうで……つい引き寄せられちゃいます」

「太陽の色ですもんね」

一時期、色彩心理学に興味を持って熱心に学んだことがある。橙色はもちろん文字通り「暖かさ」や「陽気」などを象徴する色だ。太陽が植物や生物にエネルギーを与えることから「精力的」「活力」などの健康的なイメージを持っている。だが、心理学的には別の意味も含んでいる。オレンジには「レスキュー」や「応援」の意味があり、ショックな出来事やトラウマを癒やすサポートカラーであるがゆえに、辛い出来事に遭遇《そうぐう》して心が傷ついている人が、「助けて欲しい」という思いから、橙色と共鳴して選んだりするので「ショック」とか「トラウマ」といった言葉をも意味する。また、そうしたショックな出来事から来る辛さを他の何かに頼ったり、すり替えたりして解決しようとすることから、「依存」や「執着」といった意味も持つ。

だから、その人が橙色を選んだからといって、それがすなわち、その人が活力に満ちていて元気だ、というわけではない。一つ一つの色は多様な意味を包含しているので、この色を選んだからこの人はこういう状態にある、と一面的に評価することはできない。この人がなぜこの色に惹かれるのか、その背景にあるものを丁寧にすくい上げ、想像力を働かせることが必要だ。

クライエントによっては、「あなたの現在の状況はこうですね。だからこういうことをすると改善しますよ」と即断して欲しいタイプの人もいる。そういう人を前にすると、藍はいつもとまどってしまう。長い時間をかけて心の奥底に溜まり続けた澱《おり》は、そう簡単に払拭できるものではないし、何よりあちこち傷ついて疲れ切った心を癒やす一番の薬は時間だと思う。「今すぐ何か目に見える結果を」と即効性が求められる世の中で、カウンセリングの時間軸は、歯がゆいくらいゆっくりだ。時代の要請に合わなくなって来ているのかもしれない。一方で、いやそんな時代だからこそ、ゆっくりと心に向き合う時間が必要なのだとも思う。

ノックの音がしたのでドアを開けると、潤が柿を載せた皿を手に立っていた。小ぶりのフォークも二本添えられている。

「すみません、お手を煩わせて」

聡美が立ち上がって頭を下げる。

「いいんですよ。僕たちもお相伴にあずかりましたから」

潤がにっこり笑う。潤の営業用スマイルは天下一品だ。

扉が閉まると、案の定、聡美が上気した顔で「素敵な方ですねぇ」とつぶやいた。

「ええ、まあ」と適当に流すと、聡美が何かを思い出したように顔を曇らせた。

「あの子も、もうちょっと見た目が良かったらって……」

前回は息子がナゾの奇声を発するようになったところまでだった。水を向けてみる。

「見た目が良かったら、なんでしょう？」

「小学校六年生のクリスマスの日でした。あの子、一世一代の告白をしたんですよ。中学に上がると、みんな学校がバラバラになってしまうでしょう。どうしても、思いを告げたかったんだと思うんです。もちろん、そんなこと私には言いません。決して女の子にもてるような顔立ちじゃありませんし、これまで女の子に興味があるそぶりなんてこれっぽっちも見せませんでしたから。私が勝手に見ちゃったんです。ゆのちゃんっていう女の子に宛てた手紙。机の引き出しの中に大切にしまわれていて……その頃はもうチックのような症状がひどくなっていて、学校にも塾にも行けなくなっていたんです。それであの子、ゆのちゃんのおうちに郵便で送ったんです。そうしたら年も押し迫った頃、ゆのちゃんからお返事が来たんですよ。『お手紙ありがとう。受験がんばってね』ってそれだけ……あの子、それから突然勉強を再開したんです。どうしても、偏差値が一番上の学校に行くんだ、って。あと二か月。これまでお休みしていた三か月間の遅れを取り戻せるのか不安でしたが、とにかくあの子は猛然と勉強し始めました。そして直前模試でA判定が出て……あの頃が一番輝いていました。ゆのちゃんのお手紙を読んで、合格したらおつきあいできるかもしれない、と淡い期待をもったんでしょう。これまで出ていた症状も嘘みたいに消えて、とにかく生き生きとしていました。あの子、柿が大好物だったので、旬を過ぎてもどうにかして探し出して、毎晩お夜食にむいてやったのを覚えています」

「結局、中学を受験したんですか？」

「ええ……」

　聡美が再び話し出すのを待つ。辛い結果だったのだろう。聡美は手にしていたハンカチを握りしめたまま、しばしうつむいていた。

「第一志望の国立は落ち、第二志望の横浜の学校にも落ちて、大急ぎで二次募集がかかった私立に応募して、ようやくそこに……偏差値五十もない学校でした。とてもあの子が行くようなところじゃなかったんです」

「何かあったんでしょうか」

「わかりません。あの子も何も言いませんし、私もあまりのことに動転して、もう何も考えられなくて……ただ、どこか私立に入れてやらないと、あの子がまたチックになってしまうんじゃないかと怖くて無我夢中でした。学校見学にも行ったことのない学校でしたけれど、もう正直どこでも良かったんです。地元の公立中で受験していない子達と一緒になって、物笑いの種になるよりはと……でも、結果的にはそれが間違っていたんだと思います」

　聡美はフォークを一本取って、大きな柿の一片にぐさりと突き刺した。

「毎日泣き暮らしました。あの子の前では泣けませんから、夜中になると一人で……ようやく塾からもらった膨大なプリント類や過去問題集、学校案内なんかを捨てられるようになったのは、入学して中学校のものが増え始めてからです。家の中はしっちゃかめっちゃかでした。あの子は、またチックが始まっていました。もう止める手立てもなくて、お医者さんに見せるのも怖くて、そのままにしていたんです。あの子がひっきりなしに出す『ハッ、ハッ』という声……食卓に座っていても突然動き出す腕や首……もうそういうものを見るのが辛くて、私は一日中部屋に閉じこもっていました。一体どうすればああいう風にならずに済んだのか、何をしてやれば実力を発揮することができたのか、すべては自分のせいだと後悔するばかりで、布団の中に入っていても、どうしようもない苦しさに身もだえしました。叫び出したくなるのを、布団の端を噛んで我慢していたんです」

聡美は苦しそうに黙り込んだ。

聡美の話には、常に欠けているものがある。父親の存在だ。父親が話に出てきたことはこれまで一度もない。だが、専業主婦の聡美が一人で高額な塾代を払うのは難しい。恐らく父親は存在したはずだ。訊きたいと思いつつ、それが何かの発火点にもなる気がして、聡美が自分で話し出すのを待っている。

「小学校の卒業式には出たんですか？」

「いいえ。ゆのちゃんに会いたくなかったんだと思います。チックもひどくなっていて、人前に出られるような状態ではなかったですし」

「入学式は？」

「中学校に事情を話して欠席しました。そのまま、結局一日も学校には行かないまま、夏休みになってしまって……」

「ずっと行かないまま、ですか？」

聡美はうなずいた。辛い日々を思い出したのだろう。フォークに刺した柿を手にしたまま、

「ええ、ずっと……」とつぶやいた。

「同じ小学校から、一人だけ同じ中学に進学した男の子がいたんです。ある日、配られたプリ

ント類や自分のノートのコピーなんかを持って、お母さんとうちに来てくれたことがあるんです。お母さんの前では、なんとかとりつくろいました。ママ友コミュニティっていうのは、家族がうまくいっていることが大前提なんです。『普通』からはじき出されたら終わり……だからもう必死で、『ちょっと体をこわしていて、まもなく復帰します。もうちょっとなんです』って、一生懸命嘘を並べました。でも、制服を着た子を初めて目の前にして、『いいわね』って思わず言ってしまったんです。あの子はそれを聞いていたんでしょう。『あなたはちゃんと学校に通えていいわね』に聞こえたのかもしれません。あの子の部屋から恐ろしい叫び声が聞こえてきて……お友達もお母さんも、顔色を変えて逃げるように帰って行きました……それからあの子、自分の部屋からも出てこなくなったんです」

聡美がフォークごと柿を皿に置く、かしゃんという音が響いた。

「どうしたらいいか、もう私にはわからなかったんです。ただただ、途方に暮れるばかりで……」

「食事とかは？」

「部屋の前に置いておくと、夜中にいつのまにかなくなっていて、朝になると空の食器が出ているんです。お手洗いも、私の姿が見えない時間を狙ってしているようでした。とにかく徹底的に私たちに会うことを避けていたんです」

私たち……父親はやはり存在していたのだ。押しとどめていた問いを口に出す。

「お父さんは……」

聡美は一瞬、びくりと肩を震わせた。

「あの人は……元々家のことにはまったく無関心な人でしたから。忙しくてあまり帰ってきませんでしたし……でも、あの子が引きこもるようになって人が変わったように……何がなんでも部屋から出てこさせようと、恐ろしい罵声を浴びせるようになって……一度はカギのかかったドアを蹴破って息子を……」

途切れ途切れ、苦しそうに話す。

「息子さんを部屋の外に引っぱり出したんですね」

「はい。息子は戸棚の上にあった重い花瓶を主人に投げつけました。『おまえのせいだ、全部おまえのせいだ』と叫びながら。運良く花瓶は主人をそれて床に落ちましたが、衝撃で砕け散り、その破片《はへん》を踏んだ主人の足から血が出たんです。それを見た主人は逆上して、そばにあったフロアモップの柄であの子の背中を殴りつけました。何度も何度も……ようやく立ち上がった時のあの子の目、恐ろしくて……『おまえなんか、死んじまえ』とこの世のものとは思えないような声で叫んで……それから、あの子の暴力が始まったんです。私はしょっちゅう殴られてあざが絶えず、一度は首を絞められて死にそうになったこともあります。何度も、あの子を殺して自分も死のうと思いました。夜中、台所に行って包丁を握りしめるんです。ぶるぶる震える手で包丁を持って、あの子の部屋に……」

聡美の手が震えている。顔色が真っ青だ。まずい、と思った次の瞬間、彼女は転がるように部屋を走り出ていった。大急ぎで後を追う。トイレに駆け込む。嘔吐の音はなかった。代わりにすすり泣く声が聞こえて来た。長く尾を引くむせぶような声。胸が締めつけられた。ただじっとそこにいて、聡美が出てくるのを待った。腕時計を見る。五分経ったら声をかけるつもりだった。度重なる受験の失敗、心身に現れた症状、引きこもり、家庭内暴力……居場所を失った苦しい心や、ぶつける先のない怒りは身内に渦巻き、やがて出口を求めて溢れ出し、最も身近な人たちを傷つける。


扉が開き、聡美が出てきた。

「大丈夫ですか」

聡美が青白い顔でうなずく。聡美の背中を支えながら、トイレを出る。

「今日はもう、これで……」

聡美が弱々しくつぶやく。

「はい、続きはまた来週に……」

カウンセリングは週に一回のペースに設定している。今のところ、聡美が予約の日に来なかったことはない。

聡美の肩を抱き、二人してクリニックの玄関を出た。まだ五時を回ったところだが、空は墨を撒《ま》いたように黒く染まり始めている。

「あ……」

聡美が立ち止まって、玄関に設置された郵便受けの下を覗きこんだ。

「これ」

見ると、郵便受けの底面に茶色い幼虫のようなものがぶら下がっている。

「ツマグロヒョウモンのさなぎです」

「ツマグロ……何ですか？」

「蝶です。玄関の植え込みにスミレがあったから、きっとそれに飛んでくるんだわ。さなぎ、初めて見ました」

　聡美はさなぎをじっと見つめたまま動かない。藍はめっぽう虫が苦手で、蝶ですらあまり好きではない。これまで蝶の幼虫やさなぎをじっくり観察したことはなかった。聡美につられてよく見てみると、一見地味な茶色のさなぎだが、オーロラ色に光る点々がついていて、なかなか味わい深い。

「これ、うちの庭にもよく飛んできてたんです。ツマグロ……って端が黒いって意味なんですけど、黒いの、メスだけなんですよ」

「へえ、メスだけ……」

「それでいつだったか、主人が言ったんです。ツマグロって、妻が腹黒いって意味じゃないかって」

　驚いて聡美の顔を見る。彼女は諦めたような薄笑いを顔に貼り付けていた。

「ああ、私のこと言ってるんだなって思いました。あの人はいつも正しいことを言うんです。高学歴でなければまともな人生を送れない、おまえのような社会に出たことのない人間にはわからない……そうなんだろうと思っていました。『努力すれば報《むく》われる』っていうのが口癖で……だから私もあの子にいつも言い聞かせていました。『努力をすれば報われる、あなたのためよ』って」

　それから聡美は小さく会釈をして門を出て行った。駅に向かう聡美の後ろ姿には、拭いようのない孤独の影が貼りついていた。「妻が腹黒い」と発言する夫を「正しい」と言う妻……聡美は夫に反感を抱かなかったのだろうか。聡美の夫なら妻を「愚妻《ぐさい》」と呼ぶ世代かもしれない。そういう発言が社会の中で許容されてきたのかもしれない。心理士の仕事は個人の心理を明らかにすることだが、その裏には必ず「社会」が存在する。時代時代の病理やゆがみ、受験戦争やいじめ、ひきこもり……そういった社会問題の根幹に必ず横たわっているのが、コミュニケーション不全だ。言葉による抑圧、阻害。言葉を生み出すのは社会だ。社会が生み出した言葉が個人を傷つける。そうして社会と個人とは、常に分かちがたい相関関係をもちながら、ぐるぐる回り続けている。どこかのボタンを一つ掛け違うと、その歯車がとんでもない方向に回り始め、後戻りできなくなることがある。その行き着く先が対人関係のもつれや心因性《しんいんせい》の不調となってその人を苦しめる。だから心理士は、その因果《いんが》の基点をひもとき、歯車の方向を元に戻していかなければならない。

父親は「高学歴でなければまともな人生を送れない」と自分自身、感じていたのだろう。彼自身の人生のなかで解消できていない不安や恐怖心を子どもにも植えつけてしまった。聡美は孤独な子育てのストレスや、夫に物が言えない葛藤《かっとう》から、「あなたのためよ」と息子への過干渉を加速させた……もはや「あなたのため」という言葉は息子にとって呪いにも等しいものだったに違いない。彼らのボタンの掛け違いをただし、どこかで歯車を逆に回すことはできなかったのか……

群青色の空を見上げると、どこかから夕餉《ゆうげ》の匂いが漂ってきた。幸せの香り……聡美が茶碗によそう、硬くなって黄色く変色したごはんを思う。聡美がもう一度、あたたかな湯気のたつ真っ白なごはんを笑顔で口にする日は来るのだろうか……

抜け落ちたピースが見つからないもどかしさに、ため息をつく。吸い込んだ空気に、しょうゆと砂糖を煮付けたような甘辛い香りがして、泣きたいような気持ちになった。

第八章　予感

別のクライエントとの面談を終えて急いで駆けつけると、聡美はすでにカウンセリングルームの椅子に座っていた。今日は予約の日ではない。どうしたのだろうといぶかりながら向かい側に座ると、聡美は挨拶することもなく突然語り出した。夢を見ているかのようなうっとりした表情に、これまでとは違うものを感じる。

「良い時もあったんですよ。小学校最後の夏休み、あの子と二人で長野に行ったんです。夏期講習でぎっしりの中、ぽっかり空いた三日間だけの休みを利用して。主人は予定が合わなかったので、初めての母と子二人きりの旅行でした。二泊三日の短い日程でしたけど、それはそれは楽しかったんです」

遠くを見るような目で、藍の相槌《あいづち》も待たずに聡美が続ける。

「あの子、真田幸村《さなだゆきむら》が大好きで、どうしても上田城に行くんだって……難攻不落の城として有名なんですよ。その帰り、私がずっと行ってみたかった『無言館』というところに寄ったんです」

「あ、知ってます。戦争で亡くなった画学生などの絵が展示してあるところですよね」

テレビの番組で見て、潤と二人、いつか行ってみたいね、と話していた場所だ。

「そうです。車の運転が苦手なのでタクシーで行ったんですけど、戦争で亡くなられた学生さん達の絵や遺品がたくさんあるんです。身重の妻を残して戦地に赴《おもむ》いた兵隊さんや、帰ってきたら続きを描くからと恋人に約束しながら帰って来られなかった学生さん、妻に送られた四百通を超える絵葉書……もう胸がいっぱいになりました。気づくと、あの子がじっと一枚の絵を見つめていたんです。『勉強』というタイトルの絵でした。ベンチに座ってノートのようなものを一心不乱に読んでいる学生さんの絵です。二十四歳でフィリピンで戦死してしまった学生さんが、たった一枚だけ遺した絵でした。『気に入ったの？』と訊くと、『この人、勉強したかったんだよね、もっと』ってあの子がつぶやいたんです。私はもっともらしく、若者の未来を奪うような戦争は二度と起こしちゃいけない、みたいなことを言いました。そしたらあの子、ひと言だけ『僕も勉強したかったな』って……わけがわかりませんでした。『勉強してるじゃない。毎日いっぱい』って返したら、『そういうんじゃなくて』って……」

「そういうんじゃなくて」と語った彼は何を伝えたかったのだろう。受験勉強じゃない勉強がしたかった、ということか。小学校受験、中学校受験、と常に追われ続けた自分を哀れんでいるのだろうか。

「それからあの子、『ぶっ殺せばいい』って言ったんです。意味がわかりませんでした。ただ、その時のあの子の目が恐ろしくて……私、耐えられなくなってそのまま表に出てしまいました」

ぶっ殺せばいい……遠い昔に同胞を討った敵国のことか。それとも戦争を起こし、若者から未来を奪い去った人間たちのことか。

「外に出て少し歩いたら、たくさんの絵筆が埋め込まれた大きな記念碑が建っていたんです。その右上のところに、赤いペンキを叩きつけたような跡がありました。記念碑が赤いペンキで大きく汚される事件があったそうなんです。それを記憶に留《とど》めるため、わざと再現したんだとか……あの子、それを見て『なんかわかる』って言ったんです」

「なんかわかる……とは？」

藍が繰り返すと、聡美は首を振った。

「私も意味がわからなくて『どういうこと？』って訊いたんです。そしたらあの子、『こういうの、なんかムカつくじゃん』って……その時は、偽善のにおいがする、みたいなことが言いたいのかなと思ったんです。でもそうじゃなかった……」

それから聡美は体を深く折り曲げ、頭を抱えて沈黙した。やがて、消え入るような声で続けた。

「あの子のことは、自分たちが生涯面倒をみていけばいい、そう思っていました。あの子がどんなに暴れても、うちの中にとどめておきさえすれば何とかなると……でも、ダメだったんです。私や主人の力では、どうしようもなかった……」

折り曲げた体から、くぐもったうなり声が聞こえる。それは聡美の体の奥底から響いてくる地鳴りのような声だった。そして、絞り出すように言った。

「子どもなんか、産まなきゃよかった……」

何も言えなかった。産まなきゃよかったと後悔するほどの、一体何が起きたというのだろう。家庭は閉ざされた空間だ。家族が口を閉ざせば、地域も内情は知りようがない。「転んでしまった息子」は、家族にとっても社会にとっても、清浄な水たまりに落ちた一点の黒い染みのようなものなのかもしれない。染みを見ないように目をそらし続け、問題を先送りして悪化させてしまう。「産まなきゃよかった」というつぶやきに、母親が背負わされているものの大きさを思う。

「先生……」

聡美が小さくつぶやく。

「これでもう、先生のところに伺うのは最後にしようと思うんです」

とまどいを隠せず、聡美を見つめる。

「今までありがとうございました」

聡美は小さく頭を下げると、椅子を引いて立ち上がった。

「ちょ、ちょっと待って下さい!」

慌てて立ち上がった拍子に藍の椅子が倒れ、ガタンと大きな音を立てた。瞬間、聡美の顔が大きくゆがむ。

「先生も、あの子があんな風になったのは私のせいだと思ってるんでしょう!」

「いや、あの、ちょっと待ってください。私は何も……」

聡美が目を剥《む》いて睨みつけてきた。その激しさはこれまで一度も目にしたことがないもので、藍は思わず後ずさった。

「子どもを育てたことのない人には、絶対にわからない」

聡美はそう強い口調で言い捨てると、扉を開けて走り出ていった。

後を追うこともできずに、その場に崩れ落ちた。

子どもを育てたことのない人には、絶対にわからない。

カウンセラーとして、子どもがいないということをずっとハンデのように感じてきた。女性カウンセラーのところには、必然的に女性のクライエントが来ることが多い。悩みの多くが子育てのことだったりする。彼女たちは我が事よりも、自分の子どものことを優先する。命より大切な存在がある、ということが身をもって理解できない。それは致命的な欠陥《けっかん》なのではないかと思う。自分がどんなに努力して補おうとしても、聡美のようにクライエントの側から拒絶されれば終わりだ。聡美が去ったのは、自分の力不足を感じてのことだろう。この人に話してもわかってもらえない……そう断じられるほど辛いことはない。

以前潤に話したら、「だったら男のカウンセラーは女性をみちゃいけないってことになるだろ」と一笑に付された。だが、それは違う。男性がわからないのと、女性がわからないのとでは意味が違うのだ。同じ子宮を有している同士なのに、産んでいる者と産んでいない者とは違う岸辺に立っている。見えている景色が違う。「産めないんだからしょうがない」とあきらめてもらえる男性より、その溝は深い。

産みたくないのか、と訊かれれば、正直わからない。自分の時間、エネルギー、あらゆるものを奪いつくす存在を恐ろしく感じることもあるし、自らの家族を失った今、新しい家族が欲しいと切実に願うこともある。だが、踏み切れない。兄の年齢を超えて幸せを希求することは、とてつもない裏切りのように思える。いや、それも違う。兄は単なる言い訳に過ぎないのだろう。自分はただ怖いのだと思う。自分の意思でどうにもならない生き物が目の前に出現し、それに翻弄《ほんろう》されることが。核家族が当たり前の世の中では、失敗しても誰も助けてくれない。配偶者との関係も永続的ではないだろう。おとぎ話の「めでたしめでたし」の後に永遠の幸福が続くわけではないことは、現代を生きる女性ならみんな知っている。だから、怖い。だが、「冷たい自己責任の国で、誰が子どもを産むなどという蛮勇《ばんゆう》を発揮できるものか」とうそぶく潤の言葉にも、にわかにうなずくことはできない。自分は一体どうしたいのか、まるでわからない……

机に突っ伏し、そういえば、今日聡美は手土産を持ってこなかった、と思い当たる。

「他ならぬあなたに聞いて欲しいという彼女の願いの表れです」

斗鬼の言葉がよみがえる。聡美にとって、もう私は必要のない人間、ということか……聡美がいなくなった後のカウンセリングルームは空気が薄い。聡美が座っていた椅子を見つめながら、じっと奥歯を噛みしめた。

§§

溜まった事務仕事をようやく終え、誰もいなくなったクリニックを消灯する。戸締まりを点検して表に出ると、思いがけないほど冷たい風が頬をかすめた。肩をすくめた瞬間、何か黒い影のようなものが視界に入った。目をこらすと、見知らぬ男が門扉《もんぴ》の脇に立っていた。

「週刊ファクトの津牧《つまき》と申します。水沢藍先生、ですよね」

自分より十センチほど背が高い。病的ともいえるほどの痩身で、少し吊り上がった目は、臆病な草食動物を思わせる。三十代後半から四十代半ばくらいか。淀《よど》んだような疲れが全身からにじんでいる。スーツ姿のように見えたが、よく見るとジャケットは綿素材のやわらかいもので、ズボンも同じ紺色だがチノパンだ。相当年季が入っていると見えて、あちこち白っぽく色が抜けていた。とりあえず差し出された名刺を受け取って小さくお辞儀を返す。

「週刊ファクト編集部　記者　津牧浩一《こういち》」と書かれていた。

「今、例の事件を取材しております」

「例の事件？」

「大澤学園初等部の事件です」

黒いべっ甲めがねの奥がきらりと光った。

「何のことでしょう？」

とぼけてみせると、さらに言いつのる。

「先生、カウンセリングされてるでしょう」

綾香のことか。なぜバレたんだろう。斗鬼や潤が誰かにしゃべるということは考えられない。沙智や「みもざ食堂」の和佳子さんや由香ということもあり得ないだろう。一体、どこから……

「人違いじゃないでしょうか？」

ぞんざいに言って歩き出す。津牧は横について歩きながら、しゃべり続ける。

「今、大澤学園の事件とは何だったのかを解明する特集記事を作ってるんです。あいつはとにかく動機をしゃべっていない。第二回公判で、弁護側が『君自身の言葉で動機を語る責任がある』って反省を促してるでしょう。めったにないことです。それぐらい、この事件はナゾなんですよ。みんなモヤモヤしてるんです」

特集記事の目玉に、被害者の姉である綾香を取材しようということか。だが、それでは読者の同情を引く記事にはなるかもしれないが、事件の動機を解明したことにはならないだろう。結局は世間の耳目を引くネタで部数を上げようということか。何も答えずに歩き続ける。

「知らないはずありません。ここに出入りしているのはわかっているんです」

一瞬足がもつれ、つんのめりそうになる……動揺を悟られてはいけないと思いながら、記者の言葉を反芻する。ここに出入りしている？　一体どういうことだ。綾香をクリニックに連れてきたことなどない。誰のことを言っているのか……そう思う一方で、すでに一人の女性の顔が脳内で焦点を結んでいた。

「犯人の山田ですよ。立川拘置所に収監されている山田徹人の母親がここに来ているでしょう」

青白い化粧気のない顔。トイレに駆け込む細い体。記憶を巻き戻す。大きな石の上にうずくまっていた姿。立川拘置所。聡美と初めて出会った場所……そうだったのか。ありふれた名字なので気づかなかった……だがもう一つの頭で、果たしてそうだろうか、と自問する。本当に自分は聡美の正体に気づいていなかったか。もちろん具体的に大澤学園の事件を想起していたわけではない。山田徹人が立川拘置所にいることも知らなかった。だが聡美の話を聞くうち、薄暗い疑念のようなものが浮かんでいたことは確かだ。一枚一枚薄皮を剝ぐようにして話を聞くうち、何かとてつもなく大きなどす黒いかたまりにぶち当たる、見たくないものを見ることになる……そんな不安が膨らんでいくのを止められなかった。彼女自身が抱えている病理をひもとくには、それを避けて通ることはできない。だが、彼女の心の縁に立ってその深みを共にのぞき込むには、相当な覚悟がいると予感していたような気がする。「予感」……そう、自分はずっと、そこはかとない暗い予感に震えていた……

目の前が白くなり、その場にくずおれそうになるのを必死でこらえる。この男は、聡美を獲物として狙っているのだ。絶対に守らなければ。丹田《たんでん》に力を込め、能面のような無表情を作る。

「一切お答えできません」

できるだけ硬質な声を出したつもりだが、語尾が震えていなかっただろうか。

「そうおっしゃると思っていました。もちろん、カウンセリングの模様《もよう》を洗いざらい全部話してもらおうなんて思ってません。ほんのちょっとでいいんです。面談中どんな様子なのか、どんなことを話しているのか、ほんのちょっとだけでもお聞かせいただければ」

津牧の中では、藍が山田徹人の母親を診ていることは既成事実になっているようだ。

「ですから、存じ上げません」

必死で表情を取り繕う。ほころびを見せてはいけない。そう思えば思うほど、左目の下まぶたがひくついてしまう。自分が断り続けた場合、この男は山田聡美を直撃するのだろうか。だがきっと、聡美は何も答えないだろう。それを見越して、津牧は藍に狙いを定めた。だが、仮にも医療従事者の端くれだ。藍が容易に口を割らないことぐらいは先刻承知のはずだ。何か藍を落とせるだけのカードを他に隠し持っているのだろうか……そう身構えた瞬間、津牧が口を開いた。

「お兄さん、残念なことをしましたね」

これか……体が瞬時に反応して鼓動が速くなる。

「何のことでしょう」

「先生のお兄さんですよ。亡くなられた水沢貴之さん」

津牧は藍の反応を探るように、カードを小出しにしてくる。心臓が勝手に大きく拍動を始めている。鼓動の音が津牧に聞こえないか不安になる。

「自殺、って言われているんでしょう。信じてるんですか？」

「……あなたには関係ないでしょう」

やっとの思いで返したが、かすれた声しか出なかった。

「貴之さんの死の真相、知りたくないですか？」

何を知っているというのだ。目の前のこの男は本当に何かつかんでいるのか。津牧は藍を凝視している。きっと心の中で舌なめずりをしているに違いない。屈してなるものか、という強気な声と、真相を知っているなら教えて欲しいと哀願する声とが藍の中で交錯する。弱気な声を封じるように、藍は片手を高く差し上げた。目の前に一台のタクシーが滑り込んでくる。

「急ぎますので、これで」

早口で言ってタクシーに乗り込む。

「名刺に連絡先ありますんで、いつでもご連絡ください」

津牧の声を振り切るように、タクシーの自動ドアを無理矢理手で閉める。すぐに発進するよう運転手に頼むと、シートに深く身を沈めた。

「どこまで?」という運転手の問いに、少し迷ったのち、自宅の住所を告げる。高くつくが、雑踏に揉《も》まれる気分ではなかった。兄の死の真相……本当に何かを知っているなら、すぐにでも教えて欲しい。自殺以外の結論ならば、兄の名誉のためにも知る必要がある。だが、津牧という記者がなぜ兄のことを知っているのか。聡美について口を割らせるためだけに兄のことを調べたのだろうか。わからないことだらけだ。ポケットから津牧の名刺を取り出し、もう一度子細に眺める。出版社の住所や電話番号と共に、津牧本人の携帯番号も書いてある。今すぐにでも電話したい気持ちに襲われる。もちろん、自らの利益のために患者情報を漏らすことなど絶対にあり得ない。でも……

目を閉じると浮かんでくるのは兄の笑顔だ。幼い頃、「アイアイ」と呼んでくれた優しい笑顔。夜道をおんぶしてくれた背中のあたたかさ……他愛のない兄妹げんかはたくさんしたが、兄のことが大好きだった。

全身に震えが起き、止まらなくなる。両手で腕を強くかき抱く。それでも震えは止まらない。車窓を流れる景色がもろく崩れていく。いつもの道がうねり、異界へと導く。辺りは段々暗くなり、木々が厚みを増す。曲がりくねった枝が競い合うように触手を伸ばし、深い森の奥へといざなう。このまま暗い森の奥に迷い込んでしまいたい。息を潜め、深い森の底で光が降り注ぐ地上に憧《あこが》れながら、ひっそりと生きていく……

「ぶっ殺せばいい」

心の奥底に響くような声で、誰かが言った。暗い森の奥で石に生えた苔《こけ》のように、長い年月をかけてゆっくりと形作られたもの。じっとりした雨露を湛《たた》え、まるで誘うようにこちらを見つめている。よく見ると、その中に何かが潜んでいる。ねっとりとしたコールタールのようなどす黒いもの。年月を経て凝縮された怒りが、出口を求めてじっと潜んでいる。

§§

早見と話した日から二週間。潤が遅くなるというので、駅前で牛丼を買って帰宅すると、着信音が聞こえた。ちょうど着ていたコートをハンガーにかけたところだったので、ポケットに入れたままになっていたスマホをあわてて取り出す。着信画面に早見洋治の名前が表示されていた。通話ボタンを押すと、早見が叫ぶように言った。

「綾香がまだ帰って来ていないんです！　携帯かけてもつながらなくて。先生、どこか心当たりないでしょうか？」

心臓がドクンと大きく跳ねる。時計を見る。あと三十分足らずで午後八時。小学六年生が親に何も言わずに外にいる時間ではない。

「いいえ、特に心当たりは……」

言い終わらないうちに、綾香のＳＮＳが頭をよぎる。綾香のアカウントには、二千人あまりのフォロワーがいる。綾香が上げていた写真の数々……悪い予感が頭をもたげる。心当たりを調べてみる、と言って電話を切り、綾香の携帯にかける。呼び出し音が響くだけでつながらない。

ＳＮＳを立ち上げる。膨大な服を次々身に着け、「映える」写真を大量にアップしている綾香。危険な人物とつながりかねないＳＮＳへの投稿を一刻も早くやめさせるべきだった……投稿をスクロールしながら全員に公開されているコメント欄をさらうが、特に気になるものはない。直接会う約束をするなら、ダイレクトメッセージだろう。これは本人しか見ることができない。再度綾香に電話してみるが、何度かけても出ない。はやる気持ちをおさえ、ＳＮＳにメッセージを送る。

「綾香ちゃん、どこにいるの？　すぐに連絡して！」

小さな丸いウインドーに綾香のアイコンが現れる。メッセージを読んだサインだ。だが、返信はなかなか来ない。部屋をぐるぐる歩き回りながら待つ。ようやく五分ほどしてメッセージが送られてきた。

「迷ったけど、先生にだけ伝えとくね」

そして、誰かとのやりとりの履歴をスクリーンショットで撮影したものが送られてきた。

場所と時間だけ読み取る。代々木公園に午後八時。

「絶対に行かないで!!」

叫ぶようにメッセージを打って、自宅から走り出る。表通りに出てタクシーをとめる。行き先を告げ、綾香の父親に電話する。ＳＮＳにあった待ち合わせ場所を伝えると、父親はすぐに向かうと言った。シートベルトを着け、スマホを見る。綾香から返信はない。先ほど送られてきたやりとりの画面をもう一度見る。送信者のウインドーに覗くのは、映画「バットマン」シリーズの悪役ジョーカーの顔だ。全体を白塗りした顔。鼻先は赤く塗られ、同じ赤い絵の具で耳元まで割けた大きな口が描かれている。目元には、涙のような青い絵の具。

最初のメッセージは相手からだ。

〈早見当麻くんのお姉さんだよね〉

〈なんで知ってるの?〉

〈犯人のこと知りたくない?〉

〈知ってるよ。刑務所の中〉

〈本人はね。家族、いるでしょ〉

〈どこにいるか、知ってるの?〉

〈知りたい?〉

〈教えてくれるの?〉

〈ここじゃ、ちょっとね〉

〈どうしたらいい?〉

〈待ち合わせしよう〉

〈いつ?〉

〈明日の午後八時。代々木公園の野外ステージの前で〉

〈わかった〉

綾香ちゃん行かないで、と強く念じる。

目の前に一人の男の顔が立ち上がってくる。津牧浩一。山田聡美が大澤学園の事件を起こした山田徹人の母親であることを知っていた。特集記事の取材をしているとも。犯人の山田徹人の母親と同時に、被害者の姉に接触しようと試みた可能性は十分にある。そう考えると、「ジョーカー」は津牧浩一以外にありえない気がしてきた。兄の死の真相が知りたくて、津牧に厳しく対応しなかったせいではないか。もし綾香に何かあったら……津牧の番号を呼び出し、電話をかける。応答しない。やがて留守番電話に切り替わった。何度も何度も電話する。結果は同じだった。相変わらず綾香からの返答はない。「絶対絶対行っちゃダメ！」何度も同じメッセージを打ち込みながら、後部座席から身を乗り出して運転手を急《せ》かす。胃の腑《ふ》の底から苦い液体がこみ上げてくる。綾香ちゃん、どうか無事でいて……祈りながら、車窓を流れる景色をもどかしく見る。数年前、ハロウィン当日にジョーカーの仮装をした男が電車内で乗客を襲い、十七人が負傷する事件が起きた。ハロウィンを間近に控えた街はどことなく浮き立った様子で、藍を余計に苛立たせた。

§§

タクシーを降り、待ち合わせ場所の野外ステージまで全速力で走る。汗が噴き出し、目の前が白くなる。息がうまく吸えず倒れ込みそうになった時、ステージが見えてきた。舞台の上に綾香らしき人物が立っている。もう一人、観客席の通路を歩いて綾香に近づいていく男がいる。

「綾香ちゃん！」

藍が叫ぶと同時に、後ろから別の声がした。

「原口《はらぐち》！」

振り返ると、津牧だった。なぜここにいるのだ、と思う間もなく観客席の男が振り返った。カーキ色のジャンパーに濃紺のジーパン。二十代後半から三十代前半といったところか。首から重そうなカメラを下げている。

次の瞬間、後ろから襲いかかった津牧が男を羽交い締めにした。男から一眼レフを奪い取り、藍の方に投げる。重量感のあるカメラが鈍い音をたててコンクリートの上に転がった。

「それ、カード抜いて下さい！」

津牧の声に遮二無二カメラに飛びつき、震える手で小さな扉をこじ開けて中からカードを抜き取る。

「壊して！」

鋭い声に、ＳＤカードを渾身《こんしん》の力をこめてへし折ろうとしたが、小さいのでうまく力が入らない。カードをポケットにしまい、ステージ上の綾香のもとに走る。

「けがは？」

舞台の下から声をかけると、首を横に振った。

「一緒に帰ろう！」

綾香は何も言わず、おとなしく舞台から下りた。全身を見回したが、特に変わったところはない。綾香は白のタートルネックに黒のジャンパースカートという地味な服装だった。こちらが本来の綾香なのだろうと思う。綾香の肩を抱いて歩き出す。

「後で電話します！」

津牧が藍に向かって叫ぶ。疑問だらけのまま、今はとにかく綾香を安全な場所に移すことだけを考える。津牧には答えず、綾香の肩を抱いて足早に公園の出口へと向かった。綾香が小刻みに震えているので、自分が巻いていたストールを肩にかけてやる。

どうして知らない人に会いに行ったりするの？　犯人の家族の情報を聞いて一体どうするつもりだったの？　……言いたいことはたくさんあるが、とりあえず、今はこらえる。

「何もされなかった？」

綾香が黙ったままうなずく。

「お父さん、めちゃくちゃ心配してたよ」

ちょうど公園の出口あたりで、早見洋治がこちらに走ってくるのが見えた。

「綾香！」

息が上がり、声がかすれている。

「大丈夫か？」

綾香が無事だったことへの安堵と、心配させたことへの怒りがないまぜになった複雑な表情で、藍に向かって頭を下げた。

「ありがとうございました。このままタクシーで連れて帰ります。先生もこれ、使って下さい。このことはご内密に……くれぐれも警察沙汰などにはしないようにお願いします。それから、しばらくはうちにお越しにならないでいただきたい」

一万円札を財布から抜いて押しつけてくる。

「大丈夫です。電車で帰りますから」

札を早見の手に押し戻す。

小さく会釈して去って行く二人の後ろ姿。肩を落とし、父の後をとぼとぼと歩く綾香の背中は、かよわく頼りない。ふと思い出して、ポケットを探る。指先にSDカードの硬い感触があった。

§§

自宅にたどり着くと、コートも脱がずにSDカードをパソコンに差し込んだ。写真は全部で三十枚あまり。すべて代々木公園の舞台に立つ綾香の姿だった。他の写真はない。ずいぶん前から綾香を付け狙っていたのだとすると、他にも写真の入ったカードがあるかもしれない。スマホが鳴った。知らない番号が表示されている。

「津牧です。今日は本当にすみませんでした」

受話器の向こうで頭を下げる気配を感じる。何も答えない藍に、津牧はさらに言葉を重ねた。

「謝って済むことじゃないのはわかってます」

「なぜあそこにいたんですか？　男の名前、呼んでましたよね。全部最初から知ってたんじゃないですか？」

「原口は、僕と組んでるカメラマンです。彼が綾香さんを狙っていることは知っていました。きょう別の撮影が終わった後で、原口が『ちょっと急用ができたんで』と先に帰ろうとしたので、何があるんだと訊いたら、例の件をものにできそうだと言うので、心配になってあいつをつけてきたんです。ちょっと無茶するやつなんで……原口は契約カメラマンなので、功を焦ってたんだと思います。僕の監督不足です。本当にすみません」

津牧の説明はこうだった。津牧が記者、原口がカメラマンとしてチームを組み、毎週山田聡美が来る時間になると、斗鬼クリニックの前に張り込んでいたという。山田聡美は必ず白衣を着た女性と一緒にクリニックを出てくる。クリニックのホームページで担当表を見ると、臨床心理士の水沢藍と書かれている。彼女が担当と踏んで毎週張り込みを続けた。写真は溜まっていくが、肝心の水沢藍は、何もしゃべろうとしない。「メインのネタがどうにもならないのでは、この特集記事は難しい。今回は見送ろう」と津牧は言った。だが、原口はあきらめなかった。特集記事を一本当てれば契約更新も見えてくる。何が何でもモノにしたかったのだろう、と津牧は説明した。

原口は一人で水沢藍の尾行を続けた。ある日、綾香のマンションにたどり着く。原口はそこが誰の家かは知らなかったが、藍が入っていった部屋の表札に「早見」とある。大澤学園で死亡した男子児童の名字と同じだ。原口は藍が帰った後も張り込みを続け、親に連れられて出てきた綾香を見て確信する。亡くなった男子児童とよく似ていたからだ。確認すると、やはりそこは当時八歳で殺された早見当麻の家だった。遺族の涙の激白を単独でものにすることができれば特集記事になる。毎日マンションに張り込んで機会をうかがった。父親の早見洋治に直接取材を試みたが、逆に「訴えるぞ」と一喝された。次に、母親や綾香に狙いを定めたが、二人はまったく表に出てこない。そこでネットやSNSを調べ、綾香が開設していたアカウントにたどり着く。綾香を誘い出すのが目的だったのだろうと津牧は言った。

「未成年の写真を親の承諾なしに使うことは禁じられていますし、編集長に話して原口の契約を切ることもできます。ただそうすると、あいつを監視できなくなる。他の雑誌に持ち込むかもしれない。暴走を止めるためにも、僕がチームを組んだまま、原口の行動を見張っていた方がいいと思うんです」

「そんなの、手ぬるくないですか？」

「手ぬるい……そうですね。僕が見張るだけじゃだめかもしれない。再び綾香さんを誘い出す可能性もある。でも僕は、原口の暴走を止めるためにも、もう一度チャンスを与えてやりたいんです。先生、どうかお願いします」

「チャンス？　なぜチャンスが必要なんですか？　小学校六年生の綾香ちゃんを夜の公園に呼び出して写真を撮ろうとする人に報道に携わる資格があるんでしょうか？」

藍がたたみかけるように言う。津牧は黙ったままだ。

「あなたたちは、知る権利を盾にとれば何でもできると思っているんじゃないですか？　人のプライベートに土足で踏み込んで、事件の被害者の家に張り込んで、執拗《しつよう》に追いかけ回す。顔を撮って雑誌に載せる。細い目隠しを入れたって、見る人が見ればわかります。一体何のためですか？　読者のためじゃないでしょう？　あなたたちの仕事のため、あなたたちが認められるために、人の人生を踏みにじっている。そういう自覚はあるんですか？」

止まらなかった。単に原口や津牧に対する怒りだけでないことは自覚していた。もっと自分の深いところからマグマのように湧き上がってくる何かだ。安手の同情や慰めなんか要らない。

そんなちゃちなもので救われてたまるかという叫び。その陰に潜む、ぎらぎらした好奇心を見抜けないとでも思っているのか、という怒り……

「すみません……」

津牧は言って、再び沈黙した。

原口のパソコンなどに保存されているかもしれない写真をすべて消去させるよう念を押し、津牧との電話を切った。すぐに綾香の父親に電話する。綾香がどうしているか心配だった。電話に出たのは家政婦の野中章子だった。早見は「奥さまとお取り込み中」だという。野中に綾香のことをより注意深く見守って欲しい、特に一人で外出しようとしたら止めて欲しいと伝えると、野中は承知しました、と答えた後、後で電話をかけ直します、と小さく言って電話を切った。

三十分ほどして野中の携帯から電話がかかってきた。周りで聞こえる雑踏の音から、野中が外にいることがうかがえた。

「先生、実は黙っていたんですが、綾香ちゃんのお母さま、塔子さんは、ずっと家にいらっしゃるんですよ」

小声で話すので聞き取りにくい。

「はい、それは綾香ちゃんから聞いています。お母さん、どこにいらっしゃるんですか?」

「実は居間の奥に六畳ほどの部屋があるんです。綾香ちゃんのピアノを置いているお部屋なんですが、そこにずっとこもっておられるんです。何をする気も起きないとおっしゃって、お食事もほとんど召し上がりません。どんどん痩せていくのに、お医者さまにもかかろうとしないので、本当に心配で……」

「綾香ちゃんから、お母さんと話してみてって頼まれたんですが、お父さんが許して下さらなくて……」

藍が言うと、野中の声に涙が混じった。

「かわいそうに……綾香ちゃんは本当にお母さん思いのお子さんですから、心配してるんでしょう」

「綾香ちゃんとお母さんとの仲はどうなんですか？」

「……今は、難しいと思います。とても」

言いにくそうに野中が口ごもる。

「いつからそんな風に？」

「やはりお受験を失敗してしまったことがきっかけじゃないかと……」

「大澤学園に落ちてしまった時、ですね。そんなに熱心に準備されていたんでしょうか？」

「それはもう……」

「よかったら、その頃のこと、聞かせていただけないでしょうか」

ここだけのお話にして下さい、と前置きして、野中は話し出した。

「あの頃は本当にもう毎日大変でした。塔子さんはお仕事から帰ってくると、願書を何度も書き直したり、お受験に関する本を積み上げてお勉強されたり……部屋の壁やトイレの壁なんかは、季節の花や野菜の名前や行事の説明なんかで、びっしり埋め尽くされていました。そういえば、幼稚園のお友達から、大澤学園は天井に届くほどドリルをやらせないと受からないと聞いてきて、何十冊もドリルを裁断して、コピーするお手伝いをしました。間違ったらその箇所をもう一度おさらいするためにコピーを取っておかないといけないと……綾香ちゃんは素直なお子さんですから、本当に天井に届くほど何度も何度もドリルを解いていました。運動が苦手な綾香ちゃんのために、個人のコーチも雇われて……縄跳びが苦手で、夜中まで公園で特訓されたり……本当に涙ぐましい努力をされていました」

そこで野中は一旦言葉を切った。ため息をついた気配がする。

「お受験の直前、十月に大澤学園で運動会がありました。まだ小学校に上がる前のお子さんもかけっこに参加できるんです。塔子さんは学校にアピールできるチャンスだとおっしゃって……個人コーチがつきっきりで走り方の指導をしていました。でも、綾香ちゃんは走るのが苦手で……結局、運動会では走ることができなかったんです。急にものすごくおなかが痛くなった、って言ってました。大澤学園から帰ってきた後が大変だったんです。塔子さんがそれはそれは激しく綾香ちゃんを叱責《しっせき》されて、正座させて何時間も立て続けにドリルを解かせていました。綾香ちゃんは私が夜七時においとまするまで泣きもせず、正座したまま四時間以上もドリルを解き続けていました……かわいそうで見ていられなかったです。翌日の朝、私が出勤すると、綾香ちゃん、居間の小さな学習用のテーブルの前で寝入ってしまっていました。頬に涙の跡と、それから……」

そこで野中は迷うように一旦言葉を切った。

「それから、何でしょう？」

「起こしてパジャマを着せようと服を脱がせてみて驚きました。体中に紫色のあざができていたんです。半袖でお試験をしますから、服から出る腕や足の部分には何もないんですが、体にいくつもいくつも痛々しいあざができていて……」

驚きと、やはり、という気持ちが同時に湧いた。綾香の母親に対する愛情と、それに相反する恐れと不安の背後には何かがあると感じていた。

「塔子さんにはそのこと……」

「言えません。塔子さんは興奮されると見境がなくなるようなところがあって、私も怖くて、そういうときは近づかないことにしているんです」

綾香の教科書やテキストが目に浮かんだ。

「あの、綾香ちゃんの教科書、何冊も破れているものがあったんですが、あれは……」

少し迷うような沈黙があった後、野中が小さな声で答えた。

「……塔子さんです。実際に、破かれているところを見ました」

「どうしてそんなことを」

「綾香ちゃんの学校のテストの点が悪いと、激昂されてああいうことに……悪いって言っても、九十点とか、八十五点とかそのくらいで、平均点よりはずっといいお点なんですよ。でも、塔子さんはそれでは満足されなくて……『小学校受験で失敗したんだから、次は絶対失敗できないのよ』って」

「次、って中学受験ってことでしょうか？」

「……だと思います」

「お父さんは止めないんですか？」

「ご存じないのかもしれません。お父さまは基本的にお子さまの教育や家のことにはあまり関わろうとなさらないんです。ただ、ルールは厳しく決められていて、テレビや楽器の練習といった音の出るものは自分が帰る前にすませる、お子さま方の就寝は八時、お掃除やお料理についてもチェックが厳しいですし、書斎の本を動かしたりするとそれはもう大変叱《しか》られます。でも、ご自分に関わること以外は無関心なんです」

「綾香ちゃんに対してはどうでしょう？」

「お父さまは当麻君をご自分の跡継ぎだとおっしゃって、ものすごくかわいがっておられました。将来は自分と同じように、アメリカかイギリスの大学に留学させるんだ、と。綾香ちゃんは引っ込み思案で外国に行きたがるようなお子さんではないですが、当麻君は明るくて社交的なお子さんだったんです。反対に綾香ちゃんはどんどん表情が暗くなっていって……私があの時きちんと声を上げていれば、ってとても申し訳なく思っています。あんな事件にも巻き込まれて、早見家からは完全に笑顔が消えて、塔子さんもお部屋にこもるようになってしまって……」

「綾香ちゃんが、お母さんは犯人の家族を探してるって……」

「さあ……そういえば、この前綾香ちゃんに『電話帳ある？』って訊かれました。もう捨てちゃってないわよって答えたんですが……」

電話帳……その時、これまでずっと抱いていたモヤモヤしたものが急速に形をなしていくのを感じた。綾香は、母親の代わりに犯人の家族を探し出そうとしているのではないか。派手な服装でＳＮＳを開設したのも、原口のような輩《やから》をおびき寄せるため……だが一向に手がかりは見つからず、焦りが高じていたところに「ダサい」のコメントがついて、イライラを爆発させた。こんなの本来の自分の姿じゃないのに、と。考えつく限りの手を使って犯人の家族を探し出そうとした。母親の代わりに、母親が望むものを探し出そうとしているのだろう。やはり、綾香を止められる人間は塔子しかいない。どんなに早見洋治が拒《こば》もうと、なんとかして機会を見つけ出し、塔子と話をしなければならない。

藍は野中に礼を言うと、綾香と塔子の様子をよくみていて欲しいと再度頼んで電話を切った。聡美と交わした「ツマグロヒョウモン」についての会話を思い出す。聡美の夫も、早見洋治も、結局は子育ての責任から逃げているように見える。強い父性、というものを発揮する代わりに、義務や責任を母親に押しつけ、自分を正当化する……子どもたちはそんな父親に対して、「そうじゃない」と無言の叫びを上げていたのではないか。

少し考えた後、もう一つの番号を呼び出した。

母親の代わりに犯人の親を探し出そうとしている綾香。そして、私は恐らくその人が誰なのかを知っている。一つの事件をめぐって、山田聡美という加害者の母親と、被害者の姉・綾香の話を同時に聞くことになってしまった。手に負えない、と思う。もはや斗鬼に話すしかない。相談すれば、どちらか片方に別の心理士をつける判断をするかもしれない。だが、それでいいのか……。斗鬼に内緒でこのまま二人と会い続けるということもできる。だが、万が一何かがあった時に斗鬼に迷惑をかけるようなことはしたくない……

意を決して通話ボタンを押した。

「どちらかを選ぶ、ということはできますか？」

これまでの経緯を説明すると、斗鬼は静かに言った。二人の顔を交互に思い浮かべる。あとはお願いします、と言って、申し送りを書いて誰かに託す。聡美を？　綾香を？　二人の顔を交互に思い浮かべ、やっぱりできない、と首を振る。

「……できません」

次の瞬間、聡美の言葉が脳裏に響いた。

「子どもを育てたことのない人には、絶対にわからない」

次の瞬間、「しばらくはうちにお越しにならないでいただきたい」という早見洋治の冷たい声がした。

「でも、今はどちらからも拒絶されているような状況で……もう、どうしていいか……」

「待つんです」

斗鬼が毅然《きぜん》とした口調で言う。藍に教えさとすようにゆっくり続けた。

「そういうときは、待つことです。あなたが必要なら、彼女たちはきっと戻ってきます。彼女たちの心の声に耳をすませながら、あせらずにじっと待ちなさい」

耳をすませながら、じっと待つ……

斗鬼の言葉を反芻する。斗鬼の背後に流れている小さなチェロの調べに、波だった胸のうちが鎮まっていくのを感じた。詩集の表紙にあった耳の出っ張った男の子の顔が浮かぶ。ああ、そうか、彼はきっと何かを待っていたのだ。目をつむり、じっと耳をすませて。

第九章　運命の木

　飛行機が安定飛行に入ると、通路側の席に座った潤は、シートベルトをはずし、横向きになって毛布をかぶってしまった。
　羽田発、鹿児島行きの便。ついにここまで来てしまった、もう逃げられない、と思いながらも、まだ心のどこかで迷っている。ようやく兄の死が少し遠ざかってきているというのに、島を訪れて今また再び傷口を開くことは正しいのか……。横を見ると、潤の毛布が規則正しく上下している。いつでもどこでも寝られるのが潤の特技だ。こんな時くらい、話し相手になってくれてもいいのに、と恨めしくなる。窓に目を移すと、十一月の真っ青な空が広がっている。気持ちがいいくらい何もない一面の青。兄が最後に見た海の景色もこんな感じだったのだろうか。

　綾香はどうしているだろう。秋晴れのこんな日も、あの部屋に閉じこもっているのだろうか。あれから二週間、ずっと落ち着かない日々を過ごしている。綾香のSNSはアカウントが閉じられたままだ。スマホを取り上げられているのか、メールや電話をしてもつながらない。一体どうしたら綾香と連絡が取れるかと思案し、野中に「綾香から電話がほしい」と伝言を頼んだが、連絡はまだない。結局、これまでＳＮＳでやりとりしていたメッセージの代わりに、読んでもらえるかわからない手紙を書き続けた。毎日一通ずつ。今朝投函したのが十三通目の手紙だ。

代わりにやってきたのが津牧だった。二日前、受付の女性からお客さまです、と言われてロビーに出ると、津牧が居心地の悪そうな顔で受付の前に立っていた。

§§

津牧は先日の出来事に対する謝罪を述べた後、原口のことはきちんと監視しているので信じて欲しい、と言って深々と頭を下げた。

「それと、今日は先生に聞いて欲しいことがあって伺ったんです」

津牧が話しにくそうにしているので、空いているカウンセリングルームに案内した。

向かい合わせに座ると、津牧はようやく口を開いた。

「実は、僕はずっと前、あなたに会ったことがあるんです」

「え？」

藍が怪訝《けげん》な顔をすると、津牧は意外なことを口にした。

「四年前に開催された、アルコール依存症の講演会です」

「四年前……」

まだ駆け出しの頃、斗鬼に言われて何度か講演会の手伝いをしたことがある。

「覚えていらっしゃらないでしょうね」

「取材で、いらっしゃったんでしょうか？」

「……いえ、患者として、です」

津牧は恥ずかしそうにうつむくと、少し長くなるが、と前置きしてから話し始めた。


僕がお酒を飲むようになったことに、何かこれといったきっかけがあったわけじゃないんです。ただ締め切りに追われ、ようやく入稿したあとの一杯がとてつもなくうまかった。一仕事終えてほっとしたら飲む、が習慣になり、いつしか飲むために仕事をする、に逆転していました。元々僕も原口と同じ契約社員だったので、いつ契約を切られるかわからないという恐怖から逃げていたのかもしれません。将来への不安を忘れさせてくれるのが酒だったんです。ところが、いつのまにか小遣いのすべてを酒につぎ込むようになりました。もちろん、かみさんは酒を買うための金なんかくれません。ついに、酒欲しさに娘の貯金箱から金をくすねるようになった。それがバレた時、妻と娘は僕に愛想を尽かして家を出て行きました。娘は六歳でした。もう、しらふの僕を覚えてはいないでしょう。

あなたはあの時、講演会でこう言ったんです。「このままじゃだめだと自覚して、自分を変えたいと思うことが第一歩です。ダイエットと同じですよ」って。ものすごくカジュアルなトーンで。正直「ふざけんな」と思いました。こっちは酒の泥沼にはまり、経済的に追いつめられて家族まで失った。辛い現実であればあるほど、酒に溺《おぼ》れてしまう。この生き地獄を知らないあんたに、ダイエットなんかを引き合いに出して語られてたまるか……怒りで頭が沸騰《ふっとう》しました。覚えていらっしゃらないかもしれませんが、僕は講演会のあと、あなたに詰め寄ったんです。

「依存症の苦しみを知りもしないあなたなんかに、軽々しく言われたくない」

確か興奮してそんなことを言ったと思います。そうしたらあなたは涼しい顔で言った。

「わかりますよ。私も当事者ですから」

あっけに取られている僕に、あなたはこう続けた。

「兄を亡くしたんです。大好きな兄の死に納得できずにお酒を飲むようになって」

「今は……？」

気勢をそがれた僕に、あなたは言った。

「先ほども講演の中でご紹介しましたが、今は完全にお酒を断たなくても、減酒って方法があるんです。段階的にお酒を減らしていくんです。良かったら、実践しているクリニックをご紹介しますよ」

そう言って、あなたは名刺と、自分が通っていたクリニックの連絡先を紙に書いて僕に渡してくれました。酒を断つのではなく、減らすだけでいいなんて、最初は半信半疑でした。でも、あそこに通ったおかげで立ち直れたんです。治療している間中、ずっとあなたのことを考えていました。こういうの、なんて言うんでしょうね。同じ光景や同じ曲が頭の中を回り続けるような……ずっとそんな状態でした。

治療が進み、もう大丈夫だと思えた頃、何回かあなたが勤めている「斗鬼クリニック」を見に行ったんです。ただお礼が言いたかった。声をかけようとしたんですが、勇気が出ませんんでした。ただ一度、講演会で声をかけただけの僕のことなんか覚えているはずがないと……逡巡しながらも、クリニックに向かう足を止められなかった。

そんなある日、見覚えのある女性がクリニックに入って行くのを見ました。大澤学園の事件を取材していたので、山田徹人の母親に何回かアタックしたことがあったんです。取材には応じてもらえませんでしたが、彼女が日に日にやつれていく様子は気になっていました。毎週同じ時間にやってくるので、彼女は無理でも、せめて彼女を担当している医師に話を聞こうと張り込んでたんです。そしたら、あなたが一緒に出てきた。庭で何かを見ながら山田聡美と話している。驚きました。それからです。あなたのことを調べ始めたのは。お察しの通り、取材に応じてもらう交換条件にしようと思っていました。

お兄さんは市の職員をされていたんですね。そのおかげで、あなたのお兄さんの「自死」を報じる小さな記事を見つけた。「上司のパワハラか?」と書かれていたので、職場周辺を調べて回りました。結果的に「自死」の原因はよくわかりませんでした。だから鹿児島県警に探りを入れてみたんです。あなたは「自死」を受け入れず、県警にまで赴いてかなり執拗に再捜査を求めたようですね。それで、僕も捜査員にたどり着くことができたんです。当時のことをよく覚えていました。守秘義務があるから僕には話せないけれど、遺族であるあなたにならって言われた。それが僕の知る全てです。

津牧の真摯《しんし》な目。クリニックに通いながら、藍のことが頭から離れなかったという。その言葉をどう解釈したらいいのか。返答に迷って沈黙していると、津牧が心のうちを読み取ったように小さく笑った。

「すいません、忘れられなかった、なんて反応しづらいこと言っちゃって……僕自身、この感情になんて名前をつけたらいいのか、よくわからないんです。それは恋だ、というのなら恋なのかもしれない。同じアルコール依存症に苦しんだ仲間、同士としての共感、共鳴かもしれない。あるいは道を示してくれた人に対する感謝かもしれない。名前はどうあれ、あなたのことが頭から離れなかったのは事実なんです」

記憶は曖昧だが、なんとなく覚えている。カウンセラーになりたての頃だ。斗鬼は依存症を専門にしていたので、藍も体験者の一人としてアルコール依存症の講演に駆り出された。冷や汗をかきながらなんとか講演を終えると、一人の男性が近づいてきた。無精髭《ぶしょうひげ》を伸ばし、青白い顔をした男だった。何より自分を頼って話しかけてくれたことが、認められた気がして嬉しかった。先輩面して、自分の通っていたクリニックを紹介した。それが結果的に目の前の津牧を救うことになった。だが、津牧は元々質問するためではなく、抗議するために近づいてきたのだという。強烈な羞恥《しゅうち》がこみ上げてきて、思わずうつむいた。

「ごめんなさい。そんなこと言われても困りますよね。忘れて下さい」

恐縮する津牧に返す言葉が見つからない。

藍が酒を飲み始めたのは、「もう一人の自分」に気づいたからだ。テレビを見て笑っていたり、友達と楽しく過ごしていたりすると、決まって兄の姿が浮かぶ。遺体となって海から引き上げられた兄の裸の足……「お兄ちゃんが死んだのに、あんたよく笑ってられるね」という、もう一人の自分の声が聞こえるのだ。頭ではわかっている。兄の死は自分のせいじゃない。自分を責める必要はない。それでも声はやまない。「あんた、自分だけ生き残ってお兄ちゃんに悪いと思わないの?」「もうお兄ちゃんのこと、忘れちゃったの?」……自分を責めるもう一人の自分が常に傍らにいて、藍が楽しむことや喜ぶことから遠ざけようとする。いつしか藍は、自分が幸せになることはいけないことだと思いこむようになった。だから、綾香の気持ちを理解できると思ったのだ。でも、それはおごりだったかもしれない。津牧の必死の抗議ですら自分は覚えていなかった。あくまでも聴衆の一人が質問に来たものと記憶していた。自分の仕事は、クリニックを訪れる人々の生きることへの痛みや苦しみを感じ取り、共感することだ。いや、共感するだけではない。共感を超えて相手の奥深くに分け入り、痛みや苦しみの元凶を探り、ともに解決策を考えることだ。それなのに、自分は津牧の発した叫びすら、正確には記憶していなかった。失格だ、と思う。

津牧はやがて沈黙に耐えかねたように立ち上がり、くたびれたジャケットの内ポケットから折りたたんだ紙片を取り出した。

「これ、当時の捜査員がいる駐在所の住所です」

差し出されたものを、ただ見つめる。一向に受け取ろうとしない藍に、津牧は紙片をテーブルの上に置くと、そのまま静かに一礼して部屋を出て行った。追うこともできず、藍はただほうけたように端の折れ曲がった紙片を見つめていた。

§§

「南種子駐在所」というかすれた筆文字の看板の隣に「呼出電話機」と書かれた小さなボックスがある。インターホンで、中にいる駐在員を呼び出すシステムのようだ。コール音が十数回鳴ったところで、ようやく大儀そうな男性の声がした。「あの、水沢藍と申しますが……」と言った後でどう切り出したものか思案していると、「ああ、はいはい。今行きます」と言ってインターホンが切れた。しばらくすると、玄関の引き戸がきしむような音を立てて開いた。

「立て付けが悪くてね」と言いながら駐在員とおぼしき男性が表に出てきた。短く刈ったごま塩頭に制帽を載せると、「水沢さんね？」と藍の顔を見る。

うなずくと、藍を駐在所の中に招じ入れた。

駐在員は「中村です」と名乗り、小さな机のまわりに置かれたパイプ椅子を勧めた。素直に座ると、中村はかぶったばかりの制帽を机に置き、首にかけたタオルで額のあたりを拭いた。

「遠いところをまあ、ようおじゃり申した。津牧さんから『ここへ来るかもしれない』と連絡があったとです。水沢貴之さんの妹さんかな？」

うなずくと、「あの日のことはよく覚えてますよ」と言ってから、一つ大きく息を吸い込んだ。

「あの日は非番でね、砂坂《すなさか》の友達の所に飲みに行ってたんですよ。まあ、友達って言っても、あっちのほうが一回りも上なんじゃけど」

「砂坂？」

「砂坂漁港のことやね。飲むうちに、友達がおかしなこと言い出したとや。きのう門倉岬のあたりで上がったホトケさんの名前を知っちょいかって。酔っ払ってたもんでね、ああ、水沢貴之いう、東京から来た人よ、ってつい言うてしもうたら、『やっぱり』言うもんで、なんねって聞いたら、あすみちゃんっていう友達の孫娘が、その人んこと知ってるらしい……一応、次の日に話聞きにいったとや。あの晩はシュエイ取りの日でね」

「シュエイ取り？」

「砂坂の集落に伝わる伝統でね、月に二回、砂坂神社のエビスさんの祭壇にシュエイをお供えすっと。シュエイっていうのは、海のなかの小さな小石じゃけど。貧しい時代、お金の代わりに賽銭《さいせん》として使われてたのよ。茶碗をもって海に入ってね、シュエイを取ってきてエビスさんにお供えして、お花を取り替える。魔除けのために古くから伝わるならわしやばそんか……あんたのお兄さんは、その伝統儀式を是非見せてほしいって言うたちゅうわ」

「兄が？」

「そうそう。水沢貴之さん。その日は友達が……つまりあすみちゃんのじいが当番じゃったから、午前四時すぎにあすみちゃんがお兄さんを砂坂漁港に迎えに行って、エビスさんまで案内することになったとや。作業中は話をしてはいけない決まりやから、ただじいが作業するのを見てるだけって約束だったちゅうわ。シュエイを取る場所は決まっちょい。エビスさんからそこまではずっと歩きやからね。足元はじいの持った懐中電灯だけが頼りや。波打ち際のそばには、ゴミだのネットだのブイだの色々転がっちょいから、長靴履いて来いよ、って言うたごたい。じいはエビスさんのところに戻った後で、シュエイをお供えして、御神酒《おみき》を取り替えて境《けい》内《だい》を掃除して、まあ小一時間くらいして引き揚げた。あすみちゃんはずっと待っちょったが、お兄さんはこんかった……と、まあ私が聞いたのはそこまでじゃな。それ以上のことは、あすみちゃんに直接訊いてくれんかな」

「あすみさんという方に、お会いすることはできますか？」

「オレから紹介するのはどうもなあ……じゃばっちぇ、砂坂に行ったら、『あすみ』って漁船があるからその辺りで待っちょったら、あすみちゃん、掃除とかしに来るよ。あそこにめぼしい漁船はあれくらいしかなかから、すぐわからぁ」

「わかりました、行ってみます」

藍は礼を言うと、立ち上がった。

「ちなみにお友達にもお話を伺うことはできますか？」

「じっさまか。とっくに死んでしもうた。考えてみりゃ、あん時にもうがんに侵《おか》されとったんだろう。あれが最後のシュエイ取りじゃった」


潤の待つレンタカーに乗り込み、砂坂漁港に行って「あすみ」という漁船を探したい、と言うと、潤は無言のままうなずいて車を発進させた。

県道75号線を走って行くと、連なる緑の向こうに海が見えてきた。途中、何かのモニュメントだろうか、石碑が建っている。車を停めて少し行くと、棕櫚《しゅろ》の木に囲まれた小さな赤い鳥居が見えてきた。鳥居から石の階段を上がっていくと、小さな石造りの祭壇が見える。あれが「シュエイ取り」をするエビスさまだろうか。手を合わせてから漁港に向かう。

小さな漁港に長くのびた堤防に沿って肩を寄せ合うようにいくつもの漁船が並んでいる。はるか遠くに見えるのは屋久島だろうか。漁船はどれも一様に古びている。が、一番端に停泊している白い船の船首に近いところに「あすみ」と書かれているのが見えた。

離れたところに車をとめ、あすみ本人がやってくるのを待つ。小一時間が過ぎ、潤が一つ小さな伸びをした時、黒いゴム長靴をはいた若い女性が、長い柄のついたブラシと青いバケツを持って船の方に歩いていくのが見えた。髪を無造作に後ろで束ね、よく日に焼けた顔に黄色のパーカーが似合う健康的な女性だ。

「あの人かな」

潤がつぶやく。

「ここで待ってて」

藍は言うと、急いで車外に出た。

デッキブラシで船の掃除をしている女性にゆっくりと近づき、声をかけた。

「素敵な船ですね」

女性が顔を上げた。

「水沢藍と言います」

「水沢……さん」

女性の顔にかすかな狼狽の色が浮かんでいる。この人だ、と直感した。

「水沢貴之の妹です」

女性は驚きの表情を隠さなかった。

「あすみさん、ですよね。少しお話を伺えませんか?」

女性は少し迷うようなそぶりを見せた後ブラシを船底へ置き、「どうぞこちらへ」と船の上から手を差しのべた。あすみの手に引き上げられ、船に作り付けてある木製のベンチに座る。

「東京から、ですか?」

「はい」

「……お兄さんもそうおっしゃっていました」

「兄と、お話しされたんですね」

「鉄砲祭りを見に来た、って……」

「兄はお祭りが好きで、休みのたびに全国の祭りを訪ね歩いてたんです……もし良かったら、十年前のあの日のこと、お聞かせいただけませんか?」

あすみは目を伏せたまま、しばらくじっと動かなかった。やがて勢いよく立ち上がると、「ちょっと待っててください」と言って、手にしていたブラシと青いバケツを持って船室の中に消えた。やがて手ぶらで戻ってくると、藍の隣に座り、何かを思い切るような表情で語り始めた。

「あの頃はまだ祖父が生きていて……その日の夜、シュエイ取りのお役目をする番だったんです。祖父はシュエイ取りの前に、船を掃除して清めなきゃいけないって言うて、その日も、私がこうやって掃除しちょったんです。船のそばに祖父の愛犬のチヨがおったんですが、あんまり吠えるから何だろうと思って見たら、チヨがじゃれついていたのがお兄さんでした。こちらを見て、『精が出ますね』と言われたんで、私は確か今と同じように、シュエイ取りのことを説明したと思います。そうしたらお兄さんが、是非その儀式を見てみたい、って言われたんです。祭りが好きで、火縄銃のお祭りを見に来たんだが、古くから伝わる民衆のお祭りや神事にも興味があるんです、って……それで、あすの未明、午前四時頃にこの場所に来て下さいって、言うたんです」

「でも、そこに兄は現れなかった……」

「はい。一時間ほど待っちょったんですが、結局姿を見せられなくて……エビスさんから戻ってきた祖父の軽トラに乗せてもらって家に帰りました。朝早いし、気が変わられたのかな、って思ってたんです。ところが翌日の午後になって……」

あすみは眉根を寄せ、苦しそうな表情になった。

「門倉岬で水死体が上がったって聞いて、とたんにおそろしくなったんです。もしかしたら、って……」

「どういうことですか?」

藍が問うと、あすみはやおら立ち上がった。

「少しだけ、待っちょってもらってもよかですか」

あすみは船を下り、小走りにどこかへ駆けていった。

五分ほどすると、あすみは戻ってきて、赤い花がたくさんついた枝を藍に手渡した。全体が燃えるような真っ赤な色に染まっていて、中心に黒いブルーベリーの実のようなものがついている。

「これ、アマクサギっていうんです。見覚えありませんか?　この赤い部分は全部ガクなんです」

藍が首を振ると、あすみは花を見ながら続けた。

「あの日、私、お兄さんに門倉岬の話をしたとです。シュエイ取りには、海からシュエイを取ってくることと、お花を取り替えること、二つのお役目があっとですが、お花は、このアマクサギを使うんです。クサギは独特の匂いがあるので『臭い木』って書くんですが、欧米では『運命の木』というような名前で呼ばれおって、呪術《じゅじゅつ》とか宗教で重要な役目を果たすんだ、と祖父に教わったことをお話ししました。祖父が大切にしていたお花なので、いつも仏前にお供えしといとです」

あすみは一旦話すのをやめ、陸に揚げられた魚のように、苦しそうな顔で息を継いだ。

「あの時、祖父はもう治らないがんに侵されていて……最後のシュエイ取りだけど、もうアマクサギは取りに行けないってしょげてたんです。そのことをお兄さんにお話ししたら、じゃあ僕が取ってきますよ、って。だから『アマクサギは門倉岬の傾斜地にいっぱい生えてます』ってお伝えしたとです。お兄さん楽しそうに笑って『まかせてください』って……次の日、門倉岬に遺体が上がったって聞いて、ものすごく不安になって……祖父にお友達の駐在さんから聞き出してもらったんです。そしたら、亡くなったのは水沢貴之さんだって……」

あすみの顔が大きくゆがんだ。

「お兄さんはきっと、アマクサギを取りに行ったんだと思うんです。あの日、八月十五日は満月で大潮でした。斜面に生えているアマクサギを摘《つ》もうとして足を滑らせたんじゃないかって……夏はあそこらへん一帯が花でいっぱいになるんです」

その時、種子島署で兄の死について説明した一人の警察官の顔が浮かんだ。彼はこう言った。

「本人の抱えている悩みは、本人にしかわからんもんやな。リュックの中にもなーんにも入っちょらんかった。きちんとフタはしまってたけど、なんかようわからん白い花みたいなのしか入っちょらんかった」

「白い花」と彼は言った。今となっては破棄されてしまって確認のしようもないが、リュックの中に入っていたのは「白い花」だったはずだ。真っ赤なアマクサギとは違う。

「……白い花」

「え？」

あすみが藍の顔をのぞき込む。

「警察の方は、兄のリュックの中に白い花が入っていた、って言ってました。アマクサギじゃない」

あすみが泣き笑いのような顔になった。

「いいえ。アマクサギは夏になると一斉に開花するんですが、最初のうち、花びらは真っ白なんです。それがだんだんと薄紫色に染まっていって、今ぐらいの時期になるとガクの部分がこんな風に真っ赤になるんです」

白から赤へとその色を変える花……兄はあすみに届けようと、砂坂漁港に行く前に、門倉岬に寄ってアマクサギを摘もうとしたのか……

あすみがつぶやくように言った。

「藍さんは今、おいくつですか？」

「三十です」

あすみが小さくうなずく。

「あの時、私が十九歳だって言ったら、お兄さんが話してくれたんです。僕にもあなたの一つ上の妹がいるんですよ。今年でハタチになるんです。成人の祝い、何か買ってやらなきゃなあ、何がいいと思いますかって……すごく、妹さん思いのお兄さんで、うらやましいなって……」

言葉の途中であすみが顔を覆い、肩を震わせた。

「ごめんなさい……私があげなことを言わんかったら……」

船底に大粒の涙がしたたり落ちる。

「ずっとずっと謝りたかったんです……本当にごめんなさい」

藍は思わずあすみの肩を抱いていた。

「違う、あなたのせいじゃない。あなたは悪くない……」

言いながら気づく。

「あなたは悪くない」……聡美も、誰かにそう言って欲しかったのかもしれない。事件以来、自分を責め続けた日々だったにちがいない。自分の育て方が間違っていたせいだ。自分がきちんと息子に向き合ってやれば……何か自分にできることはなかったのか……そうやって自らを責め、痛めつけてきた聡美。でも本当は、誰かに言って欲しかったのではないか。「あなたのせいじゃない」「あなたは悪くない」と……

あすみは肩を震わせながら、すすり泣くような声で言った。

「私の名前、明日が美しいって書いて、明日美、なんです。でもずっとずっと、明日が来るのがおそろしかった。いつか誰かに、おまえのせいだって責められるんじゃなかか、って……」

明日美の肩を抱いた手に力をこめる。明日が来るのが怖い。自分もそうだった。大切な誰かを失った者にとって、真新しい太陽が昇り、一日の始まりを高らかに告げる朝は恐ろしいものでしかない。何のために生きるのか、そう問い続ける一日がまた始まる。いつ果てるともしれない絶望の日々を生きることに、一体どんな意味があるというのか。今すぐに終わらせたいと願う。でも、待っていても終わりは来ない。残酷なまでに、日々はたゆまなく訪れる。明日が美しいと思える日々は、もう永遠にやって来ないのかもしれない。その恐怖に身もだえしながら、一日一日を生きる。

明日美は体を震わせて泣き続けていた。明日美の背中をゆっくりとさすりながら、「大丈夫、大丈夫」と繰り返す。

『泣くなアイアイ。大丈夫、大丈夫』

兄がそこにいる気がした。

鼻をすすり上げながら、明日美が言った。

「お兄さん、明日美って素敵な名前ですね、って言うてくれました。私、生まれた時からお父さんはいなくて、小さい時にお母さんも海の事故で死んでしもうたから、じいに育ててもらったんです……だから両親がつけてくれた名前をほめてもらって、すごく嬉しかったんです」

この子にとって明日がいつも美しく幸せな一日でありますように……

そう願う母親の声が聞こえる気がした。

§§

門倉岬の駐車場から岬に向かってしばらく歩くと、火縄銃を持った人の銅像があった。ここは漂着したポルトガル人が鉄砲を伝えた地なのだという。当時の南蛮船《なんばんせん》をかたどったという展望台もあり、真っ青な太平洋に展望台の白さがまぶしい。

種子島の最南端。岬の先端部は高さ五十メートルはあろうかという断崖だ。東シナ海側には彼方《かなた》に白く霞んだ屋久島が見える。兄の最後の地。見たくないと、ずっと避けていた場所……かつての惨禍《さんか》などまるでなかったかのように美しく整備され、ちり一つ落ちていない。その整然とした有り様に、しばし呆然とたたずむ。時はめぐり、すべては忘れられていく。出来事も、人も、記憶も……

潤が横に立ち、そっと藍の肩に手を置いた。

「彩雲《さいうん》だ」

空の高いところを指さす。

「ほら、あそこ。虹色に輝く雲。太陽のまわりを丸く囲んでる虹色の光が見えるだろ。あれ、光環《こうかん》っていうんだ」

「へえ、よく知ってるね」

藍がほめると得意げな顔をした。

「これでもオレ、中学は気象天文部だったんだぜ」

「意外」

吹き出しながら、思い浮かべる。広大な宇宙のロマンに胸をときめかせ、夜空を見上げる潤少年……悪くない。

「彩雲ってよく吉兆《きっちょう》って言うけど、ホントはごくありふれた自然現象なんだ。良いことが起こる前兆って、意外とそんじょそこらに転がってるのかもな」

それから藍のほうに向き直り、まじめな顔で続けた。

「オレ、思うんだ。アルコールや薬物の依存症も、リストカットも摂食障害も、生き辛さを身体で表現したものだよな。でもこれは、辛さの発露であると同時に、希望の萌芽でもあるんじゃないかって。だから藍が講演で『このままじゃだめだ、と自覚して、自分を変えたいと思うことが第一歩です。ダイエットと同じですよ』って言ったっていうのも、意外と当たってるんじゃないかな。津牧氏も、最初は『簡単に言いやがって』って腹が立ったかもしれないけど、そのうち、『そうか、ダイエットでもしていると思ってゆっくりつきあっていけばいいのか』って気が楽になったんじゃないか。そんなに大げさに考えなくてもいいんだって。すごく遠くの方に、かすかな希望の光が見えたっていうか……だからさ、おまえ向いてると思うよ」

「え？」

「臨床心理士」

「……意味わかんない」

潤は大きな伸びをした。

「万事テキトー」

「ひど……」

仏頂面の藍に向かって晴れやかに笑った。

「いや、それって意外と大事なことだぜ」

「万事テキトー、が？」

憮然《ぶぜん》とした表情で言い返す。

「そう。とりあえず話聞いて、一緒にうんうん考えて、『何とかなりますよ、一緒に頑張りましょう！』って背中をどんと叩く。今のクライエントはさ、みんなカウンセリングに払った額に見合う、なんらかの『答え』を欲しがるわけよ。形のある処方箋ね。オレはいっつも、『こんなのホントに意味あるかなあ』と半信半疑ながらも、客が欲しがってる『答え』を客が求めるスピードで出してるわけ。だからどんどん客がつく。でもお前はそうじゃない。安易に答えに飛びつかず、一緒に悩む」

斗鬼の言葉を思い出す。「私たちはあくまでも一時的な添え木のようなもの」。私たちが主体となるのではなく、相手がもう一度自分の足で立って歩けるようになるまで、そっと寄り添うのが我々の役目……

「俺が好きな英語のことわざに、If you want to understand someone, you have to walk a mile in their shoesってのがあるんだ。誰かを理解したいなら、その人の靴を履いて一マイル歩け、みたいな意味ね。本当にその人のことを思うなら、たとえ相手の求める明快な『答え』が出せなくても、そばに一緒にいて、汗をかきながらうんうん考え抜く。何か答えを出す、とか、解決方法を教える、とかじゃなくて、一緒に荷物を持つって感じかな。そういうやり方の方が大切なんじゃないかって最近思うんだ」

ただ話を聞くだけのカウンセリングなんて意味がない、人はそう言うかもしれない。けれど、対話には確かに人を癒やす力がある。人の迷い、苦しみ、心の重荷を共に背負い、険しい山道を歩きながら、もう少し楽な道を探そうと、一緒に道に迷う。それでも寄り添って歩き続ける。ただそれだけで、人をもう一度立ち上がらせる力になるかもしれない……

潤の肩越しに彩雲の光環から放たれた鮮《あざ》やかな光が差し込んだ。まぶしさに目を閉じる。倒れても、泥にまみれても、絶望しても、それでも生きねばならない、生きていく。

波打ち際まで思い切り走っていくと、砂に溜まっていた水がはねてスカートを濡《ぬ》らした。透明な冷たい水の中に手を入れ、さらさらした砂と一緒に、手のひらいっぱいの小石をすくう。立ち上がって彼方まで見晴らすと、光のシャワーが海面に降り注ぎ、船の航跡が金色の波紋を描いていた。

第十章　選ばれし者

　週明けの月曜日、昨日種子島から戻ったばかりだが、不思議と疲れは感じなかった。クリニックが閉まるまであと三時間以上あるが、早々に帰り支度を始める。早退して今日こそ綾香の様子を見に行くつもりだった。門前払いを食らっても構わない。早見家に電話しても、綾香に取り次いでもらえない。野中の退勤時間を狙って綾香宛ての手紙を託したが、その後の野中からの電話では、綾香に渡したが読んでいるかどうかわからない、ということだった。会えないまま、二週間以上が経とうとしている。どうしても会わなければならないと決意した理由は、綾香のSNSだった。毎日チェックしていたが、昨夜突然復活した。問題はその内容だ。

「OS学園のこと、調べてます。なんでもいいのでお願いします。特にT・Yの情報希望」

　すべて伏せ字にしてあるが、OS学園は大澤学園。T・Yは山田徹人のことだろう。運営側が不審な投稿とみなして弾《はじ》かれないよう伏せ字にしているのかもしれない。だが、世の中を震撼せしめた事件だ。ほとんどの人が何のことかわかるはずだ。コメント欄にまだ返信はないが、個別のメッセージでやりとりしている可能性もある。胃の辺りから苦いものがせり上がってくる。また先日の原口のようなことが起きなければいいが……バッグを肩にかけ、部屋を出ようとした時、ドアをノックする音と共に、受付の女性が申し訳なさそうに顔をのぞかせた。

「水沢先生、すみません。ご予約じゃないそうなんですが、患者さんがいらっしゃっていて……ご案内しても大丈夫でしょうか」

「あ、はい……どうぞ」

「じゃあ、お通ししますね」

「カウンセリングルームBでお願いします」

受付の女性はうなずくと、ドアを閉めて出て行った。患者の名前を聞き忘れたことに気づき、ドアを開けたがもういなかった。仕方なく着ていたコートを脱ぎ、もう一度白衣に着替える。面談記録シートを入れたファイルと筆記具をもってカウンセリングルームに入った。

思わず声を上げる。そこにいたのは聡美だった。

「ご無沙汰してます、先生」

山田徹人の母親……津牧の声が脳裏によみがえる。

「聡美さん……」

喉がつまって声が出ない。

「先生に会えなくなったら、なんだか不安になってしまって……」

泣き笑いのような表情で言う。

『あなたが必要なら、彼女たちはきっと戻ってきます』

斗鬼の言葉がよみがえる。藍が聡美と同じ表情でうなずくと、「ねえ、先生」と甘えたような声を出した。

「今日はちょっと長くなるかもしれませんけど、いいですか?」

壁にかけられた時計を見る。まもなく午後四時。綾香の所へは聡美の後で行けばいい。藍がうなずくと、聡美は何かに憑かれたようにしゃべり始めた。

私、分かったんですよ。あの子がなぜあんなことをしてしまったのか。この世の中のせいなんです。受験地獄に子どもを突き落とし、数字だけで判断される。世の中全体のゆがんだ価値観が問題なんです。

まだ親の言うことを聞く幼少期に、私たちはあの子のためにレールを敷こうとしました。お受験をさせて、勉強の習慣をつけて、塾に通わせて……。子どもが持ってる力、なんて信じていたら負けちゃうんです。むしろ親の力であの子を「成功のレール」にのせてやらなきゃ、と必死でした。あの子ね、小学校受験の直前に受けた模試で二番を取ったことがあるんですよ。それなのに、結果は惨敗。その時に主人が言ったんです。短大卒のおまえの遺伝子が混ざってちゃ無理だよなって。そうかって思いました。私の遺伝子のせいだって。

ご存じですか？　アメリカでは、上位〇・一パーセントの人達が、下位の八十パーセントよりも多くの富を所有しているんですって。格差はどんどん広がっているんです。受験戦争に勝たせてやって、成功につながるレールを敷く、それが親の役目じゃないんでしょうか。受験や就職はゴールじゃない、なんて嘘です。そこで人生決まるんです。

だから、伊勢丹で二十万円もするお受験スーツも買いましたし、秋の直前講習まで含めて年間三百万円を超える塾代もなんとか捻出《ねんしゅつ》しました。少しでも模試で順位が上がると、ついもう少し、もう少し、と直前講習にお金をつぎこんでしまうんです。我が家は破産寸前でしたが、実家から借りてなんとかやりくりしました。体調管理も大変でした。小学校受験なら十一月一日、中学校受験なら二月一日に合わせて、すべての環境を整えるんです。インフルエンザのワクチンをいの一番に予約し、絶対に風邪をひかないように、室内の温度と湿度を常に最適に保ち、交通事故や電車の遅延を考えて学校へのルートをいくつも確認し、たった一度の試験に最高の力が出せるようにすべてを整える……親の力が試されているんです。十二歳の時点で、その後の人生がある程度決まってしまう。男の子であれば尚更です。女性が結婚相手に求めるのは、学歴と収入、安定、そして優秀な遺伝子ですから。

私は運良く、国立大卒の一流企業に勤める優秀な主人と結婚できました。いつも自信に満ちあふれていて、あの人についていけば間違いなかったはずでした……それなのに、あの子が逮捕されてから姿を消して、行方知れずのまま。会社にも姿を見せていないそうです。あんなに息子に勉強しろと迫り、ずっと学習机の隣に座っていた主人が一言「全部終わりにしたい」、そうつぶやいて、私もろとも全てを棄てて出て行ったんです。

ねえ先生、「成功」ってなんでしょう？　花柄のスカートをはいて、笑顔でテレビに出てくるアナウンサーになることですか？　ばりばりフルタイムで働くキャリアウーマンですか？　金持ちの夫に扶養されてお花やお茶を優雅にたしなむ専業主婦？　高級外車を乗り回してブランドもので着飾る女社長？　医学部に進学した息子に稼業の医院を継がせた母親？　ねえ先生、一体何が人生の成功や失敗を決めるんでしょう？

あの子が逮捕されてから、私はずっと地獄を生きています。でも、ようやくわかったんです。この地獄から抜け出す方法。生き直せばいいんですよ。あの子を産んだとき、私はまだ二十一歳でした。短大を出たばかりで、さあこれからって時だったんです。

人生はやり直しがきくんです。先生、デザイナーベイビーってご存じですか？　肉体的にも精神的にも健全な子をつくれば良いんですよ。そうすれば、二度とあんな悲惨な事件は起きなくなります。

先生のお友達に産婦人科の先生はいらっしゃいませんか？　私、四十九歳なんです。まだ、ぎりぎりやり直せますよね？　この前、五十四歳で子どもを産んだタレントさんをテレビで見ました。デザイナーベイビーのつくり方を教えて下さる先生、ご紹介いただけないでしょうか？　私が欲しいのは、「普通の子」なんです。私の人生にキラキラした成功なんて、いらないんです。事件なんか起こさず、ただ普通に働いて、普通に家族を養って孫を見せてくれる子どもがいれば、それでいいんです。主人は私のこと、無能だ、わがままだって言いました。でも、普通のことを願うのも、わがままって言うんでしょうか？

ねえ先生、教えて下さい。私の何が間違っていたんでしょうか？　私にはまだ生きている価値があるんでしょうか？　まだ生きていて、いいんでしょうか？

まだ生き続けなければならないんでしょうか……

途中から涙声になり、最後は声にならなかった。机に突っ伏し、声を上げて子どものように泣く。

「成功のレール」「普通の子」「ゆがんだ価値観」「やり直し」……聡美が発したいくつもの言葉が、バラバラのまま藍の脳内を浮遊している。それらはいつまでたっても交わらないまま、ただふわふわと泳ぎながら不協和音を奏でている。

聡美はこの世界の幸福の総量は一定だと思っているのだろう。だからこそ、椅子取りゲームに勝つために、息子を無理矢理成功のレールにのせようとした。息子にとって、この世は過酷なゼロサムゲームを生き抜く修羅場となったのだろう。世界は白か黒のどちらか。失敗したら終わり。結果、他者の成功を呪い、その脱落を願い、果てのない嫉妬と憎しみの虜《とりこ》になった……シェークスピアの「オセロ」の世界だ。結果、嫉妬に塗り固められた「緑の目をした怪物」になってしまった。自分に関わりのない者を大量に殺《あや》める無差別殺人は、こうした憎悪を募らせた果てに起きたのか……山田徹人にとって、かわいらしい制服を着て、整然と列に並んで朝礼を受ける「良い子」達は、自分がたどり着けなかった成功への切符を手にした「選ばれし者」に見えたのだろうか……

そこまで考えて、大声で叫びそうになる。

違う、違う、違う！

どんな理由があったとしても、他人を殺めるのは最悪の犯罪で、同情の余地はない。犯罪者を突き動かしているのは、格差社会でもなければ、偏差値社会でもない。自分自身の内なる破壊衝動、あるいは弱さから来ているのだ。むしろ、人を殺める衝動に安易な「理由」や「動機」をなすりつけてはいけない……

藍が口を開こうとした時、聡美が突っ伏していた腕の間から顔を上げて脱力したような声でつぶやいた。

「もう、疲れました」

彼女が受けた傷ははかり知れない。ここへ来て気持ちを吐き出し、人との関わりを取り戻すこと……ゆっくり一枚ずつ薄皮を重ねるように、傷口を修復していくしかない……

「大丈夫、一緒にやっていきましょう。一歩ずつ、ゆっくりと。まずはそうやって自分の思いを吐き出していくところから」

聡美は薄い笑みを浮かべながらうなずき、「今日はもう、これで」とよろよろ立ち上がった。コート掛けからベージュの薄いコートを取って聡美の肩にかけてやる。

聡美の後に続いて庭に出る。先に立って歩いていた聡美は、以前ツマグロヒョウモンのさなぎを見つけた郵便受けまで来ると、しゃがみこんで下をのぞいた。

「もういないんですね」

「あ、ホント。どこかに飛んでっちゃったんでしょうか」

聡美は立ち上がると、何かを迷っているかのように動きを止めた。やがて、何かを決意した表情で、鞄の中から一冊のノートを取り出した。赤い革で装丁《そうてい》されたノート。日記帳だろうか。かなりの厚みがある。そっと表紙を撫でてから藍の方に差し出した。

「先生、これ預かっておいてください。私の日記です。また来週来ようって思えるように」

「でも……その間、書かなくていいんですか？」

聡美は首を振った。

「いつか、ご迷惑をおかけした皆さまに私の気持ちをお伝えしたいと思って書いたものなんです。先生の所で預かっておいてください」

藍がノートを受け取ると、聡美は小さく頭を下げ、鉄さびの浮いた門扉を開けた。聡美に続いて門を出る。その時、通りの向こう側に見知った顔を見た気がして、藍は立ち止まった。西陽をまともに受け、まぶしさに目をこらす。逆光の中、そこに立っていたのは綾香だった。

「綾香ちゃん……」

瞬間、綾香が走り出した。聡美を見据え、一直線に駆けてくる。手にしたものが夕日を照り返し、鋭くきらめく。そのすさまじい気配に聡美が一、二歩後ずさる。一日の最後の太陽が、渾身の力で光を放つ。燃えるようなオレンジ色が二人を染める。

自分の叫び声が遠くに聞こえる。飛びかかってくる綾香の長い髪がスローモーションのように風をはらんでひるがえる。考える間もなく、藍は両手を開き、聡美の前に躍り出ていた。大きな悲鳴が上がる。肉と肉がぶつかり合う鈍い音。綾香に向かってのばした手が空《くう》をつかむ。瞬間、焼け付くような痛みを感じ、その場に崩れ落ちた。

目を見開き、目の前の二人を視界に入れようと片膝をつき、片足で地面を踏みしめる。起き上がろうとして踏みしめたアスファルトに鮮やかな赤色がしたたり落ちる。一滴、二滴、三滴……しずくが地面を黒々と染めていく。カメラのフラッシュが光る。シャッターの連続音が辺りを切り裂くように鳴る。

誰？　この音は一体……

「藍、大丈夫か!?」

潤の声……虫の羽音が聞こえる。目の前を飛び交う羽虫の群れ。見る間に増えていき、辺りを黒々と染めていく……次の瞬間、視界が暗転し何も見えなくなった。

第十一章　呪縛

「綾香ちゃん……」

　綾香の部屋のドアを後ろ手に閉じてそっと声をかけると、ベッドで寝ていた綾香が目を開けた。藍の存在を認めると、鈍い動作で顔をそむける。枕元には弟の当麻君が好きだったという「ふわニャン」のぬいぐるみが置かれている。

「……ごめんなさい」

　藍の目を見ずに小さな声でつぶやいた。

「大丈夫。大したことなかったから。ちょっとここ切っただけ」

　そむけた顔の方に右手をかざし、包帯を見せる。綾香が手にしたナイフで、それぞれに傷を負った。藍の傷は五針縫う程度で済んだが、綾香本人のほうが傷は深かった。潤に頼んで、タクシーで別々の病院に運んでもらい、料理をしていてうっかり切った、ということにした。

「どうしてあんなことしたの？」

　綾香は顔をそむけたまま、低い声で言った。

「だって……アイツはまだ刑務所の中で生きていて、あたしたちは何もできない……当麻はもうしゃべれないのに、二度と遊んだり走ったりできないのに、アイツはまだ生きてる。死ぬ時だって、当麻みたいな怖い思いはしない。そんなの絶対におかしい……」

綾香の無念さ、悔しさが痛いほど伝わってくる。加害者がなぜ守られなければいけないのか。弟がされたことの、何百倍も何千倍もの痛みを味わわせてやりたい。弟の苦しみを、悔しさを、私達家族の悲しみを思い知れ……

「わかる」そう思う一方で、もう一人の自分は言う。犯人やその家族を憎むのではなく、罪そのものを、罪を生み出した根源を見つけて、それを憎むべきだ。加害者だって時代の渦の中に放り込まれ、翻弄され、自分を見失った迷《まよ》い子《ご》の一人かもしれない。罪を憎み、人をゆるすべきだ……激しく葛藤しながらも、結局どちらの言葉も藍の口から発せられることはなかった。

「どうしてそれを聡美さんにぶつけるの？」

「だって、母親の育て方が悪いからアイツがあんな風になったんでしょ！」

綾香が興奮して包帯を巻いた手を振り上げ、シーツを叩く。

「先生、どうして言ってくれなかったの？　お母さんが犯人の家族探してるって言ったじゃない！　どうして先生が診てるって教えてくれなかったの？」

「綾香ちゃん、落ち着いて」

藍が綾香の手を握りながら言うと、綾香は突然泣き出した。そして、激しく嗚咽《おえつ》しながら叫んだ。

「お母さんの代わりにあたしが殺してやろうと思ったのに！　あいつを殺せないなら、せめてあいつの母親を殺してやろうと思ったのに！」

綾香の絶叫に、あの日の記憶がよみがえる。綾香が振り上げたナイフのきらめき。迷いながら振り下ろされた刃先は、聡美をかばった藍の手のひらをかすって地面に転がった。本物の殺意を宿してはいなかった。藍はそのまま意識を失った。

あの時、綾香や藍の手からしたたり落ちた鮮血は、驚いて転んだ聡美のスカートを濡らした。聡美にとっては、それで十分だった。いつもの発作が起き、その場で胃の底がひっくり返るくらい吐いたという。

「俺がいなかったら大事件になってたぞ」

潤から渡された物を見て、震撼《しんかん》した。それは刃渡り十センチほどの鋭利な果物ナイフだった。現場に転がったそれを、潤は救急車が到着する前に拾ったらしい。

「これが見つかったら、さすがにヤバいからな」

写真を撮ったのは、津牧と組んでいたカメラマンの原口だった。藍はすぐさま津牧に連絡を入れ、原口からすべてのデータを取り上げるよう依頼した。津牧によれば、原口は綾香に当麻を殺した犯人の母親が「斗鬼クリニック」に来ていることを教え、二人が接触するチャンスをずっと狙っていたのだという。今度こそ、原口を辞めさせる、と津牧は言った。

言葉もなかった。藍の存在がなければ、綾香が聡美の動静を知り、二人が相まみえることはなかったはずだ。綾香の心を解きほぐすこともできないまま、彼女は復讐に走り、聡美をさらに追いつめた……無力感に打ちのめされた。すべては自分が引き起こしたことだ。綾香は本気ではなかった。綾香に今必要なのは、罰ではなく治療だ。その一念で潤に口裏を合わせてもらった。綾香を安心させようと自宅にやってきたが、この先どうすればいいのだろう。自分が関わったばかりに、事態は混迷の度を深めている。自分が触媒となって更なる悲劇を引き寄せている気がした。やはり、もう自分にできることはない。もう綾香の前から消えよう、そう思い決めて立ち上がる。

その時、どこかから声が聞こえた。

「逃げるな、アイ」

そうやっていつまでも逃げ続けるのか。目の前の救うべき人から目をそらし、ただうつむいてその場を去るのか……

ずっと逃げていた気がする。人に正面から向き合い、信頼関係を築き、頼り、頼られることから逃げ続けてきた。誰の責任も取りたくない。誰にも寄りかからず、寄りかかられず、ひっそり生きていたい……

まだ、綾香に正面から向き合っていない。

綾香のベッドサイドに置かれた小さな椅子に座り、綾香の目をまっすぐ見る。

「ねえ、綾香ちゃん。先生の話、少し聞いてもらえる？」

射すくめられたように綾香がうなずく。

「先生のお兄ちゃん、死んじゃったんだ」

綾香が目を見開く。

「崖から落ちて。事故だったの。先生お兄ちゃんが死んじゃってから、悲しくて悲しくて、ずーっと笑えなかった。おいしいもの食べてもおいしいって思っちゃいけない。楽しいことがあっても楽しいって思っちゃいけない、そうやって、ずっと自分で自分にブレーキかけてた」

綾香は何も言わず、藍の顔を見つめている。

「でもね、綾香ちゃんに会って、それは違うって思ったの。綾香ちゃんは大切な弟の当麻君を亡くしてしまった。でも、自分のことよりも、お母さんのことを全力で心配してる」

私もそうすべきだった……。声にならない声が胸の裡でこだまする。あの時、最愛の息子を亡くした両親のことを一番に考えるべきだった。自分はただ、自分の悲しみの殻に閉じこもり、両親に背を向け、二人のことを見ようともしなかった。

「先生も、綾香ちゃんみたいにできたらよかったのに……」

自分でも気づかないうちに涙があふれ出していた。涙は頰を濡らし、真っ白いシーツの上にいくつもの染みをつくった。胸のうちに溜めていたものがあとからあとから溢れ出す。綾香の布団に突っ伏して、声をあげて泣いた。ずっとこうしたかったのかもしれない。涙は涸《か》れることなく、次々に新たな染みをつくった。

やがて、あたたかなぬくもりを感じた。綾香が小さな手で藍の頭を撫でていた。涙に濡れた目で綾香を見上げる。

「藍先生。いつも綾香の話を聞いてくれてありがとう。子どもの話をちゃんと聞いてくれる大人がいるって知らなかった」

綾香が微笑《ほほえ》みに似た表情をつくった。

「だから、今度は、お母さんの話を聞いてあげてほしいの。お母さん、自分のせいで当麻が死んじゃったと思ってる。お母さんを助けてあげて」

「私でいいの？」

　藍が訊くと、綾香は強くうなずいた。

「先生が、いいの」

　力を込めて言うと、綾香がむせて咳き込んだ。背中をさすってやる。本棚に飾られた小さな写真立てが目に入った。「ハッピーバースデーとうまくん」と書かれたケーキの前で大きな口を開けて歌う幼い当麻の姿。

「先生、信じてるの。死んでしまった人は、姿は見えなくなってしまうかもしれないけれど、忘れない限り、ずっとそばにいてくれるって」

　写真立てを取って、綾香の手にのせる。

「耳をすませてみて。きっと、当麻君の声が聞こえるはず」


　水を汲《く》みに台所に行くと、そこにいたのは綾香の母、早見塔子だった。丸みを帯びた目は綾香よりも、当麻に似ている気がする。肩までの髪を後ろで一つにゆわえ、化粧気のない顔にプレーンな水色のニットを着ていた。顔の作りが整っていて、四十歳という実年齢より若く見えるが、目の下に影が色濃く浮かび、眉間には縦皺が深々と刻まれていて、頬がげっそりこけている。長く苦しんできた人の顔だと思った。塔子は藍をみとめると、すぐに藍の脇をすり抜けて台所から出て行こうとした。

「あの……」

　反射的に声をかける。

「少し、お話しできませんか」

塔子は答えず、そのまま台所を出ようとした。

「綾香さんが、人を傷つけようとしたこと、ご存じでしょうか」

「……知っています」

塔子は藍に背中を向けたまま言った。

「相手のことも？」

塔子は何も答えなかったが、強ばった背中が肯定していた。

「綾香さんは、今とても苦しんでいるんです、彼女を救う手立てを探しています。どうか助けて下さい」

必死の言葉に、塔子は無言のまま藍の方に体の向きを変えた。

「少しでいいんです。お話を聞かせていただけないでしょうか？」

塔子は何も言わず、そのまま居間に入っていった。あとに続く。

テーブルを拭いていた野中は二人の姿を見ると、「お買い物に行ってきます」と言い残して出て行った。

§§

ソファに腰をおろしたあと、塔子はなかなか口を開こうとしなかった。辛抱強く待つ。彼女が何から話し始めるか、まずは塔子の声に耳を傾けたいと思った。

「あの子をあんな風にしてしまったのは、私なんです」

親友に何かとても大切な秘密を打ち明ける女子学生のように、彼女はこちらに顔を寄せ、小さな声でささやくように言った。眉根を寄せ、表情は悲愴感に満ちていたけれど、なぜかその瞳には一点の曇りもなかった。全身から汗が噴き出す。決して気温のせいではない。心臓をわしづかみにして直接揺さぶられるような不安が体の中心からゆっくりと広がっていく。

彼女はそばにあったメモ帳を手に取ると、何か書き始めた。やがて一つの模様のようなものを描くと、彼女は顔を上げ、絵が見えるようにこちらに向けた。何かのマークのようにも見える。

「これ、何だかわかりますか？」

首を振る。

風が窓のカーテンを揺らし、次の瞬間ぴたりと動きを止めた。まるでそれが合図であったかのように、彼女は語り始めた。

§§

綾香は小さい時から、とても不器用な子でした。何をやらせても、人よりワンテンポ遅いんです。逆上がりも跳び箱も縄跳びも、周りの子がとっくにできて飽きてきた頃にようやく追いつく……。私にそっくりだったんです。日々、焦りを募らせていました。小学校受験も失敗し、滑り止めの女子校に進学しました。保護者会にも行きたくなかったんですが、女子校は親同士の付き合いが子どもに響くんです。仕方なくお母さん同士のランチ会や、送迎の後のお茶会なんかに参加して、お友達グループを作るようにしていました。

小学校二年生の夏休みのことでした。遊びに行ったお友達の家から、縄跳びを持って帰ってきてしまったことがあったんです。間違って鞄の中に入ってしまったんだと思いました。あの子が「自分で返すから」というので、ついそのままにしてしまったんです。遊びに行ったおうちから特に何の連絡もなかったので、一時のこととしてすっかり忘れていました。

夏休みが明けて学校が始まると、休み時間に縄跳びをしようとすると見つからない、ということが相次ぎました。綾香の縄もなくなりましたから、「こんなことをしているのは一体誰なのか、きちんと調べて注意して下さい。放っておくと取り返しのつかないことになります」って、保護者数人で学校にお願いしに行ったんです。でも、誰がそんなことをしたのか、わからずじまいでした。

ある日、年末の大掃除をしようと綾香のクローゼットを整理していると、使わなくなったおもちゃ箱から大量の縄跳びが出てきました。学校のお友達の名前が書かれたものもたくさんありました。もう驚いてしまって、学校に言わなければいけないけれど、どうしたらいいだろうと悩みました。夫はその頃ニューヨークに単身赴任中でしたし、田舎の親に相談してもどうせろくな答えは返ってこないだろうと、夫の実家に電話したんです。夫の父親は循環器内科の医師で、今は地元で開業しています。その日は休診日で、義母は出かけているらしく、電話に出たのは義父でした。

義父は「学校に言う必要はない。二度とさせなければいいだけのことだ。子どもにはきちんと教えなくてはいけない」と言いました。「綾香にはどう言って聞かせたらいいでしょう」と聞くと、「悪いことをしたら、体に教えなさい。私たちも、洋治をそうやって育ててきた」そう言われました。

それで、最初は軽くお尻を叩いたんです。遊びだと思ったのか、綾香は小さく笑いました。その瞬間、私の中で抑えていた何かが決壊したんです。綾香が恐怖を感じるまで叩きました。叩けば叩くほど、自分の中の何かがエスカレートしていくんです。

それから毎日叩きました。あの子が悲鳴をあげるまで……自分の中で何かが壊れてしまったみたいでした。「ごめんなさい」とか「もう二度としません」とか言いながら、綾香は私のことをまるで汚れたものでも見るような目でじっと見るんです。その目が私の怒りに火をつけました。叩く度に、この子を壊してしまうんじゃないか、大けがをさせて死なせてしまうんじゃないかという不安に襲われました。でも、そうやって不安になればなるほど、叩いてしまうんです。叩く理由はいくらでもありました。勉強をしない、ピアノの練習をしない、テストの点が悪い、ご飯を残す、テレビを消さない……

最初は幼い当麻が見ていないところでやっていたのですが、次第に我慢できなくなって、あの子の前でも叩くようになりました。そうすると、当麻がそばに駆け寄ってきて、綾香のことを全身でかばおうとするんです。それがまた私の怒りを増幅させました。こんな小さな子でさえ綾香の味方をしようとする。私が悪いわけじゃないのに。悪いのはこの子なのに、って……

しまいに右手の手首に痛みを感じ、親指の付け根あたりが紫色に腫《は》れ上がるようになったので、おたまとかフライ返しとかを使うようになりました。叩けば叩くほど、怒りが膨らんでいく……もう自分で自分を止められなかったんです。

その頃、綾香が繰り返し書いていたのがこれです。黒いカギ十字のようなマーク。昔、神戸で連続殺傷事件を起こした十四歳の少年が挑戦状に書いたマークのようで、震え上がりました。あの子が事件を起こしたらどうしよう……私のせいで、取り返しのつかないことをしてしまったら……恐怖に襲われ、あの子への罰はエスカレートしていきました。いつしか綾香の顔から表情が失われ、いくら叩いても、無表情のまま私のことを凝視するようになっていきました。その顔が怖くて怖くて、なんとかこの子の中から悪魔を追い出さなくてはいけないと、叩く手に一層力を込めました。

一度だけ、島根の実家に電話したことがあるんです。綾香を叩くことをやめられないことを母に相談しようと思いました。父は亡くなっていて、母は実家で自閉症の弟の面倒をみているんです。電話すると、弟がちょうど暴れていたみたいで、母は「弟のことで手一杯だから、旦那さんもいるんだし、あなたのことは自分でなんとかしてちょうだい」と申し訳なさそうに言いました。母はそういう人なんです。自閉症の息子の面倒をみて、酒を飲んでは暴れる父を黙って飲み屋まで迎えに行き……一生を家族のために捧げてきた人なんです。親戚も近所の人も見て見ぬふり。誰も助けてはくれませんでした。私はそんな母を見ながら、「私は誰の犠牲にもならない。自分の人生を生きる」って決めたんです。そのためには、東京のいい大学に入るしかない。そうすればこの無間地獄みたいな場所から抜け出せる。田舎の連中を絶対に見返してやるんだって……その一念で猛勉強しました。

トップクラスの私大に受かって東京に出て来ても、結局同じでした。付属小学校からエスカレーターで上がってきた、もともと「持っている」子たち。裕福な親、大きな家、軽井沢の別荘、就職のコネ、継ぐべき会社や資産……圧倒的な違いを見せつけられ、社会人になった私は狂ったように仕事に打ち込みました。仕事だけじゃありません。結婚でも、出産でも、子育てでも、見返してやる、見返してやる、見返してやる……その繰り返し。無間地獄にはまっていたのは、他でもない私だったんです。

事件が起きた時、罰が当たったんだと思いました。当麻があんなことになってしまったのは私のせいだ。ついに天罰が下ったのだと……

綾香を専門医に診せなければならないことはわかっていました。でも、怖かったんです。私のしていたことが明るみに出るのが怖かった。この期《ご》に及んでも、私はまだ自分を守ろうとしていたんです。そのせいで綾香はこんなことに……だから、当麻のことも綾香のことも、すべて私のせいなんです。

§§

あの日、無機質な機械音が鳴り響く救命室で当麻の冷たい頬に触れた瞬間、私の心も一瞬にして凍りつきました。大切に紡いできたはずのガラス細工のような日常は一瞬にして粉々《こなごな》に壊れてしまいました。それからは、破片の一つ一つを拾い集める日々でした。家の中を歩けば、そこここに当麻の気配が漂っていて……当麻のおもちゃ、ランドセル、食器、好きだった絵本、当麻のしぐさ、当麻の匂い……でも、拾い集めたかけら達は、二度と元には戻らない。当麻のタンスから下着を出して匂いを嗅ぐと、体の底から何か強烈なものが突き上げてくるんです。あたたかいものではありません。冷たい炎です。すべてのものを破壊し尽くしたいという衝動……その凶暴な思いに翻弄されるのが怖くて、自分の部屋を出ることができなくなりました。

カーテンを通して薄陽が差し込む時間になると、外から野鳥の声が聞こえてくるんです。すずめ、鳩、ヒヨドリ、春にはうぐいすの声が聞こえることもあります。結婚したばかりの頃、子育てには自然豊かな場所がいいと、広々とした公園のそばにあるマンション三階を選んだんです。でも、今となっては最初に見たタワーマンションの高層階にすれば良かったと思っています。布団の中でじっとしていると、やがて子ども達の声が聞こえてくるんです。誘い合って登校する小学生は朝からにぎやかで、その声の中に、つい当麻を探してしまう……布団を大急ぎではねのけ、窓にすがりついて道ゆく子ども達の群れを凝視する。どこかに当麻が隠れているのではないか……遠ざかっていく子ども達の後ろ姿を見つめながら、叫び出したいような気持ちに襲われるんです。なぜあなたたちは生きているの？　なぜ元気に笑っているの？　なぜ、なぜ、なぜ……その子達の帰りを家で待つ母親達の安心しきった笑顔を思い浮かべて、歯ぎしりするんです。どうして当麻だけが、どうして私だけが、って……

あの日の朝、いつもの時間に起こしに行くと、当麻は布団の中で頭が痛いと訴えました。前日から鼻水が出ていて市販の総合感冒薬をのませていたんですが、熱はないし、この程度で休み癖がついてはいけないと、無理に布団をはいで朝食のテーブルにつかせたんです。その日は出社直後に大事なプレゼンを控えていて、頭の半分はそちらに取られていました。一部、論理の組み立てがうまくいっていないところがあって、早めに出社してその部分を手直ししなければと焦っていたんです。当麻はパンも目玉焼きも食べず、りんごとバナナを一切れずつ口に入れただけで、重い足を引きずるようにして家を出ました。あまりに辛そうだったので、学校の最寄り駅までタクシーで送ることにしたんです。子どもの自立をうたう当麻の学校では、タクシー通学などもってのほかで、駅から学校までは必ず歩いて行かせなければなりません。私はそのまま赤坂の本社まで乗っていくつもりだったので、当麻を駅でおろすと「しっかりね」と言って送り出しました。当麻は何も言わずに歩き出しましたが、一度だけ振り返って、私の方をじっと見たんです。その時の当麻の表情を思い出すと、今も心臓をわしづかみにされるようです。あの時「今日は行かなくていいよ」と、タクシーに乗せて病院に連れて行っていれば……あの時タクシーを降りてあの子を抱きしめてやっていれば……後悔が後から後から押し寄せて、息ができなくなるんです。

当麻の急を知らせる電話が鳴っていたとき、私は壇上でプレゼンしている最中でした。ようやく出番が終わり、かばんの中で点滅する電話を取ったとき、足元の地面が崩れ落ちるような感覚を抱きました。報いを受けたのだと思いました。当麻を送った後、会社でプレゼンの論理構成を直して「これで完璧」というものに仕上がった時、頭の中から当麻のことは完全に消えていました。小さくガッツポーズを作りさえしたと思います。その時の自分の顔……自尊心を満たし、卑しく笑う自分の顔に、とてつもない嫌悪を感じました。

当麻の葬儀を終えて自宅に戻ったあと、二度と見たくない、と寝室の鏡を割り、粉々にしました。化粧品を捨て、資料という資料を引き裂き、会社には当分休むと伝えました。職場はもう、自分が戻るべき場所ではない。プレゼンをした会議室に足を踏み入れることはおろか、まともな書類を作ることも、貼り付けたような笑顔で取引先に同じ説明を繰り返すこともできそうにありませんでした。あの頃大切だと思っていたすべてのことに、もはや何の価値も見いだすことができなかったんです。私はこれまで一体何をしてきたのだろう。本当に大切なことなど何もなかったのに……これまで歩いてきた道のりにも、滑稽さしか感じませんでした。

夫との結婚も失敗だったと思っています。私が働いているジャパンブランチは、世界の中で見ても異常なくらいの激務で、二十三時に帰れれば御の字でした。休日であっても、緊急コールがかかってくればすぐに駆けつけなければならないんです。だから、就職して八年目、同じ部署の夫から夕食に誘われた時、「そろそろ潮時だ」と考えました。愛や恋などと言っていたら、子どもが産めなくなる……子どもが産めなければ「半人前」だと思っていたんです。母の呪縛だったかもしれません。「塔子は私のようにならないで」が口癖でしたが、その実、自分の道を踏襲して欲しいという思いも透けて見えましたから。

同じ会社で働く彼ならば理解があるし、仕事と子育てを両立できるはずだ、と考えたんです。でも結婚してみると、夫は思っていたよりもずっと保守的な人間でした。彼の父親は地元で名の知れた開業医で、母親は事務や経理の仕事から家事育児まで、夫のサポート役を一手に引き受けていました。そういう両親の姿を見て育ったからか、夫は私に対して自分の有能な補佐役であることを求めました。あからさまには言いませんでしたが、家庭を優先し、良き妻、良き母であってほしいと思っていることは明らかでした。だから、家事も育児も一切手を抜くことなく、完璧を目指したんです。たまの休日には手製のケーキやパイを焼き、子どもの幼稚園のサブバッグには丁寧な刺繍《ししゅう》を施しました。理想的な家庭像をイメージし、それにふさわしい理想的な母親像を演じてきました。子どもを二人とも私立に入れ、写真館で制服を着た子ども達と写真を撮って……

でも、いつも孤独だったんです。一人きりで闘っている気がして……夜、子どもたちを寝かしつけると自問自答するんです。私が望んだのはこういう人生だったのか、と。母親の仮面をかぶり、母親とはこういうもの、というイメージを必死で演じてきました。でも、これは本来の自分なのか。本当にこれが、自分の願った幸せの形だったのかと――。

ある時、綾香が言ったんです。「ママ、無理しないで」って。確か体操服の名札が取れてしまって、糸で縫い付けている時でした。本当は裁縫《さいほう》が大の苦手なんです。見透かされた気がして、頭にきて……思わず力が入ったんでしょう。持っていた針が縫い目に刺さったままぽきりと折れて、どこかに飛んでいってしまいました。あれから、折れた針の片方が見つからないままなんです。まるで私みたいに。今でも私の半分は、ぽきりと折れてどこかに飛んで行ったまま……

今願うことはただ一つ、当麻のいる世界に行きたい、ただそれだけです。ここから飛び降りさえすれば、と指を伸ばして冷たい窓枠に触る時もあります。でもそんな時、必ず綾香がドアの外に立って、「ママ」と呼びかけるんです。まるで私をこの世に縛りつける呪いのように……あなたは死んではいけない、死ぬ自由すら与えられていないのだと思い知らせるために、綾香はそこに立っているんです。

第十二章　手紙

　クリニックが閉まる直前、何の前触れもなく津牧がやってきた。見せたいものがあると言う。カウンセリングルームに案内する途中、スタッフルームから出てきた潤と目が合った。「大丈夫か？」と心配そうに目で訊いてくる。小さくうなずき返すと、津牧を部屋に入れ、いつも聡美が座っている奥の椅子をすすめた。

「実は山田徹人が収監されてからずっと、手紙を送ってたんです」

「記事のため、ですか？」

「最初はそうでした。でも、特集記事をボツにしてからも送り続けました。彼の動機が知りたかったんです」

　第二回公判で、弁護側は「君自身の言葉で心の内を語り、事件の動機について明らかにする責任がある」と山田徹人に対して異例の反省を促している。それでも山田は黙秘を貫き、何も語らなかった。裁判で明らかになっていない山田の心の内を知りたかったのだと津牧は言った。だが、何度手紙を出しても反応がない。これまでは、あくまでも取材依頼の形をとり、事務的な内容に終始してきたが、六通目の手紙で初めて津牧の本音を叩きつけたのだという。「多くの子どもを殺め、遺族の人生をどん底に突き落とした。あなたは、多くの人の人生を、尊厳を、命をめちゃくちゃにした。自分の人生は間違いだった、そう思うことはないか」すると、それに対して山田が初めて返信を送ってきた。津牧はそれを見せにきたという。

「聡美さんのカウンセリングをしていらっしゃる水沢先生だからこそ、山田徹人のこの手紙を読んで欲しいと思いました。そして、聡美さんと対話する中で解き明かして欲しい。なぜあんな化け物が生まれてしまったのか。親が凶行を防ぐことはできなかったのか。彼の衝動は生まれつきなのか、それとも成育環境によるものなのか。なぜ子ども達に凶刃を向けたのか……」

「化け物」という言葉が、胸の奥深くに氷の刃《やいば》のように突き刺さった。津牧の真剣な眼差《まなざ》しを封じるように首を振る。

「私の仕事は山田徹人の犯行の動機を解き明かすことじゃありません」

「わかっています。でもそれを知ることは、聡美さんの抱えている問題を解決することにもなると思うんです。彼女は自分を責めているはずだ。自分のせいで、息子があんなことをしでかしたのではないか、自分がもっと違う育て方をしていれば、と。聡美さんから聞き取ったことを僕に話さなくても構いません。ただ、あなたには読んでほしい」

熱のこもった津牧の目に嘘は感じられなかった。そこには真実を知りたいというまっすぐな意思だけがあった。山田の手紙だけで、十分特集記事が作れるはずだ。それをしなかった津牧の真心を信じられると思った。ゆっくりとうなずく。

「わかりました。拝見します」

津牧が渡した白い封筒の送り主は「立川拘置所内　山田徹人」となっている。恐らく日本の殺人史に名を刻むであろう山田の手紙。便せんを取り出す手がほんの少し震えた。

山田の字は、細い釘が折れ曲がったような、繊細《せんさい》で危なげで、見るものに何か不安を呼び起こすような文字だった。

お便り拝見しました。あなたはまるでわたしのこれまで二十四年間の人生が間違っているかのような書き方をされましたが、わたしに言わせるなら、我が人生は、あなたたち無知蒙昧《もうまい》な愚衆より、よほど優《すぐ》れていると言わねばなりません。なぜなら、どんぐりの背比べのような小競り合い、愚かな競争を繰り返す社会に早々と見切りを付け、そこから解脱する道を選んだからです。愚衆は自分たちの精神が力で支配されていることなど気がつかないし、自分の人間としての自由さえ踏みにじられているにもかかわらず、それにも気づかないのです。その教えそのものが狂っているなどとは夢にも思わない。それが愚衆というものです。わたしはそのようなものを早くから見切って、みずからを一段の高みに置くことを旨として生きてきました。人生に対する究極の勝利です。未来ある幼いものたちの命を多数奪ったことで、わたしはまもなく愚衆の手によって殺され、永遠の命を手に入れるでしょう。それは民の罪を背負って、みずから磔《はりつけ》に処されたイエス・キリストと同じ至高の行為であり、神へとつながる唯一の道なのです。今回の犯行の裏にあるわたしの真の目的をあなたたちが理解することは未来永劫《えいごう》ないでしょう。

手紙はそこで唐突に終わっていた。最後にムカデのような、ザリガニのような奇妙な生き物のイラストが描かれている。決して気持ちのいい生き物ではないが、絵のタッチには細密画のような緻密《ちみつ》さがあり、一本一本の線が丁寧に描きこまれていた。絵を描くことそのものが好きなのかもしれない。

もう一度文面を見返すと、既視感がある。「自分たちの精神が……」から「夢にも思わない」まで、どこかで読んだことがあるような気がした。文章をそのまま入れて、スマホで検索してみる。やがて出てきた文章を見て、納得した。「わが闘争」の一部分。ヒトラーのファシズムを支えるベースとなった大衆心理を分析したくだりだ。「愚衆」というのは山田の造語だろう。単純に衆愚をひっくり返しただけかもしれない。『我が人生は、あなたたち無知蒙昧な愚衆より、よほど優れている』山田は徹頭徹尾、自分は他の人間たちよりも「上」だと語る。人生を、勝ち負けや優劣のものさしだけで測ってきたのだろう。勝ち組になることだけが肯定される、単一の価値観……「勝ちたい」という欲求がすべてを超越する心理はどこから来ているのか。

山田は精神鑑定で完全な責任能力を認められている。妄想性や非社会性といったいくつかの人格障害は認められるものの、犯行時に意識障害はなく、刑事責任を問えない精神疾患ではなかったと結論づけられているのだ。ならば、七人もの子どもの命を奪って死刑になることを「至高の行為」などと言ってのける山田の異常な考え方は一体どこから来ているのか。聡美がこれを見たらどう思うだろう。みずからの子育てを悔い、山田徹人を産み育てた自分自身を責めるのではないか……

手紙を封筒に戻し、何も言わずに差し出すと、津牧はそれを手のひらで押しとどめた。

「持っていて下さい。それを聡美さんに見せるかどうかは、水沢先生におまかせします」

「いえ、それは……」

さらに封筒を押し戻そうとすると、津牧の強い眼差しに出会った。

「医療従事者に守秘義務があることも、患者のプライバシーに配慮しなければいけないこともわかっています。でも、こうした凶悪犯罪が起こることは絶対に阻止しなければなりません。なぜ事件が起きたのか、なぜ山田徹人のような人間が生まれるのかを徹底的に解明し、再発防止のための有効な手立てを打ち出さなければならないと思うんです。それは司法だけの役割ではありません。だからこそ、僕は母親の手紙を読む限り、彼自身の口からそのヒントが得られるとは思えません。だからこそ、僕は母親の聡美さんに期待しているんです。たとえそこに明確な答えがなかったとしても、解き明かそうと努力することを怠るべきじゃない。水沢先生、あなたにしかできないことがあると思います」

「おっしゃることはわかります。でも、聡美さんと山田徹人とは別人格です。近代法においては、子どもが成人したら親には何の責任もありません」

そう返すのが精一杯だった。津牧の目に明らかな落胆の色が浮かぶのを、藍は情けない気持ちで見守った。藍自身、自分の言葉に説得力がないことはわかっていた。「親の育て方が悪い」といった一方的な社会通念に抗いたい気持ちもあった。学校の安全、犯罪者の行き過ぎた人権擁護、教育の無力化、誤った家庭教育のあり方……大澤学園の事件が社会に投げかけたものはさまざまあるが、それを解き明かすのは自分の役目ではない、あなたたちメディアの仕事でしょう、と言いたい気持ちもあった。その一方で「あなたが手塩にかけたはずの息子が事件の後に書いたものはこれです。この手紙をどう思いますか？」と聡美に突きつけたいような残酷な気持ちもどこかにある。そんな風に思う自分を卑小にも、未熟にも感じる。

津牧は封筒を机に置いたまま藍をじっと見た後、一礼して部屋を出ていった。藍はその場から動けないまま、机にのせられた白い封筒を見つめていた。

§§

「ねえ、潤」

台所で包丁をリズミカルに動かしていた潤が振り返る。しそと、貝割れ大根と茗荷《みょうが》をこれでもか、というほど細かく刻んでいる。

「何作ってんの？」

「鯛の昆布締め」

「よく平日の夕飯にそんなもの作ろうと思うよね」

「オレ、性欲ないじゃん、だから食欲を満たす探究心が人より旺盛なのよ」

反応に困って、本題に入る。

「あのさあ、もし潤が誰かの親になって、子どもが絶対にしてほしくないようなことをしでかして、それでも反省していなかったら……そのことを知りたいと思う？」

「全然反省していないってことをか？」

「そう。反省していないどころか、むしろ自分を正当化してるとしたら」

潤は包丁を持ったまま右手をあごの下に当てた。考える時の癖だ。

「危ないから包丁置いて」

潤が素直にまな板の上に包丁を置く。

「そうだなあ……オレだったら、知りたいかな」

「どうして？」

「だってさ、どんな子だってオレの子であることに変わりはないし、どんな状況だって可愛いって思うのが親心だろ」

「そんなに単純かな」

「世界で一番単純なのが親心ってもんなんじゃないか」

潤の言うことはいつも明快で筋が通っていて、反論の余地がない。

「よし、できた。持ってって」

ガラスの小鉢が二つ。昆布締めにされた鯛の上にひとつまみの塩昆布。付け合わせに、今刻んでいた三種類の香味野菜。

「おいしそう」

「今日はこれに湯豆腐。日本酒飲みたくなるだろ。燗酒《かんざけ》大会で金賞受賞したの、手に入れたんだけど」

「いいねえ、でもやめとく」

お酒は飲まない。そう決めている。いつか自分にもう少し自信が持てるようになったら、解禁するかもしれないけれど、今はまだその時ではないと思う。

お燗した徳利から小さな猪口《ちょこ》に注ぎながら、潤が言う。

「藍はどう？」

潤が猪口を傾けた。

「何が？」

「知りたいか、知りたくないか」

「ああ、さっきのか」

言ったきり、次の言葉が出なくなる。沈黙する藍を見ながら、潤が猪口を傾けた。

「おお〜、しみる」

猪口を干し、徳利を傾けながら続ける。

「オレさあ、ずっと自分のこと恥ずかしいって思ってたんだよね。恋愛感情ってのがまるで湧かないことについて。中学生くらいになると、『おまえ、誰が好き？』とかって始まるじゃん。オレは誰も好きじゃなかったし、漫画とかに出てくる『胸キュン』の意味もよくわかんなかった。ラブレターとかもらっても困るばっかりでさ、女の子に泣かれたこともある。『そのうち好きな人が見つかるから、大丈夫だよ』とか言われると、今のオレって、大丈夫じゃないのかな、とか思って人並みにしょげたり。高校の時バイト先のピザ屋でさ、『恋愛感情ないなんて、おまえ人間かよ』って言われて傷ついたんだよな。そんなこんなで、ネットとか色々調べてたどりついたのが『アセクシュアル』って言葉だったわけ。ああ、こういうカテゴリーが存在するんだって思って、すげー安心したの覚えてる。人間って、どこのカテゴリーにも当てはまらないものって生理的に気持ち悪いんだよな。落ち着かないっていうか」

「ふーん、そういうもの」

「で、次に悩んだのが、親に言うかどうか。年頃になれば、今度は『結婚しろ』攻撃が始まるじゃん？」

目を細めて湯気の上がる猪口に口をつける。こういう話を潤とするのは初めてだ。ずっと訊きたかったことを口に出す。

「恋愛結婚じゃなくて、友情結婚みたいな可能性はないの？」

「それって相手の意思も絡《から》むじゃん。あなたに性的な魅力とか恋愛感情とかは一切感じてないけどいいですか。一生セックスもしませんけどいいですか、って。相手に日々我慢を強いるのって、結構キツいだろ」

潤自身ずっと考え続けてきたことだったのだろう、淀みなく言った。その後、少し間を置いてから、「でもさ」と続けた。

「オレ実は、すげー子ども好きなんだよ。教員免許も持ってるくらい」

「へえ、意外。むしろ苦手なタイプかと思ってた」

「外見からそう見られがちなんだけど、小学校の教育実習とかマジで楽しくてさ。放課後、子どもがわらわら集まってきて『先生カノジョいないの～？』とか普通に訊いてくるわけ。でも、あいつらには自然に言えたんだよ。『まだいないし、そういう気持ちよくわかんないけど、そのうちできるかもね』って。だってさ、棺桶に片足突っ込む時までオレがほんとにアセクシュアルかどうかってわかんないじゃん。マジで運命の人に出会ってないだけなのかもしれない。白黒付けられないんだよ。一生グレー。だから、言うのやめたんだ。親に言っても、昭和の石頭じゃ絶対理解できっこないし。もうずっと、グレーのまんま生きていこうって」

「一生グレー、か……うんいいね、なんか」

こころなし潤の頬が上気する。

「だから、さっきの前言撤回。やっぱわかんないわ」

「何が？」

「子どもが考えていることを知りたいかどうか。これから反省するかもしれないし、性格変わるかもしれないし、人間の可能性なんて無限大じゃん。今の時点で絶望したくなるような状態でも、いつか変わり得るんだとしたら、わざわざ知る必要はないかもしれない」

潤にしては珍しく意見が揺れている。根っこの部分で人間の可塑性《かそせい》を信じているのだろう。どんな悪人でも変わることはできると、性善説を信じたいという思い。でも、と思う。山田徹人のような人間が生まれついての悪人で、もはや変わる余地が微塵《みじん》も残されていないのだとしたら……自分の育て方のせいだ、と自分を責め続けている聡美に対してあの手紙を見せて「あなたの息子は生まれついての悪人だから、どうしようもなかったんですよ」と言ってやれば、彼女の重荷をおろしてやることになるのだろうか……

「百パーセントの正解なんて、どこにもないんだよ」

潤が藍の考えを見透かしたかのように言う。

「だからさ、オレ、精子保存しようと思って」

「……え？」

話が飛躍しすぎて、一度で飲み込めずに聞き返す。潤は照れたような顔で再び徳利を傾け、ちょっと冷めたな、とつぶやいた。

「あらゆる可能性に備えとこうと思ってさ……あ、ご用命の際はいつでもどうぞ」

ふざけた口調だったが、目は笑っていなかった。

「……意味わかんない」

「だからさ、そこに性愛とか恋愛感情とかが存在しないパートナーシップもありかってこと。オレさ、おまえがこの前、聡美さんをかばって刺された時に思ったんだ。おまえとだったら、子どもとか育ててみてもいいかなって……」

そう言うと、潤はやおら立ち上がり「温め直そっと」とわざとらしくつぶやいて徳利をつかみとった。背中が心持ちこわばっている気がする。どう答えていいかわからず、藍はすっかり冷めたルイボスティーのカップに顔をうずめた。

§§

翌日、溜まった書類を片付けていたら最後になってしまったので、消灯してクリニックを出た。十一月下旬の風は冷たい。首をすくめてコートの襟を掻き合わせた時、目の前に黒い影が立ちはだかった。つばのついたサファリハットを目深《まぶか》にかぶっている。ひゅっと喉がすぼまる音がして、その場から動けなくなった。夕闇に包まれた住宅街は人通りも少なく、人の判別もおぼつかない。恐怖に目を見開いて相手を凝視していると、黒い影が帽子を脱いだ。津牧と組んでいたカメラマンの原口だった。

「あんたが水沢藍だよな」

無言でにらみつけていると、原口は目の前に小さな封筒のようなものを出した。

「この中に買い取ってもらいたいものが入ってる。早見綾香が山田聡美を包丁で襲った時の動画だ」

それは津牧が取り上げたはずじゃなかったのか。胸の内で自問していると、まるで読みとったかのように、原口が早口で続けた。

「コピーしといたんだ。一部始終、全部映ってる。これが公《おおやけ》になれば、綾香は間違いなく少年院送りだろうな」

瞬時に腹の底から熱いものがこみ上げてくる。何も考えないまま原口につかみかかり、封筒を奪い取った。

「マザーは俺のパソコンの中だ。いくらでもコピーできる」

「……何が目的なの」

「あんたのせいで、雑誌社をクビになった。これを言い値で買い取るか、津牧にもう一度俺をチームに入れるように言うか、どちらか選べ」

「いくら欲しいの」

「五千万」

「そんな大金あるわけないでしょ！」

「あんたにはな。だが早見家は違う。一人娘が少年院送りになるのを防ぐためなら痛くもかゆくもない額だ」

「……あなたのしていることは恐喝《きょうかつ》です」

目に力をこめて睨みつけたが、原口は視線をはずして冷笑を浮かべた。

「通報したけりゃすればいいさ。綾香の行状が警察に知られるだけだ」

「卑怯《ひきょう》だと思わないの?」

声を荒らげて詰め寄ると、原口はさもおかしいといった顔で笑った。

「もちろん卑怯さ。だが、俺たちは日頃、もっと卑怯なことをやってる。人の恥部《ちぶ》を暴いて公衆の面前にさらしたり、絶対に明かされたくない過去をほじくり出したり、それが結果的にそいつの息の根を止めることになったとしても、そんなことは知ったことじゃない。俺たちは悪魔の片棒を担いでる。誰かを物笑いの種にして、絶望の淵にたたき落として飯を食う。それが俺たちだ。この程度のことは卑怯のうちに入らない」

返す言葉もなく、原口を憎悪のこもった目で見据える。

「早見家と相談が要るだろう。明日の同じ時間にまた来る。それまでに結論を出しておけ」

そう言うと、原口はサファリハットをかぶり直し、近くに止めていたバイクに飛び乗って走り去った。


その夜。帰宅した潤をつかまえて一部始終を話した。

「津牧記者に連絡して、原口を止めてもらうしかないかな」

「意味ないだろ」

潤が首を横に振る。

「藍を脅すところまで追い詰められてるんだ。津牧記者とはもう一緒にやっていけないとわかれば、もっとあこぎな手で金を搾り取ろうとするだけだ」

「なんで早見さんのところにダイレクトに行かないんだろう」

「おまえを挟んだ方が金を取りやすいと踏んでるんだろ。早見家に急襲をかけたら、見境なく即座に一一〇番通報しかねない。それじゃ意味がない。原口からすれば、綾香が少年院に入ろうが、そんなことはどうでもいいんだ。目的は金だ」

「どうしよう」

「久々に小淵沢《こぶちざわ》キャットさまの出番かな」

「……何それ」

「俺のインパルスが久々に火を噴くってことだ」

潤が手でバイクのエンジンをふかすまねをする。

「潤って暴走族だったの!?」

「暴走族とは失礼な。もうちょっとぎりぎりの線攻めてる。とにかくそいつシメたるわ」

「ダメダメ。そんなことしたら、あっちと同じだよ」

「じゃあ斗鬼院長に素直にご相談申し上げるか？」

ぐっと詰まる。それだけはしたくなかったが、暴走族まがいの集団に原口が締め上げられるのを黙認するわけにはいかない。

「……それしかないかも」

「よし、よく言った。正直に相談しとけ」

最初からそこに帰結させるために、あえての「小淵沢キャット」だった気がするが、仕方ない。やはり斗鬼に正直に言うしかないだろう。断頭台に上るような気持ちでスマホを手に自室に入る。午後九時過ぎだというのに、斗鬼はワンコールで電話に出た。

「どうしましたか」

「あの、夜分にすみません……」

もどかしそうに先を促す斗鬼に誘導され、原口に脅されていることを正直に告白した。斗鬼は聞き終わると、しばらく沈黙した後、「水沢さんはどう考えるのですか」と言った。

「え、どういうことでしょうか」

「綾香さんの将来のために、どちらがいいか」

「私は……」

言ってから自問自答する。

「私は、綾香ちゃんは自分で立ち上がる力を備えた子だと思っています。今は、彼女のしたことに対して社会的制裁を与えるよりも、お母さんときちんとした関係を結び直すことを優先してあげたい……そう考えています」

「わかりました。少し時間をください」

そう言うと、斗鬼はそれ以上何も言わずに電話を切った。

第十三章　烙印

聡美の病室は病院の庭に面していた。あの日、倒れた後も嘔吐し続けていた聡美はクリニック近くの病院に救急搬送された。たまたま空いていたのか、色づいた木々が窓からよく見える個室だった。持参した黄色い花束を手渡すと、聡美の顔に笑みが広がった。

「きれい……覚えていてくださったんですね」

「はい、『おひさま』みたいなマリーゴールドです」

本当は迷った。病室に飾るには香りがきついし、聡美が思い出したくない記憶を呼び起こしてしまうかもしれない。だが、花屋の店先で華やかに咲き誇る黄色のマリーゴールドを目にした瞬間、これしかないと思った。


花屋の外でしばらくじっと見つめていると、店内から髪をアフロにした若い男性の店員が出てきた。

「プレゼントですか？」

「あ、はい。お見舞いに」

「いいですね。黄色いマリーゴールドの花言葉は『健康』なんですよ。あ、ちなみに『変わらぬ愛』ってのもあります」

若い男性の店員が意味ありげに笑う。相手が男性だと思っているのかもしれない。潤の顔が浮かび、「あ、男性とは限らないか」と思い直した後で潤の洗脳が効いている、と心の中で小さく笑う。

店員はマリーゴールドを何本か抜くと、手にした束を点検するように回し、「おまけしときますね」と言いながら一本足してくれた。先端にくるくると麻ひもを巻きつけて器用に結ぶ。

「これ、名前の由来は、聖母マリアからなんですよ。聖母マリアの黄金の花、マリーゴールド」

水で浸したティッシュとアルミホイルをつけながら言う。

「コンパニオンプランツとしても活躍しますしね」

「コンパニオン……なんですか？」

「プランツ、です。他の植物と一緒に植えると、互いの性質がうまく影響し合って病害虫がおさえられたり、元気に育つようになるんです」

「物知りですね」

店員はちょっと得意げに胸を反《そ》らした。

「でも黄色の花は、ちょっと要注意なんですよ。キリスト教では黄色は裏切りを意味するんで、『健康』以外に、『絶望』とか『悲しみ』って意味もあるんです」

「へぇ」と相づちを打ちながら、セロハンを巻く店員の手先を見つめる。

「リボンは何色にします？」

「あ、じゃあ、黄色以外で……」

店員は笑ってうなずくと、赤のリボンを巻いてくれた。

「でもね、この、選んでいただいたアフリカンマリーゴールドは大丈夫です。『逆境を乗り越えて生きる』って花言葉がありますんで、健康とセットにすれば無敵です」


花束を抱えて病院に向かって歩きながら、聡美のことを思った。

聖母マリア、変わらぬ愛、絶望、悲しみ……

いかなることに手を染めたとしても、我が子とは無条件に可愛いものなのか。聡美との面談で感じたもの、それは言葉にすると陳腐なほどの「無償の愛」だ。息子に愛を捧げ、裏切られてもなお愛に生きようとする……それは悲しいくらいの純粋な愛だった。なぜそんなにも無条件に子どもを愛せるのだろう。やはり自身が子どもを持たない限り、その感覚を体得することはできないのか……


マリーゴールドを病室にあったグラスに生けて、窓際のテーブルに置く。脳天気なほどの青空に黄色の花が鮮やかなコントラストを作り出す。病院のそばに公園があるので、窓の外に赤や黄色に色づいた葉が見える。これだけ周りに色彩があれば寂しくないだろうと、少しほっとした気持ちになった。

「いい眺めですね」

反応がないので振り返ると、聡美の顔から表情が消えている。心配になってそばに行くと、聡美がつぶやいた。

「……私たちの家も、公園に面していたんです」

消え入るような声だった。

「あの子は公園を通って帰って来てましたから、いつもその時間になると、公園を見下ろせる二階の書斎から見ていたんです」

伏せた目でじっと一点を見つめる。何かを語ろうとしている時の顔だ。ベッドサイドの椅子に座り、先を促すように軽くうなずく。

「五年生に上がった頃から、あの子が家に帰る時間がだんだん遅くなっていったんです。学校は毎日二時四十五分に終わるので、三時には家に着いているはずなんですが……それが三時半になり、四時になり、四時半になり……冬になるともう四時半でも薄暗くて、五時になれば真っ暗です。早く帰りなさいと言っても、放課後に部活や委員会の活動をしてたとか言うので、そういうものかと思っていました。ある時、買い物をした帰り、ちょうどあの子の学校が終わる頃だったので一緒に帰ろうと門の前で待っていたら、他の子達はどんどん出てくるのに、あの子だけ出てこないんです。学校の事務室に行って調べていただくと、もうとっくに帰宅したと……おまけに部活にも委員会にも入っていなかったんです。あの子がどこにいるのか不安になって、近所を探し回りました。どこにもいなくて、途方に暮れて家に戻ると、ふと戸外からあの子の声が聞こえたような気がしたんです。あわてて書斎に行って窓を開けて公園を見下ろすと、あの子が鉄棒の脇に立っているのが見えました。公園には同じ小学校の子ども達がたくさんいるのに、その子達と遊ぶでもなく、ただ突っ立ってぼうっとしているんです。そのうち暗くなってきて、他の子達は家に帰り始めました。公園に誰もいなくなると、あの子は公園の隅の草むらにしゃがみこみました。一人ぼっちの背中がさびしくて、なぜか涙が出たのを覚えています。何をしているかは見えませんでした。やがてあの子が帰ってきたので、お夕飯の時、何げなく訊いたんです。遅いと思ったら公園にいたのね、ずいぶん遅くまで何してたの、って。そうしたらあの子、何も言わずにものすごく冷たい目で私のこと睨みつけたんです。なんだか怖くて、それ以上は訊けませんでした。翌朝、あの子が学校に行ってから公園に行ってみたんです。そしたら……」

聡美が突然しゃべるのをやめて口を押さえた。

「大丈夫ですか?」

聡美の背中をさする。

「無理しなくていいですよ」

大丈夫です、と青白い顔で聡美が言う。

「あの子が昨晩何かしていた草むらに行ってみたんです。土が盛り上がっているところがあって、何か宝物でも埋めたのかしら、と思って近づいてみると、足のようなものが見えたんです。何か動物の足でした。小さな小さな足でした……私は怖くなって、何もせずそのまま逃げました。そして忘れようとしました。あの子に尋ねることもせず、夫に相談することもせず、学校にも言わず、そのままにしてしまったんです……」

嗚咽が漏れる。

「怖かったんです……もし、あの子が動物を殺していたらと思うと、怖くて怖くて……だから、きっとやさしいあの子のことだから、死んだ猫か何かを見つけて埋めてやったんだ、って思い込もうとしたんです。あの子が殺すはずはない。あの子に限って絶対そんなことはしない……本当はずっと……わかっていたんです。あの子が殺したんだ、って。でも、そこから目をそらして逃げた……逃げ続けたんです……」

聡美は両手で顔を覆った。

「ごめんなさい……本当にごめんなさい。私が勇気を出してあの時声を上げていれば……私のせいなんです。私のせいであの子があんなことに……七人もの子どもさん達が……本当に、本当に、ごめんなさい……」

枕に顔を埋《うず》め、肩を震わせて激しく泣きじゃくる聡美を前に、何も言えなかった。一体何を言えば聡美の心は楽になるのか。あの時こうしていれば、と後悔したところで過去は変えられない。失われた命も戻ってはこない。かけるべき言葉はなく、無力感だけが募った。

津牧から預かった手紙を持参していた。だが、今の聡美に見せることなどできない。山田徹人は反省どころか、自分がしたことを肯定している。聡美の罪の意識をさらに深めることになるだけだ。

だが、「それでも」と自問する。それでも、聡美は息子の手紙を読みたいと思うだろうか……そういえば、かつて聡美自身に言われたことがあった。

「子どもを育てたことのない人には、絶対にわからない」

その通りだ、と思う。

窓の外を見る。何枚かの赤く色づいた葉が木から離れ、くるくると回りながら舞い落ちていく。聡美は明日退院するという。だが、聡美の戻る家に彼女を待つ人はいない。むしろこの安全で眺めの良い窓辺にずっと居させてあげた方が良いのではないか……かける言葉もなく、ただ聡美の震える背中をさすり続けた。

昼食を告げるチャイムが鳴り、看護師がお盆にのせた昼食を運んできた。クリームシチューにわかめご飯。ほうれん草のおひたしに、申し訳程度の小さなプリンがついている。

「なんか、学校の給食みたいですね」

言ってから、小学校を想起させるようなことを言ってしまったことにはっとする。だが、聡美はじっとお盆の中の一点を見つめていた。

「わかめご飯、よく母が作ってくれたんです」

さんざん泣いた後だからか、聡美は澄んだ目をしていた。

「亡くなった母はとてもやさしい人で、私がテストで悪い点数をとっても、かけっこでびりっけつになっても、絶対に怒ったりしませんでした。私が落ち込んでいるのがわかると、その晩は、必ず好物のわかめご飯を作ってくれるんです。私の顔が輝くと、それを見ながらにこにこ笑っている、そんな母でした。あんな優しい母になりたいと、ずっと願っていたんです」

聡美の表情から明るさが消えていた。

「それが……晩年、母の入っていた介護施設を訪れると、いきなりご飯茶碗を投げつけられて……白米が私の顔にこびりついたのを見て、狂ったように笑うんです。認知症がそうさせているのだとわかってはいました。でも、私に向かって憎々しげに『あんた誰ね？　汚いなりで勝手に部屋に入らんといて！』と叫ぶ母を見ていたら、悲しみよりも怒りが湧いてきました。母はずっと、私のことをそういう風に見ていたんじゃないか。本当はダメな子って思ってたんじゃないか……気が付いたら私、床に散らばったご飯を拾い集めて、無理やり母の口に押し込んでいたんです」

　思わず息を呑む。

「いま考えると、あの瞬間、私に宿っていたものは狂気でした。一瞬にせよ、母に殺意を覚えたんです。あの後、記憶にふたをして、あれが一体なんだったのか考えないままやり過ごしてきました。でもあの時、自分が抱いた感情にきちんと向き合うべきだったと今は思っています」

　それから聡美は窓の外に目を移し、小さな枠に切り取られた青空を見て、まぶしそうに目を細めた。母にも、夫にも、息子にも理解されず、何も分かち合えなかった……聡美の孤独と悲しみが横顔から透けて見える気がした。

　やがて聡美は幾分明るい表情になってこちらを向いた。

「先生、私ね、きのういい夢を見たんです。運動会でかけっこをしていて、次はあの子の番なんです。ピストルが鳴って、みんなが一斉に走り出す。あの子は足が遅かったので、いつもびりっけつです。みんなとっくに走り終わって、六年生のお兄さんやお姉さんに連れられて一位とか二位の旗のところに座っている。でも、あの子はゴールを抜けると、そのまま小学校を走り出ていってしまったんです。校門を抜け、商店街を抜け、ビルの間を抜け、バスターミナルを抜け、原っぱを抜け、森を抜け……ずーっとずーっとどこまでもかけてゆく。自由に、走りたいだけ、思う存分かけていく。やがて町を一通りぐるっとまわってから、また小学校の校門をくぐって戻ってくると、あの子、いっぱいの笑顔でゴールするんです。みんながあたたかい笑顔で拍手してくれていて、あの子は誇らしそうにびりっけつの列に並んで、嬉しそうな笑顔で……ああ、そんな顔するのね、って、私嬉しくて嬉しくて、目が覚めた時もまだ笑っていました。あんなに嬉しかったことは初めてです」

目尻に滲んだものを指先で拭うと、聡美は半身を起こし、昼食の載せられたテーブルを脇にずらした。

「先生、先日お渡しした私の日記、覚えていらっしゃいますか?」

藍がうなずくと、聡美は真剣な目で言った。

「私を殺したいと思った彼女の気持ち、わかるんです。だから、責めようとは思いません」

そこで一旦言葉を切り、言葉を探すような間があった。

「ずっと、被害者のみなさんにお詫《わ》びできないままだったんです。怖かったんです。もう何をしても、息子が殺めた子ども達は戻ってこない。それなのに、加害者である息子は生きている。一体なんとお詫びをすればいいのか……どんな言葉をもってしても償えるものではないと思いました。そんな、どうしようもない、どうしたらいいかわからない気持ちをずっと書き綴《つづ》ってきたのが、あのノートなんです。彼女を責める資格は私にはありません。お詫びする資格もありません。わかって欲しいとも言えません。でも、できれば、ほんの少しだけでも、気持ちを知って欲しいんです。あのあと、どんな思いで生きてきたか……なるべく冷静に書いたつもりです。あのノートをご家族にお渡しください。読んでいただけなくても、破り捨てられてしまっても構いません。ただ、渡して頂くだけで大丈夫ですので……」

「それは私ではなく、弁護士の先生とか……」

「いいえ、ご家族をよく知っていらっしゃる先生だからこそ、お願いしたいんです」

藍が綾香の家庭教師をしていたことは、聡美が病院に運び込まれたあと、すでに潤が話していた。

「わかりました。お渡しする前に、私も読ませていただいていいでしょうか」

「もちろんです」

「綾香ちゃんが読みたいと言ったら、お渡ししてもいいですか?」

「はい、お願いします」

聡美のまっすぐな眼差しに押されるように、藍は小さくうなずいた。

§§

翌日、綾香の家を訪れると、出迎えた綾香が「ママいるよ」と小さな声で言った。うなずきながら、塔子の消えそうなほど頼りない姿を思う。

みずからの能力だけを頼りに、がむしゃらに生きてきた塔子。女性であるがゆえに、生きづらい場面も多かっただろう。だからこそ同じ性である綾香に厳しく接したのかもしれない。彼女がこの社会を一人で泳ぎ渡って行けるように。しつけと称し、綾香を叩くことをやめられなかった塔子……それは彼女自身の内面から噴き出した怒りの表出だったのかもしれない。

一方、何よりも息子の成長に心を砕いてきた聡美。彼女はもはや夫や社会から、一人の人間として扱われなくなったことに絶望を感じていたのだろう。だからこそ息子にこだわった。それは聡美にとっての代理戦争だったのではないか。

聡美と塔子、二人の女性が重なって見える。怒りと悲しみを裡に秘め、全力で走り続けてきた二人。張り詰めた糸を誰かそっと緩めてやることはできなかったのか。たった一人でも、「そのままでいいよ」と彼女たちに声をかけていたら、悲劇は起こらなかったかもしれない。

二人なら……

一縷《いちる》の望みをかけて、藍はかばんの口を開く。

「これ、お母さんに渡してくれる？」

「何？」

「おばさんから……そういえばわかる」

「あの人？」

綾香はきっと気づくだろうと思っていた。小さくうなずく。

「聡美さんの日記」

「私も読んでいい？」

綾香のまっすぐな目に、ゆっくりうなずく。加害者の親の手記だ。見せない方が良い、と言う人もいるかもしれない。だが、ものごとにはたくさんの側面がある。物語が被害者の視点からのみ語られる時、そこにあるのはとめどない悲しみと怒り、加害者に対する激しい憎悪だけだ。ひとたび向こう側に目を転じてみれば、そこには別の物語がある。両方がそろわなければ、物語は完成しない。加害者を産み育てた人の苦悩、悔恨《かいこん》、悲しみ……それを知ることは一時的に怒りを燃え上がらせることになるかもしれない。でも、物語の別の側面を知った時、人はもしかしたら、競いあい、傷つけあい、暴力で相手を支配しようとすることから自由になれるかもしれない……

そんなのは理想論だ、この日記を見せることで、果てなき報復の連鎖を生むことになるかもしれない。おまえはその責任を負うことができるのか。もう一人の自分の声が聞こえる。斗鬼に相談することも考えた。だが話してしまえば、何かあったときに斗鬼の責任も問われることになる。すべては自分一人が勝手にやったこと。責任はみずから負う覚悟だ。

信じたいのだ。いつか母親たちが互いの苦悩や悲しみを認め合い、分かち合い、慈しみあえる時が来ることを。そして綾香にも、二人の母親がたどった道のりを知ってほしい。母親たちが何に迷い、悩み、苦しんだか。そうすればきっといつか、そばにいる誰かに「そのままでいいよ」と言ってあげられる人になるのではないか……

綾香は藍からノートを受け取ると、そっと最初のページをめくった。

§§

六月三十日

あの日から三週間と少し。今日から日記を書くことにした。昨晩夫が家を出ていった。「全部終わりにしたい」そう言い残して。終わりになんかならないのに。この先一生続く苦しみは、始まったばかりなのに……そう言いたかったが、結局何も言えなかった。もう帰って来ないのかもしれない。そう思うと、不安で不安で何も手につかない。職場にも電話してみたが、三週間前に少し休ませてくれ、と連絡があったきり、その後は一切音沙汰がないという。夫の両親はもう他界しているし、事情を知らない親戚や知り合いのところに電話をかけることもできない。私にはもう、高齢者施設で暮らす半分ぼけた父しか残っていない。我が家は連日マスコミに取り囲まれている。昨日マスコミがいなくなった深夜、郵便受けを見に行くと一枚の葉書が入っていた。

「薄汚い交尾によって
怪物を生み出した
おまえら夫婦は
責任を取って
死ね」

あの子が逮捕されてから、こうした手紙がたくさん入っている。どうやって住所を割り出すのだろう。宛先の書かれていないものもある。郵便受けに直接入れに来たのだろうか。SNSはもっとひどい。目を背けてはいけないと、日々書き込みに目をこらす。あの葉書よりも過激な言葉で、誹謗中傷の言葉が書き連ねられている。

死にたいと包丁を手に取る。そのたびに玄関の呼び鈴が鳴る。猫なで声で「話が聞きたい」と言う。いっそ誰かに胸のうちを聞いて欲しいとも思う。でも、怖くて誰とも話せない。あの子はまだ、塀の中にいられて良かった。そんなことを思ってはいけないとわかっているけれど、そう考えてしまう。

どこか別のところに行きたい。誰も知らない、遠い遠いどこかへ……けれど、夫が帰ってくるかもしれないと思うと動けない。あたたかく迎え入れてくれる人の顔など一人も浮かばない。私は結局、夫の庇護《ひご》のもとにいることしかできないのだ。経済力もなく、一人で自活して生きていく勇気もない。夫に離縁されたら、この先どうやって生きていけばいいのだろう。自分はこんなにも無力で、こんなにも孤独だったのだと思い知る。あの子も、毎日そんな気持ちでいたのだろうか。

一体どう育てたら、あの子はあんな恐ろしい考えを抱かない人間になったのだろう。毎日そればかり考えている。いくら考えてもわからない。答えがあるのではないかと、またネットをのぞいてしまう。「親は責任をとって死ぬべきだ」という趣旨の書き込みばかりだ。本当にその通りだと思う。ああ、本当に一人きりでいると気が狂いそうだ。すきま風がたてる音すら怖い。孤独が身にしみる。誰でもいいからそばにいてほしい。

七月四日
連日の聴取が続く。夫が帰ってこないので、私がすべて引き受けなければならない。繰り返し何度も同じような質問が続く。頭がおかしくなりそうだ。
弁護士さんによれば、現行犯逮捕されたあと、あの子は「自分で死のうとしたが、死にきれなかった。大勢の子どもを殺せば死刑にしてもらえると思った」と言ったらしい。あの子のような心理状態を「悪性自己愛」というのだと教わった。自分に見合った評価を得ていない、他の人ばかりがほめられているように感じる……こんな嫉妬と絶望を抱いて生きていくくらいなら、いっそ死んでやるとまわりを巻き添えにする。つまり今回の事件は「拡大自殺」のようなものだと……事件後、報道でも何回かその言葉を耳にした。

「だったら他人の子どもを巻き添えにせず、一人で死ねば良かったのに」と世間は言う。でも、私にはどうしてもそう思えない。そう思うべきなのに。いっそ、自分の手で殺しておけばよかったと思うべきなのに。どうしても、あの子が死ねば良かった、とは思えない……

あんなひどい事件を起こし、七人の子どもを手にかけてしまった息子は、化け物と言われても仕方がない。頭ではわかっている。それでも、自分の胎内《たいない》から生まれ、大切に育ててきたあの子を、どうしても憎みきれない。現行犯逮捕と知っているのに、どこかで何かの間違いではないかと思ってしまう。私の甘さが、私の弱さが、あの子をあんな風にしてしまったのかもしれない……苦しい。苦しくて苦しくて、死んでしまいたいのに、私はこんな深夜に、頭の片隅で買い置きのカップラーメンのことを考えている。どうしてまだ何かを食べようなどという欲求が生まれるのだろう。死んでしまいたいのに、死ぬことさえできない。あの子もそんな苦しみを毎日味わっているのだろうか。

七月十二日
きょう警察の人から、「亡くなられた七人全員の名前を言えますか？」と訊かれた。どうしてもあと一人が思い出せず、結局何も言えなかった。うつむく私を、警察の人は冷ややかな目で見た。

大澤学園は、あの子に受験させた小学校だ。伝統校でありながら進学実績がいい。今考えると笑ってしまうけれど、あの子には医者になってほしいと願っていた。だから算数にはとりわけ力を入れた。それがいけなかったのかもしれない。もっと絵本を読んだり、音楽を聴かせたり、人の心が思いやれるような育て方をすべきだったのかもしれない。あたたかい家庭を築こうと思っていたのに、子ども一人も満足に育てられず、人から化け物と後ろ指をさされるような人間にしてしまった。死んでお詫びしたい。私が償えるものなら、今すぐ死んでお詫びしたい。でも私が死んでも、あの子が手をかけた子どもたち七人分にはならない。あの子と一緒に逝けるなら、今すぐあの子の首を絞めて、自分も一緒に死んでしまいたいと思う……

七月二十四日
あの子が小さかった頃の写真ばかり見ている。

一歳の誕生日。炊いたお米を花の形にして、にんじんペーストを挟んでケーキのようにしてやると、嬉しそうに全部食べた。

三歳の冬、サンタさんにもらった三輪車を家の前の道路で得意そうに乗り回していた。

五歳のお遊戯会《ゆうぎかい》。幼稚園のスモックを着て頭に王冠《おうかん》をかぶり、どこかの国の王さまの役をやっている。セリフを忘れてしまって大慌てだった。

六歳。お受験に使った家族写真。紺色のスーツ姿の夫と、同じく濃紺のツーピースを着た私の間に挟まれ、白いポロシャツに紺色のズボンをはいて、緊張しているあの子。

次の写真は桜の季節。写真の端に舞い落ちる花びらが写っている。薄い水色のジャケットよりも青ざめている私。あの子は下唇を突き出した不満そうな顔で「入学式」と書かれた看板の前に立っている。夫は入学式には来なかった。仕事を理由にしていたが、来たくなかったのだと思う。

小学二年生。どこかの釣り堀で釣った小さな鯉《こい》を前におどおどするあの子。そう、あの子は鯉から針をはずすことができないほど臆病だった。

小学校三年生。学校の遠足で、一人レジャーシートに座り、おにぎりを頬張る姿。まわりに友達はいない。横座りしたまま、不安そうな目でこちらを見るあの子……

それ以降、写真はほとんどない。休みの日もどこにも出かけず、模試を受けたり、塾の予習復習をさせていた。夏も冬も、長い休みはひたすら塾の講習に通っていた。思い出というほどのことも浮かばない。勉強漬けの毎日だった。

あの子が奇声を発し、体が本人も予期せぬ動きを見せるようになった時に、すべてを棄てて一からやり直すべきだったのかもしれない。でも、もう一度勉強を始めたのはあの子の意思だ。強制したわけじゃない。いや……私がそう教えたから、それが正解だと思い込んだのかもしれない。あの子が別の両親のもとに生まれていたら、結果は違ったのだろうか。けさ報道番組で、「教育虐待」という言葉を取り上げていた。私たちがしていたのは、それだったのだろうか。小学校や中学校受験を頑張らせることがそんなにいけないことだったのか。

私は、一体どこで間違えたのだろう。あの子はどうして壊れてしまったのだろう。母というのは、自分をなげうって子どもに無償の愛を与え続けるものだと思っていた。だから、一生懸命やってきたつもりだった。子育てを楽しいと思ったことなんて一度もなかった気がする。私は母親になるべき人間ではなかったのだ。もしも今、別の道を選べるとしたら、私はもう一度母親になることを選ぶだろうか。

八月三日
弁護士さんから、精神鑑定の結果を伝えられた。専門用語が難しくてよくわからなかったけれど、妄想性や非社会性などの人格障害はあるものの、責任能力があると判断されたそうだ。つまり、あの子は起訴され、死刑になる。あの子はもう、二度と私たちの元へは帰ってこない。二度とここへも戻ってこない。触れることもできない……死刑になるくらいなら、やはりあの子が一人で死ねば良かったのだ。そうすれば七人の子ども達の命はなくならずにすんだ。あの子一人が死んでいれば……なぜもっと早くこの手で殺しておかなかったのだろう。家に引きこもって、私に激しい暴力をふるっていた時に。

ああ、今すぐにでもこの手であの子を殺し、一緒にその場で死んでお詫びしたい。

どうか、ゆるして下さい。

どうか、どうか、あの子の罪を、ゆるしてやって下さい。

ああでも、あの子に会いたい。せめてもう一度だけ……

神様がいるのなら、どうか、最後に一目だけでもあの子に会わせてください。

八月五日
けさニュース番組が、元官僚がひきこもりだった四十代の長男を刺殺したと報じていた。もみあう中で何度もめった刺しにしているが、おそらく正当防衛になると専門家が解説していた。父親は警察に、引きこもりの息子が他の人を襲うのではないかと怯えていたと話したそうだ。あの子の事件を見て怖くなったのかもしれない。

こうなるとわかっていたら、それが最善の道だったのかもしれないと思う。子どもが事件を起こす前に、自分でけりをつけた父親は立派だと思う。私にはその勇気がなかった。

専門家は、もっと早く第三者に相談すべきだった、と語っていたが、こういう人には決してわからないのだろう。どうせ外部の人に話したって何も変わらないというあきらめ……いや、違う。本当は、あの子が世間から「異常者」の烙印を押されることが怖かった。ひとたび外の世界に扉を開いてしまえば、あの子は外の世界の物差しで判断され、「不適格」のカテゴリーに入れられてしまう。それが怖かった。

普通の子が欲しかった。普通に暮らし、普通の幸せを与えてくれる子ども……「普通」って何だろう。「普通」と「異常」の違いはどこにあるのか。世間に迷惑をかけないこと……大多数の人と同じ事ができること……私は「普通」だろうか。あの子はどうすれば「普通」でいてくれたのだろう。あの子はどこから「異常」になってしまったのだろう。どこに曲がり角があったのだろう。その角を曲がるきっかけを作ってしまったのは、やはり私なのだろうか……

八月十日
まもなく新盆《にいぼん》がやってくる。ご遺族の方が新盆を迎えられるまでに、なんとかお詫びしたい。でも、どうすればいいのだろう。「この場で死んで詫びろ」と言われても仕方がない。それでご遺族の方が少しでも救われるなら、そうしたい。

ご遺族に宛てて、お詫びの手紙を何通も何通も書いた。でも、あの子に会って、あの子の口から直接事件のことを聞くまでは、何を書いてもうわべだけの謝罪になるような気がして、どうしても封をすることができない。

手紙なんか書くより、亡くなられた七人のお子さんや、けがをされたお子さんの家を一軒一軒回るべきではないか、そうも思った。でも、怖い。責められるのが怖くて、あの子が会おうとしないことを言い訳に逃げている。遺族の方々に会うことを想像しただけで足がすくむ。ただただ怖い。あれからずっと逃げ続けている。あの子からも事件からもご遺族からも。弱くてずるくて汚い私……ごめんなさい。本当にごめんなさい。本当に、本当に、ごめんなさい。どれだけお詫びしても足りない。死んでお詫びしても、まだ足りないと思う。

あの子は何度拘置所に足を運んでも、一度も会おうとしない。あの子がなぜあんなことをしたのか、なぜ年端もいかない子ども達を傷つけたのか……会って、あの子の口から直接聞きたい。

あの子を追いつめたもの……それはきっと、他でもない私だ。私があの子を追いつめた。あなたはこうあらねばならない、他の選択肢はないと、ただ一つの道だけを示し、そこから外れることをゆるさなかった。あの子はいつも辺りを見回していた。どこかここではないところに自分の居場所があるはずだ、もっと楽になれる場所があるはずだと……それでも道を踏み外すことをゆるさず、ただ一つのゴールだけをめざして走り続けろと追いつめたのは、この私だ。わかっている。悪いのはこの私。私こそがすべての元凶だったのだ。私に対する怒りが、あの子を凶行に駆り立てた。あの子はなぜ私を殺さなかったのだろう。何の罪もない大勢の子ども達に手をかけるくらいなら、私を殺してほしかった。

ああ、それでも、あの子にひと目だけでいいから会いたい。冷たく硬い房の床に一人座るあの子を抱きしめてやりたい。そんな風に思ってしまうこと、本当にごめんなさい。本当に、本当にごめんなさい……神さまどうか、あの子の代わりに私に罰をお与えください。

第十四章　二人の母

「これ……」

　カウンセリングルームの椅子に腰を落ち着けると、塔子が手元のトートバッグから赤い革張りのノートを取り出した。

　聡美の日記を受け取り、じっと表紙を見る。聡美はなぜ赤いノートを選んだのだろう。塔子はしばらくカウンセリングルームに飾られた鉢植えの真っ赤なポインセチアを眺めて沈黙していた。キリストが誕生した夜、東の国で西の空に見えたベツレヘムの星。形が似ていることから、ポインセチアにはキリスト誕生の象徴として、「聖なる祈り」などの花言葉がつけられた。一方、その燃える炎のような真紅から「わたしの心は燃えている」という花言葉もある。聖なる祈りと、燃えるような心……それはどちらも聡美と塔子、ふたりの母親の心の内を表しているようにも思える。キリストが流した犠牲の血を象徴する赤。ノートの表面をそっと撫でる。

　塔子がささやくように言った。

「新盆のすこし前……」

　藍が問うような目をすると、塔子が日記を見つめた。

「八月十日の日に、あの人がこう書いているんです。『道を踏み外すことをゆるさず、ただ一つのゴールだけをめざして走り続けろと追いつめたのは、この私だ』って」

暗記してしまうほど、何度も読んだ。拘置所に行っても会おうとしない、山田徹人へのもどかしさが書かれている箇所だ。

「ああ似てるって、思いました」

「似てる？」

「綾香をあんな風にしてしまったのは、この私だって……当麻が生きていた頃、あの子が当麻の大切にしていたクマのぬいぐるみをずたずたにしてゴミ箱に捨てているのを見てしまったんです。衝撃でした。あの子は当麻のことを、そんなにも憎んでいたのかって……」

それは違う、と藍があわてて首を振ると、塔子はそれを制し、うなずいた。

「わかっています。あの子は当麻を憎んでいたわけじゃない。そうさせてしまったのは私です。この日記を読んで、わかったんです。この私こそが元凶だったんだって……」

そこで塔子はふいに口をつぐんだ。言葉を探すような沈黙が続く。やがてふっと口元を緩めた。

「私ね、ずっと二軍だったんですよ」

「二軍？」

意味がわからず、聞き返す。

「ええ、一軍、二軍、の二軍です」

うなずくと、「ちょっと昔の話になりますが」と前置きして、塔子は話し始めた。

「私の中学校にはヒエラルキーがあったんですよ。今で言うスクールカースト、かな。うちは兼業農家だったんですが、すごく貧乏で食べるのにも精一杯だったのに、私を私立の女子校に通わせてくれました。貧乏から抜け出す唯一の方法は学問することだって。古い考えですよね」

　塔子が自嘲気味に小さく笑った。

「偏差値は中の上。頑張れば東京の一流私立大学が狙えるかも、って程度の中堅校です。私のカテゴリーは、中学の三年間ずっと二軍でした。親が裕福だったり、容姿が良かったり、一軍には、もともと『持ってる子』しか入れないんですよ。遠慮のない子どもの世界ほど、持つ者、持たざる者の線引きがはっきりしてるんです。うちのクラスの一軍は八人いたんですけど、みんなおしゃれですごく可愛くて、親が金持ちでした。文房具とかサブバッグとか、ちょっとしたものでわかるんです」

「そういう感じ、なんとなくわかります」

　藍が言うと、塔子は小さくうなずいて続けた。

「二学期の途中で、二軍から二人、一軍に上がったんです。一人はすごく可愛くて家がお金持ちの子でした。もう一人は、いじられキャラ。一軍のお笑い担当です。ああそうか、ああいう風に振る舞えば一軍に入れるんだ、と思って高校に上がってマネしたら、一軍に入れました。もう嬉しくて嬉しくて、毎日おもしろいことを言ったり、ボケたりしていじられてました。でも、そういうのってインフレ起こすんですよね。とにかく毎日、何かおもしろいネタを探してました。休み時間に騒ぎ、授業中にわざと変な発言をして……一軍のメンバーは悪口も大好物なので、誰かの悪いところを探しては、盛りに盛っておもしろおかしく話して……

次第に、私はいつも周囲のご機嫌をうかがうようになっていきました。どうすればずっと一軍にいられるのか、そればかり考えるようになったんです。ボケ役なので、授業中もおかしなことを言わないといけないし、成績は急降下、人の粗探しばかりして性格は悪くなるし、卑屈になるし……次第に自分の人生にも、自分自身にも価値がないって思うようになりました。いつしか疲れ切って一軍を出たんです」

「自分から出たんですね」

「ええ。もちろん足抜けしたことで陰湿な嫌がらせにはあいましたが、もういいやって。私はちゃんと勉強して、人生の一軍を目指すんだ、って決意したんです。でも、それはとても孤独な日々でした。

だから、綾香だけは何もしなくても一軍にいられる子に育てようと思ったんです。親が裕福で、名の通った私立に通っていて、可愛くて勉強もスポーツもできて……全てはあの子のために良かれと思ってやってきたんです。

この人も同じ気持ちだったんじゃないかと思うんです。良い学校を選び、お尻を叩いて受験を頑張らせたのは、すべて子どものため……そこに親のエゴが潜んでいるなんて気づかない……私、今になってようやくわかったんです。私は綾香に、自分ができなかったことを叶えさせようとしていた。この人もきっと……そのただ中にいる時には、それが自分のエゴだなんて思いもしないんです」

それから口をつぐみ、藍の手にした日記帳をじっと見た。

「もしかしたら、この人は私だったかもしれない」

小さく息を呑む。つぶやいた塔子の表情は、まるで憑きものが落ちたかのようにさっぱりとしていた。何かを見いだした者だけが手にする、余分な力の抜けた軽やかさ……。

もしかすると、成功も失敗も、幸せも不幸せも、すべては紙一重なのかもしれない。風が吹けば簡単に入れ替わるくらいの、カードの裏表。

「私、ずっとこの人に会いたいと思っていたんです。犯人の山田徹人ではなく、母親に会ってみたかった」

「……復讐のため、ですか」

「そうかもしれません。でもそれだけじゃない。この人に会って、直接訊きたかったのかもしれません。あなたの息子はなぜあんな事件を起こしたのか。私の息子はわずか八歳で、なぜ、あの日、あの場所で死ななければならなかったのか……」

塔子の目から涙が溢れた。涙はあとからあとから溢れ、塔子の薄い水色のスカートに丸い模様をいくつも作った。

「まだ、会いたいと思いますか」

「いいえ、この人に直接会おうとは思いません。会えばきっと、負の感情が溢れてしまうから。私が今思っていることも、きっとこの人を前にすれば泡のように消えてしまう……」

何かから身を守ろうとするように体を折って前後に揺らす。

「当麻はもう、戻らない。何をしても生き返りはしない。この人がどんなに自分を責めても、山田徹人が悔い改めても、当麻は二度と戻ってこない。あの子の澄んだ目、抱きしめた時のやわらかさ、甲高い声、楽しそうな笑い声……思い出すたびに、全身を切り刻まれるようで……

どうしても許せないんです」

さらに激しく体を揺らす。

「あの子を返して」

揺れはだんだんと小さくなり、最後に小さくつぶやいて塔子は机の上に突っ伏した。

「返して……」

胸の奥底から絞り出されるようなつぶやき。塔子は被害者の、聡美は加害者の母親だ。深い谷のあちら側とこちら側にいて、二人のベクトルが交わることは決してない。それでも、塔子がほんの少し触れたもの、確かにそこにあって、塔子の心の扉を叩いたもの。一陣の風が吹いて、別々の方向を指し示していたはずの道標がほんの一瞬だけ交わった瞬間……「この人は私だったかもしれない」と塔子は言った。黒と白とが一瞬混じりあって、グレーのグラデーションを描き出した、その奇跡のような瞬間を信じたい。ゆるすとかゆるさないとか、そんな単純な結論に行き着くことは、この先もないかもしれない。それでも相手を知ることは、知らなかった時とはまるで違う何かをもたらす気がする……ずっと心に引っかかって、もつれていた糸がほどけた気がした。

「実は私、ある人にカウンセリングをしていて言われたことがあるんです。子どもを育てたことのないあなたにはわからない、って」

通常、他のクライエントのカウンセリング内容を第三者に話すことはない。だが、敢《あ》えて禁《きん》忌《き》をおかした藍の真意を、塔子はわかってくれる気がした。

「でも今、そうじゃないって思いました。わかるんです、きっと……人間には想像力がある。

私には、自分が子どもだった頃の記憶も、大切な人を亡くした記憶もあります。形は違えど、人の痛みや苦しみを自分のこととして想像する力が人間には備わっている……そう信じたいんです」

信じている、とは言えなかった。信じたい。いつかきっと、互いの痛みや苦しみを想像し合い、争うことのない世界を作ることができると信じたい。人と人とを隔《へだ》てる深く険しい谷を越えられるものがあるとしたら、ただ一つ、想像力ではないか。想像の翼を広げることで、人はいつか、互いを隔てる深い溝を越えることができるかもしれない……

「綾香ちゃんは、誰よりもお母さんのことを一番に考えています。辛抱強くお母さんが部屋から出てくるのを、ずっとずっと待ち続けていました」

「……知っています」

それから塔子は遠い目をして窓の外を見た。

「昔、一度だけ家族で山登りをしたことがあるんです。まず最初に、一番小さな当麻が音をあげました。それから私。私たちがリタイアした後も、最後まで歯を食いしばって綾香は登り続けたって、夫が言っていました。あの人の、不器用だけど辛抱強いところを綾香は受け継いだんだと思います。だから、こんな私をずっと待っていてくれた……」

塔子はしばし目を閉じていたが、やがて目を開け、顔を上げると言った。

「藍先生。この人に手紙を書いてもいいでしょうか？」

予想外の言葉にとまどう。

「会うことはできなくても、この日記を読んで思ったことを伝えたいんです。この人の日記に、

『もしも今、別の道を選べるとしたら、私はもう一度母親になることを選ぶだろうか』っていう一文がありました。私自身、何度も同じことを思ったんです」

塔子と聡美には、途中で別の道を選ぶ自由も、来た道を後悔する自由もなかったのかもしれない。自らについて話す言葉を奪われ、「母性」の枷《かせ》をはめられたまま、ずっと息苦しさの中で生きてきた。塔子の思いは、社会が母性の名のもとに、母親たちに背負わせてきた重荷と同じ重さなのかもしれない……塔子の真剣な眼差しを正面から見つめ返す。

「わかりました。私の一存で決められることではないので、少し時間をください」

塔子は小さくうなずき、それからふっと窓の外に視線をそらした。

「ずっと……あの奇妙なマークのことを考えていました」

「マーク……綾香ちゃんが描いたマークですか？」

「ええ、綾香がこの人に刃を向けたことを知って、ようやくわかったんです。あの子はそこまで追いつめられていたんだって……このカギ十字を見て、自分の罪の重さにようやく気づきました」

塔子が言葉を切って、目を伏せた。藍は塔子の震える手を見ていた。この手で、綾香は何度も打擲《ちょうちゃく》され、震えながら母親の顔を見上げたことだろう。だが一方で、その手は綾香にとって、どこまでも切ないあこがれの象徴だった。この手に抱きしめられ、髪や頬をなでてもらうことを、どんなに心待ちにしていたことか……

「当麻君が亡くなった後、お母さんの愛情は当麻君一人に向けられるようになった。その寂しさや怒りを、犯人の母親に刃という形で向けたのかもしれません。綾香ちゃんはきっと、他の誰でもないお母さんに気づいて欲しかったんだと思います。綾香ちゃんは自傷行為を繰り返してきました。自分を大切なものだと感じていないんです。綾香ちゃんは言ってました。むしゃくしゃして友達をいじめたくなったりするけど、そういう時には自分の腕を切るんだって」

「どうして……」

「お母さんが人に迷惑をかけちゃダメだって言ったからって。これなら誰にも迷惑かけないでしょって……綾香ちゃんは本当にお母さんが大好きなんです。手首や腕の傷は、『私を見て』という綾香ちゃんの心の叫びです」

言葉を切って、息を吸い込む。きちんと伝えたい。今、塔子に伝えなければいけないこと。

「綾香ちゃんを、受け止めてあげてください」

鞄の中から二つ折りにしたレポート用紙を取り出す。

「これは、私が綾香ちゃんに書いてもらったものです。聡美さんの日記を読んで、書くことが彼女の救いになっていると感じました。だから、綾香ちゃんに、何でもいいから今思っていることを書いてごらんって、言ったんです」

塔子は震える手でそれを受け取り、そっと開いた。

「ママへ
当麻に会いたいよね。
綾香もすごく会いたいです。

当麻のかわりに、綾香が死んじゃえば良かった。

ごめんなさい。

ママもきっとそう思ってるよね。

本当にごめんなさい。

ママはずっと、ずっと長生きしてね。


綾香」


塔子が声にならない声を発し、紙の上に突っ伏した。

「これが、綾香ちゃんが一番伝えたかったことなんです」

塔子の背中が小刻みに揺れ、嗚咽が漏れる。藍は塔子のそばにひざまずき、塔子の全身をやわらかく包み込んだ。

「ずっと綾香ちゃんのそばにいてあげてください。私もそばにいます。私たち一人一人は無力でも、みんなでスクラムを組んで綾香ちゃんを見守りましょう。何があってもほどけない、強いスクラムで」

そう、私たちは無力だ。ただ困っている子どもと一緒におろおろして、子どもたちが自らの力で立ち上がるのをそっと見守る、それくらいしかできることはない。それでも、そばにいる……

藍は静かに立って、カウンセリングルームの扉を開け、外に出た。

隣のカウンセリングルームのドアをノックして開けると、小さな声で呼びかける。

「おいで」

綾香が立ち上がった。藍の後についてカウンセリングルームに入る。

気配に気づいた塔子が顔を上げた。部屋の入り口に綾香を見つけて立ち上がる。次の瞬間、塔子が駆け寄って、綾香を抱きしめた。驚いたように目を見開いていた綾香は、やがて安心したような顔でそっと目を閉じた。

ママ、大好き。

心の声が聞こえる。母のぬくもりに包まれて、綾香の薄いまぶたから透明なものがしたたり落ちた。塔子の手は震えを止め、やさしく綾香の背中を撫でていた。

§§

斗鬼の部屋を前に、藍はまだ迷っていた。一介の臨床心理士にすぎない自分が、加害者の親に、被害者の親の手紙を渡す、そんなことが許されるのだろうか。互いの心に触れることで、二人は救われるのか……。扉を開けようと取っ手に手をかけたところで、中からドアが開いた。電気ケトルを持った斗鬼が立っていた。

「入りなさい」

斗鬼は手にしていたケトルをデスクに戻し、藍にソファを勧めた。藍は腰掛ける前に斗鬼に向かって深々と頭を下げた。

「ありがとうございました」

「何のことでしょう」

「原口カメラマンのことです。津牧記者から聞きました。警察から任意の事情聴取に呼ばれたと」

「あれから何も言って来ていませんか？」

「はい。本当にありがとうございました。先生が手を回してくださったと……」

「前にお話しした女子大生の件で、私も以前、警察にお世話になりましたから。あの時の担当者が、今うちの管轄《かんかつ》の署長になっているんです。あなたは運がいい」

斗鬼が座ったので、藍もソファに腰を下ろした。

「で、今日は何でしょう」

「実はご相談があって……」

藍は聡美と綾香、塔子のその後の顚末《てんまつ》を語り、さらに塔子が聡美に手紙を渡したがっていることを伝えた。

斗鬼は藍の話を目を閉じて聞いていたが、やがてゆっくりとした動作で立ち上がった。CDがぎっしり詰まった棚に近づき、その上に飾られていた二枚の額縁をそっと壁からはずす。そこに絵があったことはなんとなく認識していたが、部屋を出た瞬間、それがどんな絵だったか忘れてしまう、そういう種類のあまり印象に残らない絵だった。斗鬼はとても大切なもののように両手で捧げもち、そのうちの一枚を藍に手渡した。

「Grauwald、『グレイの森』という作品です。いや『灰色の森』かな。日本語でどう訳されているかわからないんだが、僕はこれがたまらなく好きでね」

紙焼きされた写真に森が写っている。ブナや白樺《しらかば》などの植生から見ると、どこかヨーロッパの森だろうか。日が差し込まない森は全体的に薄暗く、さらにその大半が灰色の絵の具で塗りつぶされている。じっと見ていると、森の奥から何か不穏なものが彷徨《さまよ》い出てくるような気がして落ち着かない。

「なんだか不安になります」

「そうかもしれません。東ドイツ出身のゲルハルト・リヒターという人の作品です。壁ができる直前に西ドイツに渡った。塗りつぶされて見えない部分が、かえって想像力を掻きたてるんです」

斗鬼がもう一枚の額縁を手渡した。

「こちらは『ビルケナウ』。本当は幅二メートルの巨大な作品です。ユダヤ人の強制収容所でひそかに撮られた写真のイメージに絵の具を重ねて描かれている。ホロコースト、というものを追求した作品です」

黒と白が混ざり合って塗りたくられた上に赤いしぶきが飛び散って、抽象画なのに、見る者に潜在的な恐怖と、同時に残忍さとを呼び覚ますような絵だ。

「森、というのはドイツ人の精神に深く根を下ろしたとても神聖なものなんです。祖先のゲルマン民族は森の民、とも言われている。ドイツ人の精神を束ねる支柱のような存在と言ってもいい。ドイツ特有のブナの木の森は、ドイツ語でブーヘンヴァルト。かつて同じ名前の強制収容所があった。この二つを見ていると、人間の心に潜む闇を見せられているような気がしてくるんですよ」

「心に潜む闇……」

藍がつぶやくと、斗鬼はうなずいた。

「長い人生のうちに、自分ではなすすべのない物事に直面することがある。そういう時、人は神仏にすがり、祈りを捧げ、自らの心の内をのぞいて問いかけてきた。なぜこんなことが起こるのか、人は何のために生きるのか……自分の心の内や、人生の深淵《しんえん》をのぞきこむ。芸術もこうした営みのひとつです。見ることのできない世界を目の前に現出させ、自分だけでは到達できない領域へと誘う」

斗鬼の言いたいことがつかみきれない。

「この森をごらんなさい。森の大部分を塗りつぶしているこの堂々とした灰色は、二律背反《にりつはいはん》だ。人間の心というものは黒と白の二律背反に満ちている。あちらを立てれば、こちらが立たない。クライエントはそのような二律背反のなかに立ちすくんでいるんです。あちらかこちらか、早く決めようとすると、どちらもだめになる。なぜ二律背反に陥るのかじっくり考えて、なんとか糸口をつかもうともがき苦しむ過程のなかで、ようやく解決の糸口が見えてくる。クライエントとあなたが丸ごとぶつかり合う中でしか、見えてこないんです」

「どういうことでしょうか。先生はいつも答えを教えてくださらない……」

藍が言うと、斗鬼はもう一度「グレイの森」を眼前に掲げてじっと見つめた。

「灰色という色はどこまでいっても曖昧です。それは同時に、受け止める余地を残してくれているということでもある。不完全を認め、人間が曖昧なグレーであることを許容している。クライエントが百人いれば百通りの、治療者が百人いたら百通りの答えがある。掛け合わせたら無限大だ……『正解』は簡単には手に入りません。正解のない世界を生きる勇気、それを、この『グレイの森』は表しているんだと思います」

正解のない世界を生きる勇気――。

「つまり、正解なんてどこにもない、ということでしょうか」

斗鬼は深くうなずいた。

「正解は人を落ち着かせてくれるし、一見、物事がきちんと前に進んだようにも見える。でも、安易に『正解』に飛びついてはいけない。あなたは以前、言いましたね。『自分はだめだ、人間の心がわからない。この仕事に向いていない気がする』と。私は、人間の心がいかにわからないか、骨身にしみてわかっている者こそが、心の専門家にふさわしいと考えています。わかった気になって答えを導き出す、それは心という怪物と対峙《たいじ》することから逃げることです。それは本当に正しい答えなのか、面倒でも苦しくても、考え続けることでしか道は開けない。答えはあなたの中にある、ということです」

斗鬼の手の中にある二枚の絵にじっと見入る。

「これ、もう少し見ていてもいいですか?」

斗鬼はわずかに頬を緩めながら差し出した。

「傷をもっている人に共感し、寄り添える人によって心理療法は成り立っているのです。大変なエネルギーのいる苦しい仕事です。『自分はだめなんじゃないか』と悩み続ける姿勢を忘れないでください」

深い森の奥のような色を湛えた目がまっすぐにこちらを見ていた。

あなたの答えを探しなさい。
そっと背中を押してくれた気がした。

終　章

　ニュースは朝から小春日和だと伝えている。爽やかな晴天だというのに、二人とも朝から一歩も外に出ていない。かといって二人で何かを一緒にしているわけではなく、ランチにパスタを作って食べた以外、潤はずっとタブレットで何かを見ているし、藍は藍で音楽を聴きながらミステリーを読んだりと、お互いにそれぞれの時間を過ごしている。

　しばらくすると、台所で何かしていた潤が、ルビー色のワイングラスを手に戻ってきた。ソファに寝そべって本を読んでいた藍が目を上げる。

「もう飲むの？」

「おやつってことで」

「まだ二時だよ。それ何？」

「ポートワイン。実家から送ってきた」

「ふーん、甘いの？」

「うん、これはルビーポートだから結構甘い」

　一口含んでから、「食う？」とレーズンバターの箱を持ち上げて見せた。

「うわ……甘いのに甘いの」

藍がぞっとした顔を作ると、潤がグラスを手にしたまま、ソファに来てタブレットを開いた。

「さっきから何見てるの?」

「BBCのドキュメンタリー。なぜ人は戦争をするのか、って話」

「へえ、なんでなの?」

藍がミステリーを伏せて聞くと、潤が顔を向けた。

「戦う時って、どのホルモンが関係してると思う?」

「うーん、アドレナリン?」

「って思うだろ?」

「うん、興奮したり、攻撃的になったり」

「ところがさ、オキシトシンなんだって」

「え、愛情ホルモン?」

「そう。オキシトシンにはダークサイドがあってさ、ねたみの感情が強くなって排他的になるんだよ。自分の属する集団を優遇し、他の集団を攻撃する。だから戦闘が起きる。出産後の母グマが凶暴なのは、オキシトシン濃度が高いかららしい。愛情が深ければ深いほど、攻撃も激しいんだと。愛と憎しみは裏表、同じ物質が出るんだそうだ。母の愛、ってのも怖いよな。オキシトシンが出過ぎると、愛が暴走する」

「愛も憎しみも、出元は同じ物質なんだ」

「そう、根っこは一緒ってこと。正義も悪も、愛も憎しみも、天使も悪魔も、みんな同じ。堕天使ってのがいるけどさ、神から追放されて、その悲しさや寂しさから悪魔になっちゃったわけだ。神を愛すれば愛するほど、悔しいから堕落してやる、って感じ？　愛情こじらせ系。案外性根は悪くないのかもな」

なぜか山田徹人の顔が浮かぶ。

「つまり、天使も悪魔も、両方自分の中にいるってこと」

ワイングラスを傾けながら、潤が得意げに言う。

その時、そばに置いていたスマホが震えた。ごめん、と片手で潤にジェスチャーして、通話ボタンを押す。

「もしもし、水沢です」

少し逡巡するような間があった後、小さな声が聞こえた。

「……あの」

跳ね上がるように飛び起きてソファに座り直す。あれから一か月。日記を返そうと何度か電話したが、誰にも会いたくないと言い張り、日記を郵送しても、何の連絡もないままだった。

「聡美さん！」

「もし差し支えなかったら、また、藍先生のところに伺いたいのですが……」

勢いよくうなずいてから、気づいて声に出す。

「はい、もちろんです！　いつでも来て下さい」

「あと……行方がわからなかった夫からようやく連絡が来て、私たち、離婚することにしたんです。それで、先生に証人の欄にサインして頂きたくて……」

「もちろん、大丈夫ですけど……」

不安が声に滲んだのだろう。聡美が気を回して付け加えた。

「離婚は、私の意思です」

そうか、と納得する。聡美はついに、自分の名前を取り戻すことに決めたのだ。妻として、母親として、ずっと自分自身の存在を消して生きてきた、聡美の新たな人生の一ページ。

「あ、でも名前は山田のままにします」

なぜ、と問いかけそうになって思いとどまる。起きた事は帳消しにできない。山田徹人の母親であることを、これからもずっと引き受けていくということなのだろう。自身の人生を生き直す聡美の覚悟を見た思いがした。マイナスからのスタートかもしれない。それでも這いつくばるように生き抜き、再び立ち上がって歩き出そうとしている。そのことは希望の萌芽に違いない。願わくば、彼女をあたたかく受け止める社会でありますように。

見守る潤の目に出会い、小さくうなずいた。

「聡美さん、良かったら、週明けクリニックに来て下さい」

「はい、伺います。実は……」

聡美が一旦言葉を切った。

「あの、お会いしてからお話ししようと思っていたんですが、やっぱり我慢できないのでお伝えします。実は、早見塔子さんから……当麻君のお母さまから、お手紙をいただいたんです」

「はい」

静かに答える。塔子に送り先を教えたのは自分だ。

「ノートを読みましたって……嬉しくて、とにかく先生に一番にお伝えしたくて。次にお会いする時、持って行きます」

思いが溢れ、無言のままうなずく。

「それと……もう一つお願いがあるんです」

言いにくそうに口ごもる。

「何でも言ってください」

今なら何でもできそうな気がする。

「誰かに、取材していただきたいんです」

「取材……聡美さんを、ですか？」

「はい。藍先生からいただいた、息子の手紙……」

言葉が出ない。聡美はあの手紙を読んでどう思ったのだろう。

「手紙を読んで、私が思ったこと、今の気持ち……知ってもらいたいんです……だから、もし、先生がどなたか記者の方をご存知でしたら……私のところにたくさんの名刺やお手紙が来たのですが、どなたにお話しすればいいかわからなくて」

それなら、いる。信頼出来る人が。

「次回いらっしゃった時にご紹介します」

「ありがとうございます」

壁に貼ったカレンダーに目をやり、ひらめくものがあった。

「あ、そうだ。聡美さん、来週の土曜日に来ていただくことはできますか？」

「はい、大丈夫ですけど……」

「クリニックのあと、ちょっとお連れしたいところがあるんです」

来週土曜日は月に二回のみもざ食堂だ。色鮮やかなミモザ。長い冬が終わり、春の訪れを告げる「幸せの花」。一つ一つの花は繊細で光の粒のように美しい。ミモザ色のエプロンをつけた聡美が料理の腕をふるうところを想像する。茶碗によそった湯気を上げる真っ白なご飯とあたたかいお味噌汁。子どもたちと囲む食卓は、聡美の乾ききった心をやわらかく包んでくれるだろう。

そのまますぐに津牧の番号を呼び出した。ただの独りよがりかもしれない。でも、兄が遺した優しさのひとかけらでもこの世界に返せたら、と思う。津牧は喜んで聡美さんにお会いする、と言った。自分を選んでくれて感謝する、とも。カメラが必要だったら原口さんで、と藍が言うと、津牧は驚いたように一瞬沈黙した後で、「ありがとうございます」と静かな声で言った。

電話を切って、胸一杯に大きく息を吸いこむ。ずっと探していた。二人を救う糸口になる、大切なパズルのピース。自分が見落としている何か……それは、「もうひとつの声」だった。片方だけを見つめていた時には気づかなかった、もうひとつの声。互いが響き合った時に初めてパズルは完成し、一つの絵を描き出す。それは、あの「アジール」の情景にも似たおおらかな絵だ。ミルク色の靄に包まれた砂色の古代遺跡の町で、雲間から差し込む太陽の光に鈍く光る、やわらかな曲線を描く金色のドーム。誰もが必要とする、自分だけの居場所――。

はっとして机の引き出しを開ける。山田徹人の手紙のコピー。震える手で、最後のページをめくる。いくつもの節をもつ、ムカデのような、ザリガニのような生き物……

　幼いころ、受験のために動物の工作をいくつも作り続けた山田徹人。彼の世界は、いまだにあの時のままなのではないか。これは古生物の最強ハンター、アノマロカリスだ。強くあれ、常に最強の捕食者たれ、と両親に、社会に刷り込まれてきた山田。聡美の姿を思い浮かべる。いかなる時も手放そうとしない、つやつやと光る黒革の鞄。もしかしたら聡美の時間も、あの頃のまま止まっているのではないか……山田徹人と母親の聡美。離れていても、二人はつながっている。最後のあたたかな記憶の中に、互いの姿をつなぎ留めようとしているのかもしれない。


　窓の外を見る。大丈夫、太陽はてっぺんから少し降り始めたばかりだ。まだ間に合う。

「ねえ、潤。ちょっと行きたいところがあるんだけど、つきあってくれる？」

「うん、いいけど、どこ？」

「行けばわかる。ほら、立った立った」

　藍がせかすと、潤が苦笑いしながら「よっこらせ」と立ち上がった。

§§

　窓外に見慣れた景色が広がる。同じ私鉄の沿線、実家の四つ先の駅に大澤学園はある。塔子から、記念碑が建立されたので是非見に行ってやって欲しいと言われていた。夢と希望に満ちあふれ、明日を生きることに何の疑いもなく過ごしていた子どもたち。その命が無残なかたちで突然絶たれた場所……自分にはまだその資格がないと、ずっと避けていた。

電車で四十分。着くまでの間、潤にすべてを話した。綾香のこと。聡美の日記のこと。塔子のこと……潤は目を閉じて、何も言わずにずっと聞いていた。

「でもね、聡美さんとこれだけ話しても、まだわからないんだ。親にあれだけ凄惨《せいさん》な暴力をふるい続けた山田徹人が、なぜ両親を手にかけなかったのか」

潤は少し考えた後、ゆっくりと口を開いた。

「答えになるかわからないけど、俺、斗鬼クリニックに来る前、アメリカで犯罪加害者の更生プログラムの研修受けたんだよ。その時にさ、無差別の銃乱射事件起こした犯人の親に来た手紙見せてもらったんだ。中にはもちろん非難する内容のものもあるんだけど、けっこうな割合で『ちゃんと更生させてください』みたいなことが書いてあるんだよな。あっちには、親は親、子どもは子どもって線引きがあるから、そんなに社会的なスティグマにならない。日本ではさ、『家族の連帯責任』って意識が強いから、犯罪者を出した家族は、職場とか学校とか近隣住民から白い目で見られて、徹底的に社会的制裁を受ける、みたいなところあるじゃん。犯罪加害者の家族が生きづらい国だと思うんだよな。だからこの国で無差別殺傷事件を起こせば、家族を生きながらにして地獄に叩き落とすことができる。本人からすれば、最高の復讐になると思ったんじゃないか」

聡美の自宅に投函されていた手紙を思い出す。

「薄汚い交尾によって怪物を生み出したおまえら夫婦は責任を取って死ね」

聡美の自宅には、こうした手紙や電話が数え切れないほど来たという。事件に関するネットの書き込みはもっとひどかった。まさに罵詈雑言《ばりぞうごん》がこれでもかと並ぶ。「おまえらは生きていてはいけない、制裁を受けろ、怪物は死ね……」正義漢気取りで、山田徹人への死刑や聡美たち親への制裁を叫ぶ。もちろん山田徹人のしたことに一分《いちぶ》の理もないことはわかっている。だが、彼らが「死ね」と叫ぶ時の形相は、山田徹人がナイフを振るった時の表情とどこか似ている気がして、薄ら寒いものをおぼえる。誰しも、心の中にはグロテスクなものを抱えている。目に見えないそれが形をもって動き出さないようにするには、どうすれば良いのか。

聡美が営んでいたのは、決して「怪物」を生み出すような家庭ではない。マイホームを持ち、父親が真面目に働き、常識的な母親がちょっと厳しくしつけをした、その程度の家庭はどこにでもある。子どもを「理想の人生」のレールにのせようと、ちょっと頑張った、頑張りすぎた……「理想の家族」へのこだわりが強く、そこに生じたほんの少しのゆがみが許せず、負のエネルギーをため込む……どこでも起こり得る話だ。

おそらくみんな怖いのだろう。「普通の家庭」から犯罪者が生まれること。完璧な家庭など、どこにもない。すべての家庭が犯罪者を生み出す可能性があり、自分の中にも常識という名の狂気がひそんでいるかもしれないこと。だから、怪物を出現させてしまった家庭を激しく攻撃するのかもしれない。「うちはちがう、うちはちがう、うちはちがう」と心の中で叫びながら……。

「正義感って怖いよね」

「うん。カミュがさ、生涯こだわり続けた『正義』ってものについて、正義には、正しさと同時に心の温かさも含まれなきゃいけない、みたいなことを言ってるんだよね。『正しさ』だけで正義を語り、不当なことを繰り返してきたのが人間の歴史だって。祖国フランスと、生まれ育った故郷アルジェリアとの間で起きた戦争を経験したカミュならではの実感だったんだろうな」

「死刑も根っこは同じって気がする。そこにあるのは正しさだけ。目には目を、って理屈は怖い」

「『罪なき者、まず石を投げうて』ってキリストは言ったけど……テロも死刑も戦争も、他の命を殺める資格のある人間なんかどこにもいやしないってことだよ。悪いことをした人間は殺されても仕方ないって考え方は、結果的に正義の暴走をゆるす気がする」

車窓から差し込む午後の光が潤の高い鼻梁《びりょう》に当たって影を落としている。

「いつか、山田徹人も気づくのかな」

藍の発した問いは曖昧だったが、潤は確かな声で答えた。

「気づくさ。自分が敵を見誤ったってこと。かつての自分と同じような境遇の子どもたちの未来を奪ったこと。自分が何をしてしまったのか。いつか本当の意味で理解する時が来るよ、きっと」

その時、山田は生まれて初めて悔恨の涙を流すのだろうか。

大澤学園が見えてきた。新聞で見た山田の不安げな目を思い出す。どうかその瞬間が、山田が生きているうちに訪れますように。目には見えない何ものかに祈る。

§§

大澤学園に着くと、記念碑のある場所をめざした。学校の周囲には、子どもたちが自然を観察するための林が広がっている。モニュメントはその一角に建てられているという。事件現場の周りにはフェンスが張り巡らされ、中に入れないようになっていた。学校の門の前に貼られていた案内図を頼りに、自然観察林へと向かう。

林の奥、人通りのない静かな場所に記念碑は建っていた。正方形の台座にのせられた球体のモニュメント。案内板によれば、永遠に続く友情の連環をイメージしたものだという。大理石でできた記念碑には、亡くなった児童一人ひとりの名前が刻まれていた。

「ここで七人の尊い命が奪われたことを、わたしたちは決して忘れません。すべての子ども達にとって、安全で安心で幸せな学びの場となることを願い、ここに記念碑を建立します」

記念碑の前には花束やカードが所狭しと置かれている。そのうちの一枚が目に留まった。

「当麻へ
いつも見守ってくれてありがとう
当麻のこと、ずっとずっと忘れないよ
いつかお医者さんになって
子どもたちを助けるのが夢です

絶対、絶対、また会おうね。

お姉ちゃんより」


綾香だ。綾香がここに来たのだ。ずっと足を踏み入れることができなかった当麻の学校へ。

『絶対、絶対、また会おうね』

それは綾香に会えない間、藍が出し続けた十三通の手紙の結びに毎回書いていた言葉だった。

思わずカードを手に取り、胸に抱きしめる。

「ずっと、ここに来るのが怖かった。聡美さんも、塔子さんも、どちらの気持ちもわかる……でも、本当は、どちらの気持ちもわからない……わからないの」

涙があふれた。顔を覆うと、あとからあとから熱いものが溢れて止まらなくなった。突然、潤が藍を抱きしめた。

「いいじゃん、それで。わかんないまんまで。オレは、そういう藍が好きだよ。わかんないままでいい」

それから照れたように藍をそっと離した。

「ま、俺の存在自体がグレーだからかもしれないけどさ」

存在自体がグレー……ゲルハルト・リヒターの絵が眼前に浮かぶ。

なぜこの世界は白か黒のどちらかしか、ゆるしてくれないのだろう。敵か味方か、勝ちか負けか、正義か悪か……二分法の世界観が幅をきかせる世の中で、君は灰色のままでいいと、誰かに言って欲しい人は、きっといっぱいいる。

「正解のない世界を生きる勇気……」

藍がつぶやくと、潤がうなずいた。

「そう、最初から正解なんてないんだよ。絶対解なんて、この世界には存在しない。僕らがめざすべき場所がどこなのかもわからない。それでも明日はやって来るし、腹は減る。だからオレは、グレーな自分を誇ろうと思う」

潤が大きな笑顔をつくり、冗談めかして言った。

「一生ハンパもんでいてやるぜ」

その時、ざあっと葉ずれの音がして、木々が大きく風に揺れた。一枚の葉が風に舞い、目の前をくるくると躍るように落ちてくる。潤がかがんでその一枚を手に取った。

「昔、おふくろが何枚も何枚も葉っぱのデッサンを描いてたことがあってさ、なんか下手の横好きで一時期ハマってたんだよ。でも葉っぱって、意外と難しいんだよな。輪郭《りんかく》とか、葉脈とかすごく繊細で、色づけしようとすると絵の具何種類も混ぜないと本物らしい色が出ないから、すんごい観察しなきゃいけない。よくそういうのに付き合わされて大変だった。でもさ……」

言いながら目の前の木を見上げる。

「一本の木に葉が茂っている様子見てたら、段々おもしろくなってきたんだ。一つの枝にびっしり葉がついてるところもあれば、まばらなところもある。太陽がいっぱい降り注ぐところもあれば、陰になってるところもある。重なり合ってる葉や、今にも落ちそうな葉、ほんとに色々だよな。一枚の葉を見る視点と、木を見る視点、全然違う景色だけど、オレはどっちも大事だと思うんだ」

　日の光を照り返し、風にそよぐ木々を見つめていたら、潤の言葉がしみてきた。一枚一枚の葉が人間に思えてくる。その人自身を細かく観察する視点と、その人が生きてきた道筋や取り巻く環境や人間関係など、全体像を大きくとらえる視点。そのどちらも大切で、どちらも欠かせない……

　ずっと怯えていた。相手のためにと思ってさしのべた手が、相手の人生を誤った方向に導いてしまったら、と……だが今、その畏《おそ》れは相手のためではなかったのだとわかる。それは、自分が否定される怖さだった。畏れを感じながら相手の声に耳を傾けること、一枚の葉と木全体、それぞれの視点をもって相手をまるごと受けとめること、それこそが「みみをすます」ことなのだと……

　目を閉じて耳をすませる。木々の揺れる音、小鳥のさえずり、さざ波のような葉ずれの音……森はこんなにも色々な音に満ちている。一つ一つの音が、まるで壮大な一つの交響曲を奏でているようだ。

「森って、なんかいいよね」

「おまえさ、俺の話聞いてる？」

　潤があきれたように言う。

「葉と木と森……大きさは違うけど、全部つながってる。一枚一枚の葉が木をつくってて、一本一本の木が森をつくってて……森はすべてを抱きしめて、そこにどっしりかまえてる。なんかいいよね。お母さんみたい」

「そこ、なんでお父さんじゃダメなんだよ」

「はい、はい」

声をあげて笑う。ポケットからいくつかの小石を取り出して、綾香のカードの隅にそっと載せた。島で見た時には感じなかったが、木々の間からこぼれる光を受けて、石たちはさまざまな色に輝いている。

「それ、あそこの？」

「うん、シュエイ」

「はるばるここまで旅して来たか……レインボーカラーだな」

兄の貴之や、あすみちゃんのじっさまも、みんなのことを見守ってくれるはずだ。返事の代わりに笑顔を向ける。掛け値なしの、純度百パーセントの笑顔。これまでずっと封印してきたもの。

「はい、これ」

次の瞬間、潤がポケットから何か箱のようなものを取り出し、藍に向かって突き出した。

「何？」

「クリスマスプレゼント」

「あ、きょうイブか。ごめん、忘れてた。何も用意してない」

潤に似合いそうなカウチンセーターに目をつけていたのに、すっかり忘れていた。

「いいよ、期待してないから」

潤がくれた小さな白い箱を開ける。中から小さな銀色のリングが現れた。心臓がことんと跳ねる。

「え、これって……」

「おそろい」

潤が照れたように自分の指を突き出す。左手の……中指。

「あ、なんだ、そういうこと？　びっくりしたなあ、もう」

「半額払えよな」

平然と言う。

「何それ。なんかおかしくない？」

頬を膨らませながら、ふと想像する。

潤とおそろいの分厚いカウチンセーターを着て、潤の実家のワイナリーでぶどうを搾っている自分。併設のレストランで潤が腕をふるう。週に一日だけ、近くの人のためにカウンセリングルームを開室する。明日美や綾香も泊まれるように予備の寝室も作ろう。頑張れば、暖炉なんかも作れるだろうか。サンタさんが煙突を降りてくる、本物の暖炉……小さな庭には花を植えよう。おひさま色のマリーゴールド。夏になったらその庭でバーベキューをするのだ。聡美も塔子も、みんなを招待して。もしかしたらツマグロヒョウモンなんかもやって来るかもしれない――。

§§

大澤学園から都心に向かって四駅戻り、懐《なつ》かしい駅に降り立つ。ロータリーから延びる長いアーケード。古びた商店街の看板は、あの頃と同じものだろうか。アーケード街のちょうど真ん中あたりに、父と母が営んでいた洋食屋がある。子どもの頃、この看板を見上げるだけでわくわくした。湯気を上げる中華まん屋。香ばしい煙を漂わせる焼き鳥屋。店先に十円の駄菓子を置いている小さなおもちゃ屋では、おばあちゃんがいつもおまけの笛吹きラムネをくれた。そこはいつだって胸躍るワンダーランドだった。夏には五百円玉を握りしめ、兄と手をつないで縁日を飛ぶようにして見て歩いた。真っ赤な金魚が泳ぐ水槽、色とりどりの水風船、チョコスプレーのかかったアイスバナナやふわふわの綿菓子を手に歩く子どもたち。あんず飴《あめ》のじゃんけんでは勝てたためしがなかったけれど、藍がせがむと、兄は小遣いをはたいて何度でも挑戦してくれた。

眼前に記憶がたち上ってくる。あれはいつかの大晦日《おおみそか》……父と兄は商店街に買い出しに出かけていて、母と二人で大掃除をしていた。まだ小学校に上がる前だったと思う。四歳か、五歳か……小さなエプロンをつけ、踏み台にのぼってはたきをかけて、母が掃除機をかけて……それから二人で競争しながら床をぞうきんがけして、簡単なおにぎりのお昼をとっておなかがいっぱいになって……藍はいつのまにか眠っていた。

ふと目を覚ますと、一心に網戸《あみど》を拭いている母の後ろ姿があった。力をこめてぞうきんを使い、時折、長袖エプロンの袖口で額の汗をぬぐっている。

「どうして起こしてくれなかったの。あいちゃん、やりたかったのに！」

声を上げると、母は驚いたように振り返って言った。

「藍の寝顔があんまり可愛かったから、ママ、ずっと見ていたかったの」

そしてにっこり笑うと、元通り背中を向けて網戸を拭き始めた。

『私を見て』

綾香の叫びは、自分の内なる声そのものだった。でもそれは、とうに満たされていたはずの願いだったのだと、今はわかる。

あの日の母の笑顔に、塔子が、そして聡美が重なった。

商店街の入り口に立って看板を見上げる。やはりあの頃の看板とは違う。あれから二十年あまりが過ぎたのだと改めて思う。ポケットの中でスマホが震えた。あわてて通話ボタンを押す。

「藍、あたし！」

「なんだ、沙智か」

「なんだじゃないよ。NY便に乗る前、最後の貴重な電話かけてるってのに」

「え、今から？」

「そう。あ、今搭乗コールかかった」

「え、そんな直前？」

「あのさ、藍がみてくれてた綾香ちゃん、学校に来るようになったって。なんか担任の由香ともしゃべるようになったらしいよ。たまに図書室にふけこんだりもするみたいだけど、それも含めてたくましくなった感じがするって」

「うん」

復活したＳＮＳのメッセージで綾香が毎日報告してくれている。図書室でサボっている時が一番幸せらしい。たくさんの本を前に満足そうな綾香の姿を思い浮かべると、自然と笑みがこぼれる。

「私からも一個報告。みもざ食堂、一緒にやる人の候補、見つかったんだ。来週一緒に行く。すごくお料理上手なの」

「おお〜、手回し早い！」

沙智が感嘆の声を上げる。

「あのさ、あの日、みもざ食堂に由香さん連れてきたのって沙智だよね。私に会わせるため？」

「考えすぎだって。なりゆき、なりゆき！」

沙智は大声で笑ってから一瞬黙り込み、それから小さな声で言った。

「でも、……良かったよ」

「え、何？　よく聞こえなかった」

「あのね……」

そのまま電話が切れ、かけ直してもつながらなくなった。呆然とスマホを見つめていると、ショートメッセージが届いた。

「さっきの続き。藍で良かったよ、って言ったの！　メリークリスマス!!」

沙智の笑顔が目に浮かぶ。

「で、どうすんだよ」

我に返って潤の方を振り返る。

「そうだ、潤、クリスマスケーキ買おう。あ、ローストチキンとかのほうがいいかな？　やっぱり焼き鳥？　それじゃ雰囲気出ないか。あ〜、わかんない、どうしよう」

「っていうか、どこ行くんだよ」

「え？　実家だけど」

潤の顔に驚きが広がる。

「おみやげ、何がいいかわかんない」

頭を抱える藍を潤が笑う。

「出た、藍の優柔不断」

「悪い？」

変顔《へんがお》を返すと、潤が今度こそ大きな声で笑った。

通りの向こうの花屋から赤いマフラーを首に巻きつけた小さな男の子が走り出てきた。聞いたことのあるメロディが店内から漏れ出てくる。

「あ、これ……」

ピアノとチェロの溶け合うような音色……一緒に日本語の歌が流れてくる。

「母の教えてくれた歌は
遠い昔の日

母のまぶたには涙が消えることがなかった
今、私は子供らに教える
その節の一つ一つを
すると涙があふれる
私の懐かしい思い出に……」

次の瞬間、体の底から地鳴りのように突き上げてくるものがあった。

誰かの居場所になりたい。

誰かをまるごと受け止めて、「そのままでいいんだよ」と言ってあげたい……

「ねえ、潤」

先を歩く潤が振り返った。潤の無邪気な笑顔に、何も言えなくなった。代わりにもっと大きな笑顔をつくる。マリーゴールドみたいな笑顔。そうだ、あの歌を聡美さんにプレゼントしよう。ネルバ姫の甘く切ない歌声……きっと気に入ってくれるはずだ。

「まずは花屋さんに行こう！」

大きな大きなポインセチアを買うのだ。聡美の、塔子の、私たちの聖なる祈り。世界中があたたかな空気でいっぱいに満たされますように。人々が灰色のやわらかな空気にくるまり、互いに笑い合えますように……

男の子が目の前を風のように横切った。危うくぶつかりそうになって立ち止まる。男の子は頬をりんご色に染めて、先を行く母親のもとに走る。追いつくと、小さな手をのばし、しっかりと母親の手につかまった。

【参考文献】

『みみをすます』谷川俊太郎　福音館書店
『臨床心理士になるには』乾吉佑　平野学編著　日本臨床心理士会協力　ぺりかん社
『先輩に聞いてみよう！　臨床心理士の仕事図鑑』植田健太　山蔦圭輔編　中央経済社
『トラウマを負う精神医療の希望と哀しみ　摂食障害・薬物依存・自死・死刑を考える』大河原昌夫　インパクト出版会
『心はどこへ消えた？』東畑開人　文藝春秋
『居るのはつらいよ　ケアとセラピーについての覚書』東畑開人　医学書院
『「死刑になりたくて、他人を殺しました」無差別殺傷犯の論理』インベカヲリ★　イースト・プレス本作は書下しです。

この物語はフィクションであり、登場する人物および団体名等は実在するものとはいっさい関係ありません。

水野梓　みずのあづさ

一九七四年東京都出身。早稲田大学第一文学部・オレゴン大学ジャーナリズム学部卒業。日本テレビ入社後、社会部で警視庁や皇室などを取材。原子力・社会部デスクを経て、中国特派員、国際部デスク。ドキュメンタリー番組のディレクター・プロデューサー、新聞社で医療部、社会保障部、教育部の編集委員、経済部デスク、討論番組のキャスターを歴任。現在ロンドン支局長。著書に、贖罪を問う『蝶の眠る場所』、無戸籍や高齢者問題に迫る『名もなき子』、女性の葛藤や終末医療と向き合う『彼女たちのいる風景』がある。

グレイの森《もり》

二〇二三年十月三十一日　第一刷

著　者　水野梓
発行者　小宮英行
発行所　株式会社 徳間書店
〒一四一－八二〇二　東京都品川区上大崎三－一－一
目黒セントラルスクエア
電話［編集］〇三－五四〇三－四三四九
［販売］〇四九－二九三－五五二一
振替　〇〇一四〇－〇－四四三九二

組版　株式会社キャップス
本文印刷　本郷印刷株式会社
カバー印刷　真生印刷株式会社
製本　ナショナル製本協同組合

ISBN 978-4-19-865675-1